Mathilde Cottes

*Une rencontre qui peut tout changer,
issue de Chronique : Une rencontre
qui peut tout changer.*

Roman

Une rencontre qui peut tout changer !!!

Mathilde Cottes

ISBN:978-2-9558462-0-9

AutoÉditeur

Merci à vous mes lecteurs car sans vous je n'en serai pas là,
ce livre est pour vous 🩶 ...

Présentation :

Coucou à tous, moi c'est Mathilde Cottes, j'ai 18 ans. J'ai commencé cette histoire sur Facebook (À l'âge de 16 ans.) comme ça un jour de Juillet 2014. J'ai eu envie d'écrire une chronique car j'en avais beaucoup lu et j'avais envie de créer ma propre histoire sur un coup de tête. Et je trouvais que cela m'entraînerait et me permettrait d'écrire car je rentrai en première Littéraire à la rentrée. Mais, petit à petit, je me suis prise au jeu et cette histoire qui sort tout droit de mon imagination est devenue MON HISTOIRE. Je voyais de jour en jour, que de plus en plus de personnes aimaient ma page et me laissaient des commentaires très gentils et positifs. Donc, je voudrais tout d'abord vous remercier, vous mes lecteurs, car sans vous, cette aventure n'aurait jamais commencé et me voilà maintenant prête à sortir mon livre. L'histoire n'est pas exactement la même car il y a eu des modifications, des scènes ajoutées car en un an ma vision des choses a un peu changé. Je vous laisse découvrir cette histoire...

Prologue :

Bonjour à tous, moi je m'appelle René Mathilda. Je sais ce prénom n'est pas commun mais vous direz ça à mes parents (MDR). J'ai 18 ans, je vis dans le Sud de la France plus précisément à deux heures de route de Toulouse. J'aime bien le Sud car je trouve qu'il fait beau très souvent. C'est pour ça que j'aime y vivre. Physiquement, j'ai les yeux marrons, les cheveux frisés, je suis de petite taille (1m58) avec quelques formes là ou il faut. Niveau caractère je suis plutôt gentille et souriante mais il ne faut pas me chercher car je pars vite au quart de tour. Je vis avec mes parents: ma mère s'appelle Lucie, elle a 42 ans et est avocate. Tout comme mon père qui, lui s'appelle Jean et a 45 ans. Mes parents sont donc souvent en déplacement à cause de leur travail. Même si je les vois peu, je sais que je peux quand même compter sur eux. Côté famille, je n'ai ni frère ni sœur. Je suis fille unique mais j'ai une meilleure amie Laly qui est comme ma sœur. Je la connais depuis la sixième et depuis que nous nous sommes rencontrées, on ne se quitte plus. Nous partageons tout ensemble, nos rires et même nos pleurs. Laly est blonde aux yeux bleus et un peu plus grande que moi. Nous sommes ensemble au lycée sauf qu'elle est en terminale Économique et Social et moi en Littéraire. Je peux dire que j'aime ma petite vie bien tranquille entourée des gens que j'aime. Mais cela va t-il durer ?

Chapitre I

Le BAC !

Je m'étire sur ma chaise, dernier coup de crayon, dernière lecture et c'est fini nous annonce notre surveillant. Je souffle un grand coup et c'est enfin, la fin ! J'attrape mon sac et sors de la salle. J'ai travaillé toute l'année pour une seule chose : Le BAC. Voilà je viens de sortir de ma dernière épreuve qui était la Philosophie. Je retrouve ma meilleure amie à l'entrée du lycée.

- Alors Laly ?
- Je sais pas et toi ?
- Moi non plus mais bon maintenant nous n'avons plus qu'à attendre les résultats.
- Oui là, on n'a plus le choix.

Nous retrouvons les copains classes avec qui nous parlons un peu de cette épreuve mais surtout de nos projets d'été car oui ce soir nous sommes enfin en vacances. Peu après je rentre donc chez moi, je suis toute seule car mes parents sont en voyage d'affaires. Je les appelle directement pour leur dire que mes épreuves sont finies. Je passe un peu de temps avec eux au téléphone à parler de tout et de rien. J'aime ces petits moments où nous pouvons discuter ensemble de choses simples mais qui nous rapprochent.

Les jours passent et nous sommes la veille des résultats du baccalauréat, Laly m'appelle :

- Coucou ma belle, alors tu stresses ?
- Coucou, un peu et toi ?
- Moi aussi, j'ai trop peur, tu imagines on a travaillé un an sans relâche et on ne l'a pas.
- Pense pas à ça, de toute façon on verra demain, lui dis-je pour la rassurer et moi également par la même occasion.
- Oui tu as raison, je vais essayer de dormir un peu, je viens te chercher demain, sois prête !
- D'acc à demain.

Je vais donc moi aussi me coucher. Je me tourne, me retourne je n'arrive pas à trouver le sommeil. Le Bac est un tel stress ! Nous pouvons dire que dès notre plus jeune âge nous sommes conditionnés pour cela. Je ne cesse de me poser des questions mais au bout d'un moment je réussis tout de même par trouver le sommeil.

J'ouvre difficilement les yeux, que je suis bien dans mon petit cocon qui est ma chambre décorée par mes soins. Elle me correspond à cent pour cent. Je m'étire, tourne la tête vers mon réveil qui m'annonce 9h, nous sommes ENFIN le quatre juillet jour des résultats du Bac. Je me prépare en vitesse mais comme d'habitude j'entends Laly sonner à la porte et je ne suis toujours pas prête.

- Rentre la porte est ouverte.
- Tu es pas prêtre à ce que je vois.
- Désolée, dis-je, en lui servant mon plus beau sourire pour essayer de lui faire oublier mon retard.
- Je ne te changerai jamais, me dit-elle en riant.

Je finis de me préparer vite fait, et nous partons en direction du lycée.

- Tu stresses toujours ? me demande Laly.
- Oui j'ai peur de ne pas l'avoir.

- Mais ne t'inquiète pas tu l'auras, tu as bien bossé toute l'année.
- Oui j'espère, toi c'est sûr que tu l'as.
- Sûr, sûr tu sais dans la vie, on n'est jamais sûr de rien à 100%.
- De toute façon nous allons le savoir dans quelques minutes, me répond-elle positivement.

Nous arrivons devant le lycée, il n'est que 10h30 et c'est déjà blindé, beaucoup sont devant les listes en train de chercher leur nom, d'autres en train de pleurer ou encore de rire. Tellement d'émotions différentes sont présentes sur le visage de chacun des élèves. Je stresse encore plus en les voyant dans tous leurs états mais maintenant c'est la dernière ligne droite. Je dois y aller. Je dois savoir. Il faut que je sache pour pouvoir me projeter ou non dans ma nouvelle vie.

- Viens, me dit Laly en me prenant le bras.

Je suis donc Laly et je me rends devant les listes. Nous allons d'abord voir la liste des ES, pour elle. Je la vois regarder et tout d'un coup elle se retourne vers moi, le regard triste. Je me dis non ce n'est pas possible puis elle me fait un grand sourire. Ma meilleure copine a toujours était très blagueuse. Je suis tellement heureuse pour elle.

- Ouiiii j'ai mon Bac ! crie-t-elle de joie.
- Super ma chérie, félicitations, j'ai cru que tu l'avais pas eu vu ta tête. Tu me feras toujours des frayeurs toi.
- Merci, je voulais te faire peur ! Maintenant allons voir la liste des L pour voir si tu l'as. Ne t'inquiète pas tout va bien se passer, me murmure t-elle d'une vois rassurante.

Je la suis sans broncher et nous nous dirigeons vers la liste des L. J'ai une boule au ventre, j'ai tellement peur de ne pas l'avoir, de ne pas voir mon nom et prénom suivi de l'intitulé admis. Tous mes projets pour les prochains mois et pour mon avenir seraient alors remis en cause. Je n'ai plus le choix, il faut que je vois ces résultats. Nous, nous s'approchons doucement, le stress monte de plus en plus. Si je ne l'ai pas, alors pas de fac, pas d'appartement, pas de nouvelle vie.

- Arrête de te torturer, on va avoir la réponse de suite, m'encourage Laly en me poussant vers la liste, tout en restant à mes côtés, prés de moi.

Elle me connaît tellement bien cette fille qu'elle sait exactement ce que je ressens à ce moment précis. Je n'ai plus le choix, j'avance d'un pas sûr devant la liste des L et je cherche mon nom calmement. Au bout d'un moment il apparaît, oui j'ai mon Bac ! Avec mention assez bien en plus. Je suis super contente, quel soulagement. Un poids disparait de mon corps et je me sens enfin libre pour envisager mes nouveaux projets sereinement.

- Félicitations ! Tu vois tu l'as eu, me félicite t-elle à son tour.
- Merci, tu vois on l'a eu notre Bac, à la rentrée c'est parti pour la fac.
- Oui et enfin les vacances surtout ! Mais on se verra moins à la fac vu que l'on ne va pas à la même.
- T'inquiète pas on se verra quand même ma chérie, lui dis-je sur un ton rassurant.
- Oui j'espère que tu ne me laissera pas tomber.
- Mais non Laly tu es folle ou quoi ? Une meilleure amie ne se remplace pas.

Elle se fait vraiment du souci pour rien et pour moi ce serait impensable de l'oublier, elle qui est ma meilleure amie depuis la sixième. Elle est bien trop importante dans ma vie. C'est impensable que je puisse l'oublier, la distance ne changera rien à notre amitié.

À la sortie du lycée, nous croisons quelques amies et des connaissances de nos classes. Cette année a été une superbe année de lycée, nous étions tous bien soudé et il y avait une bonne entente entre tous les élèves. Ça va être dur de tous les quitter. Après avoir parlé avec différentes personnes, nous décidons de rentrer chez nous. Quand j'arrive chez moi, je retrouve mes parents qui sont rentrés de leur voyage d'affaires, je leur annonce donc la nouvelle.

- Papa, maman, j'ai eu mon bac avec mention assez bien.
- Super ma fille tu es la meilleure, me dit ma mère, en pleurs, tout en me prenant dans ses bras.
- Je suis super fière de toi, rajoute mon père.
- Merci beaucoup et vous votre voyage d'affaires s'est bien passé ?
- Oui très bien ma chérie mais par contre nous devons repartir dans deux jours.

J'aurais dû m'en douter, mes parents ne restent pas très longtemps à la maison, leur travail leur prend énormément de temps.

- Mais avant de partir nous avons une surprise pour toi, me dit mon père.
- C'est quoi ? je demande intriguée.
- Vu que tu as eu ton Bac, et comme nous étions sûr que tu allais l'avoir, nous t'avons réservé l'appartement que tu avais vu quand tu es allée visiter la cité universitaire des « Beaux du Roi ».
- Non c'est pas vrai, je réponds en sautant de joie.

Je n'y crois pas mais c'est trop génial, cet appartement était une petite merveille, je saute partout comme une folle et vais embrasser mes parents.

- Merci, vous êtes les meilleurs.
- De rien et félicitations à toi surtout ma puce.

J'appelle Laly pour lui annoncer, tout est tellement parfait. Le soir nous sortons tous ensembles (Les terminales, enfin les bacheliers nous pouvons dire maintenant en nous vantant ha,ha.) et nous fêtons notre bac comme il se doit. Mon début d'été se passe super bien, entre soirées, baignades, chaleur et amis, enfin l'été quoi...

Chapitre II

Le départ…

Je vais enfin aller à la fac, en plus de ça mes parents m'ont pris l'appartement que je souhaitais. Voilà, déjà un mois de vacances terminé. Dans une semaine c'est le grand départ pour une nouvelle vie : la fac. Mes cartons sont prêts et tout ce dont j'ai besoin aussi. Je profite de cette dernière semaine pour passer le plus de temps possible avec ma meilleure amie.

- Comment tu vois la fac toi ? me demande-t-elle.
- Comme une nouvelle étape de notre vie, de nouvelles amitiés, de nouveaux projets.
- De nouveaux amours aussi, rigole-t-elle.
- Au pluriel en plus, tu comptes en avoir plusieurs ? lui dis-je en rigolant avec elle.
- Et oui qu'est-ce que tu crois, me répond-elle en pouffant également.

Ma meilleure amie est juste folle mais je l'aime comme ça. C'est vrai que côté amour elle n'est pas tombée que sur des mecs bien mais plutôt sur des mecs peu sérieux. Enfin j'espère qu'elle rencontrera une bonne personne qui lui correspondra.

- Et toi alors ?
- Quoi côté mec ?
- Oui je verrai bien si je trouve le bon, lui dis-je.

Oui car moi non plus ce n'était pas glorieux. Enfin si, j'ai eu un grand amour si on peut dire. Je suis restée avec lui deux ans mais avec le temps nous nous sommes rendus compte que ça ne collait pas. Maintenant, qui dit nouvelle vie, dit nouvelles aventures.

Une semaine très chargée passe et le grand jour est enfin là.

- Papa j'ai descendu mes valises.
- D'accord j'arrive, je vais les mettre dans la voiture.
- Mathilda vient déjeuner, tu ne vas pas partir le ventre vide, me crie ma mère depuis la cuisine.
- Oui maman j'arrive, deux minutes.

Toutes les valises et les cartons sont chargés dans la voiture. Le petit déjeuner pris, Laly arrive pour me dire au revoir.

- Mathilda tu vas beaucoup me manquer, me dit-elle en pleurs tout en me serrant dans ses bras.
- Toi aussi ma Laly, lui répondis-je en la serrant encore plus fort dans mes bras.

Je suis en pleurs également car je sais que l'on ne va pas se revoir avant quelques mois. Laly part faire une école d'infirmière à Bordeaux et moi je vais en fac de lettres à Toulouse.

- On s'appelle hein Laly.
- Oui tous les jours.

Nous montons dans la voiture et go pour deux heures de route. Je vois ma maison s'éloigner, Laly devient de plus en plus petite, nous nous faisons au revoir de la main jusqu'au dernier moment. Voilà c'est parti, une nouvelle étape de ma vie s'ouvre à moi. Va-t-elle changer ma destinée ?

Nous sommes enfin arrivés à la cité universitaire, tout me paraît encore plus grand que la première fois que je suis venue. Nous descendons de la voiture, un monsieur nous accueille et nous amène à mon appartement. Il me donne les clés et m'explique comment me rendre à la fac. Nous signons les papiers et c'est enfin mon petit chez moi. Mon appartement n'est pas très grand mais il me convient très bien. Il y a une petite cuisine qui donne sur le salon, une chambre et une salle de bain. J'ai d'abord choisi cet appartement car il se situe près de la fac et qu'il est à proximité des autres élèves. Nous commençons à monter les cartons, les valises. Maintenant c'est l'heure des adieux. Mes parents doivent partir, je ne pleure pas, j'ai l'habitude. Ils sont tout le temps en voyage d'affaires, même avant ils étaient rarement à la maison et je les voyais peu. Depuis mon plus jeune âge, j'ai donc appris à vivre seule, cela me permet d'être totalement autonome à ce jour.

- Au revoir ma fille.
- Fais attention à toi, au moindre soucis tu nous appelles, me dit ma mère.
- Ne vous inquiétez pas tout se passera bien.

Nous, nous s'embrassons et nous faisons une accolade et ils partent. Je me retrouve seule dans mon nouvel appartement, j'imagine mon nouvel avenir ici, quand une sonnerie me sort soudain de mes pensés.

Je reçois un SMS de Laly :

- Alors c'est comment ?
- Aussi top qu'à ma dernière visite.
- Je suis trop contente pour toi mais tu vas me manquer.
- Toi aussi tu sais. Tu pars quand toi ?
- Dans deux semaines.

Nous continuons à discuter de tout et de rien comme nous avons l'habitude de le faire. Je suis rentrée un mois avant la rentrée pour m'habituer et pour découvrir ma nouvelle vie. Par contre Laly, elle ne va rejoindre son appartement que dans deux semaines, elle sera en colocation avec trois autres personnes. Une fois notre petite discussion finie, je décide de sortir de mon appartement pour aller faire quelques courses pour ce soir. (Il faut bien que je mange) Je me rends donc dans le hall d'entrée pour prendre un plan de la ville et voir quel supermarché est le plus près. Je vois alors une fille qui doit avoir à peu près le même âge que moi.

- Bonjour tu es nouvelle ici non ? me demande-t-elle gentiment.
- Oui ça se voit tant que ça, dis-je en riant.
- Oui un peu, moi c'est Lisa.
- Enchantée, moi c'est Mathilda.
- Alors Mathilda, tu es ici depuis longtemps ?
- Non ça fait seulement deux heures que je suis arrivée. Je cherche justement un plan de la ville pour trouver un super marché.
- Tu veux que je vienne avec toi ? Je dois y aller moi aussi pour faire quelques courses, me propose t-elle gentiment.
- Merci ce n'est pas de refus.

Nous partons donc faire les couses. Lisa me parle un peu d'elle et me dit qu'elle est là depuis deux semaines. Lisa est blonde aux yeux bleus, elle est assez grande et mince. Nous faisons donc nos courses en apprenant à nous connaître. C'est une fille simple et très gentille. Je pense que je pourrai bien m'entendre avec elle. Nous nous quittons un peu avant d'arriver à la cité universitaire.

- On peut se voir demain si tu veux, je vais en ville avec des amis. Comme ça tu pourras connaître un peu plus de monde.
- D'accord, où et vers quelle heure ? lui demandai-je.
- Donne moi ton numéro je t'enverrai un SMS.
- 06******** bon ben à demain alors.
- Salut contente de t'avoir rencontrée.
- Moi aussi, lui dis-je avec un grand sourire.

Nous, nous faisons la bise et nous partons chacune de notre côté.

Cette Lisa ma l'air fort sympathique, j'espère que toutes mes rencontres ici seront comme celle-ci.

Chapitre III

La bousculade...

Je me dirige vers mon appartement puis d'un coup je me retrouve à terre. Quelqu'un vient de me bousculer et faire tomber toutes mes courses par terre par la même occasion. Le jeune homme ne se retourne pas.

- Tu pourrais faire attention et dire pardon quand même, m'emportais-je.
- Toi aussi tu n'avais qu'à faire attention, ronchonne-t-il dans sa barbe.
- Oui, oui c'est ça, dis-je énervée en voyant toutes mes courses au sol.
- C'est bon je vais t'aider, pas besoin de faire la gueule, me répond-il sur un ton froid et agacé.

Je ramasse vite mes courses et pars énervée. Non mais les gens sont vraiment tranquilles. Il ne me dit même pas pardon et encore il répond comme si ce n'était rien, quel insolant ! Je rentre chez moi en repensant à cette histoire mais en y réfléchissant il est vraiment beau, (*Mais qu'est-ce que je dis moi...*) yeux bleu-verts, cheveux bruns, bien bronzé et vraiment très musclé. Un vrai beau gosse ! *(Je délire complètement, je crois bien que cette chute ne m'a pas fait du bien du tout.)*

Je finis ma soirée devant la télévision puis vers 22h, je reçois un message de Lisa.

Discussion SMS :

- Coucou, alors tu te fais bien à ta nouvelle vie d'étudiante ?
- Oui, oui.
- Ça marche toujours pour demain ?
- Oui bien sûr.
- Demain 12h devant la cité universitaire.
- D'accord pas de problème.
- Sinon tu es dans quel bâtiment ?
- Bâtiment 99, appartement A 20.
- Même bâtiment que moi, mais moi mon appartement est le A 30. On peut s'attendre dans le hall où on s'est rencontré, comme ça on retrouve les autres ensemble.
- Ok pas de problème.
- Bon à demain midi. Bisous.
- Ok bisous.

Je finis ma soirée tranquille devant Gossip Girl et je me dis que j'ai vraiment eu de la chance de tomber sur une fille comme Lisa. Ils ne sont pas tous comme ce garçon qui m'a bousculée, heureusement. Le lendemain 11h. Vite il faut que je me douche et me prépare. Je mets une robe beige et blanche en voile avec des spartiates beige car il fait encore chaud, nous sommes fin Août. Je laisse mes cheveux au naturel frisés. Je sors de l'appartement, il est déjà 12h30, je vais dans le hall. Lisa est déjà là à m'attendre. Je crois que je suis définitivement la reine du retard.

- Salut je suis en retard, désolée.
- T'inquiète je viens également d'arriver, me dit-elle.
- On est toutes pareilles, lui répondis-je en rigolant.
- C'est ça, bon on y va, la bande doit déjà nous attendre.
- C'est d'accord allons-y. Il me tarde de les rencontrer.

- Tu vas voir ils sont super, quelques fois un peu agaçant mais super, rigole-t-elle. On peut voir à son sourire et sa description qu'elle apprécie vraiment ses amis.

Nous arrivons devant la cité universitaire où se trouve déjà un groupe de quatre personnes.

- Hey les amis, je vous présente Mathilda. Mathilda voici Amélie ma meilleure amie, Julien, Fabien et Stéphanie, nous présente Lisa.
- Salut Mathilda, me dit Fabien.
- Hey enchanté, me disent les autres.
- Ce n'est pas possible, il manque toujours le même, s'écrit Fabien.
- Comme d'habitude, lui répond Lisa.

Puis au loin, devinez qui je vois arriver ? C'est le mec qui m'a bousculée hier, me dites pas qu'il fait partie de la bande ! Malheureusement ma supposition se confirme car Julien lui dit :

- Non mais mon gars tu es pire qu'une fille ma parole.
- Faut savoir se faire désirer mec, lui répond-il en rigolant.

Il fait la bise à tout le monde puis il tchèque Julien et Fabien. Quand il arrive vers moi il me regarde le sourire aux lèvres.

- Je te présente Mathilda, je l'ai rencontré hier. Mathilda voici Aurélien (E*n plus d'être vraiment pas mal, il a un beau prénom. Je délire vraiment MATHILDA sors toi toutes ces idées de la tête)*.

Il me fait ensuite la bise.

- T'inquiète je l'ai déjà rencontrée, c'est la jeune fille capricieuse d'hier, dit-il en rigolant.

Capricieuse, moi capricieuse ! Il y avait de quoi ! En même temps, monsieur renverse toutes mes courses et il ne daigne même pas m'aider pour les ramasser. Mais je ne dis rien pour ne pas faire d'histoire dès le premier jour.

Il leur raconte ce qui s'est passé hier soir, ils sont tous mort de rire. Après cette petite histoire, nous partons vers un parc où se trouve un skate-parc pour que les mecs puissent en faire.

- Alors tu as déjà rencontré Aurélien ? me demande Amélie.
- Rencontrer est un bien grand mot, il m'a plutôt bousculée et je suis partie un peu énervée.
- C'est vrai que dans cette situation, il n'a pas dû te paraître très sympathique.
- Mais tu verras c'est un mec cool, me dit Lisa.

Julien vient nous voir et me dit :

- Hey moi c'est Julien le Beau Gosse, dit-il en rigolant.
- Vas-y c'est moi le BG de la bande, réplique Fabien.
- Allez, allez vous fatiguez pas c'est moi le plus beau de la bande, s'exclame Aurélien.
- Gamins, bonjour qui sera le plus beau ? leur dis-je en me foutant d'eux.

Ils sont tous les trois mort de rire.

- Sinon tu viens d'où petite comique ? me demande Fabien.
- De l'Indri à deux heures d'ici.
- Oui c'est cool je vois où c'est. Mais ça doit te changer un peu ici, non ?
- Oui mais je suis contente d'être ici, un peu de changement ne fait pas de mal.
- Allez, on va au MacDo les gars, moi je commence à avoir faim, nous crie Lisa.

Nous nous dirigeons donc tous ensembles vers le McDo. Je suis contente, ce sont des personnes simples mais super gentilles. Je sens que je vais super bien m'entendre avec eux. Quand nous arrivons, nous allons faire la queue, il y a tellement de monde. Quand vient notre tour, je prends un Big Mag, grande frite et un Ice Tea. Puis au moment de payer, je remarque que j'ai oublié mon porte monnaie. Mince je suis vraiment une tête en l'air !

- Et mince quelle tête en l'air, j'ai oublié mes sous.
- Vas-y t'inquiète petite chieuse je te le paye, me dit Aurélien.

Petite chieuse mais il a quoi encore celui-là !

- Non, non, non pas grave je vais pas manger.
- Fais pas ta petite chieuse capricieuse, je te le paye point à la ligne.

Il continue en plus, mais devant sa façon de faire et à son insistance je cède. Cela me gène, je n'aime pas profiter des gens.

- Si tu veux mais à une condition, je te rembourse quand on rentre à la cité universitaire.
- Oui, oui allez petite chieuse.

Il commence sérieusement à m'énerver avec ses surnoms tous pourris mais je ne vais rien dire, il me paye quand même mon repas… Nous prenons nos menus et nous partons nous asseoir, retrouver les autres. Aurélien me tend mon menu.

- En plus tu as pris un menu de grosse, rigole-t-il pour se foutre de moi.
- Alors qu'est-ce que je peux dire de tes deux menus, lui répondis-je du tac au tac.
- Bien Mathilda, comment elle t'a remballé mec, lui-dit Julien.

Le repas commence dans une bonne ambiance où tout le monde parle et rigole ensemble. Seul petit bémol Aurélien est à côté de moi et ne cesse de m'asticoter. Il m'agace ! Lorsque tout le monde a fini, nous repartons vers le parc.

- Alors tu la trouves comment la bande ? me demande Lisa.
- Vous êtes tous adorables. Par contre le courant passe moins bien avec Aurélien.
- Tu vas voir au début il fanfaronne mais après il finit toujours par se calmer, m'assure-t-elle.

J'espère qu'elle a raison, sinon je vais avoir du mal à le supporter.

L'après-midi se finit, j'ai bien discuté avec les filles. Les gars, eux, ont passé leur temps à faire du skate. Sur ce, nous repartons tous ensemble vers la cité universitaire. Une fois arrivés, nous nous saluons et nous repartons chacun de notre côté rejoindre nos appartements respectifs. Avec Lisa, nous nous séparons dans la hall: elle rentre chez elle et moi je prends l'ascenseur. À mon étage, je vois au loin une silhouette qui me paraît familière, c'est Aurélien, je cours pour le rattraper.

- Aurélien !
- Tu peux déjà plus te passer de moi à ce que je vois, rigole-t-il.
- Ha, ha, ha ! Très drôle, non c'était juste pour te rendre ton argent, je vais le chercher dans mon appartement, attends moi là.
- Mais non je t'ai déjà dit que c'était bon. Sinon tu es dans quel appartement toi ?
- Non, non je veux te les rendre, A20 et toi ?
- De toute façon maintenant c'est payé. Moi je suis appartement A15, on est pas très loin du coup.
- Oui, bon à plus alors.

Je commence à me diriger vers mon appartement un peu vexée car comme je vous l'ai déjà dit je n'aime pas profiter des gens et c'est exactement ce que je viens de faire en le laissant payer mon repas. Aurélien me retient par le bras.

- Si tu tiens vraiment à me rembourser invite moi à dîner chez toi.
- Bonne idée comme ça nous serons quittes.
- D'accord ce soir 19h.
- Pas de problème à toute alors.

Je rentre chez moi et j'appelle directement Laly, pour lui raconter mes premiers jours ici. Vers 18h je raccroche pour commencer à préparer le dîner. Je fais quelque chose de simple pâtes, steak, salade et enfin gâteau au chocolat. Ensuite je vais prendre ma douche et commence à me préparer. Je mets un pantalon en toile noir avec un chemisier blanc et mes Converses blanches. Un peu de maquillage, mes cheveux au naturel frisés et je suis prête. Je commence à stresser car je me demande bien de quoi nous allons pouvoir parler. Vu le comportement de monsieur envers moi tout aujourd'hui. Il n'a pas été des plus sympathiques. En plus de ça je ne suis pas spécialiste des garçons aussi canon que lui *(Stop Mathilda je te l'ai déjà dit, me répète ma conscience.)* De plus je suis assez timide même si cela ne se remarque pas trop depuis le début de l'histoire. À ce moment, la sonnette me sort de mes pensées. Mais qui-est ce ?

Chapitre IV

Tête à tête…

C'est la voisine qui vient me demander du sel ! Non je rigole c'est bien évidement Aurélien qui se trouve dans l'encadrement de ma porte.

- Salut tu t'es pas perdu au moins ?
- Si je me suis perdu dans le couloir, il m'a même fallu un GPS pour arriver jusqu'ici, rigole t-il.

Il a de l'humour c'est déjà ça.

- En fait tu n'es pas si chieuse que ça, t'es plutôt drôle comme fille.
- Si tu n'avais pas renversé toutes mes courses, tu ne m'aurais pas énervée. Bon sinon rentre, on va pas rester là toute la soirée.

Nous rentrons, puis il me tend une poche qui contient un pot de glace à la vanille. Ma préférée ! Mais comment a-t-il su ?

- C'est ma glace préférée, tu as fait un très bon choix, comment tu as su ?
- Il faut bien que ça serve à quelque chose de faire tomber les courses d'une jeune fille.
- Bien vu.

- Alors tu me pardonnes, tu ne m'en veux plus ? me demande-t-il avec un sourire charmeur.
- Tu es tout pardonné grâce à la glace bien sûr, répondis-je en rigolant.

Nous passons ensuite à table, nous apprenons à mieux nous connaître. Il a l'air beaucoup plus sympathique qu'il ne le laisse paraître.

- Tu es un vrai cordon bleu Mathilda.
- Merci mais répète le dernier mot de ta phrase.
- MATHILDA.
- Tu m'as enfin appelé Mathilda et pas par un de tes surnoms.
- Pourquoi ils te plaisent pas mes surnoms ?
- On va dire que ce ne sont pas mes surnoms préférés.
- Sinon tu as un copain ?

Directement il me demande ça, en quoi ça le regarde en plus.

- Et non je n'ai pas de copain, pourquoi toi tu as une copine ?
- Tu crois qu'un beau gosse comme moi n'a pas de copine ? Elle s'appelle Pénélope.

Vas-y je me la pète en plus. Qu'est ce que je croyais ? Qu'un mec comme lui n'avait pas de copine ?

- Tu es trop narcissique toi ma parole, tu t'aimes trop. Ça fait longtemps que tu es avec ?
- Une semaine.
- Ok.

Je ne peux pas répondre autre chose qu'un simple ok. Ah oui je comprends mieux, c'est le genre de mec coureur de jupons… La soirée se finit tranquille, je dois l'avouer j'étais un peu dégoûtée qu'Aurélien ait une copine mais bon, une semaine c'est quoi, en tout cas pas une relation très aboutie.

Une petite description plus approfondie d'Aurélien s'impose. Son nom complet est Aurélien Blake. Aurélien est grand dans les 1m80, yeux bleus – verts, bronzé et bien musclé. Il a un petit frère de 4 ans, ses parents sont divorcés. Il ne m'en a pas trop parlé non plus, ça a l'air d'être un sujet assez sensible pour lui… Que me cache-t-il ? Pour finir il a 19 ans, mais ne commence l'université que cette année car il avait redoublé le CP. Voilà, voilà je n'en sais pas plus sur lui.

- Merci Mathilda pour ce repas, c'était top. Demain rendez-vous avec la bande à 10h.
- De rien, bon à demain alors.
- Je t'attends devant ton appartement, me propose-t-il.
- D'accord super.

Nous, nous faisons la bise et il repart chez lui. Je range tout et pars ensuite me coucher. Ce mec est quand même bizarre, je m'endors sur ses pensées. Je dors tranquille puis là, je sens quelqu'un me sauter dessus.

- Allez debout la flemmarde.

Puis là je reconnais la voix d' Aurélien. Mais pourquoi est-il là ? Je rêve ou quoi ? Je me lève en sursaut et m'assois en tailleur sur mon lit.

- Punaise Aurélien tu fous quoi ici ?
- Regarde ton réveil, rigole-t-il en pointant mon réveil du doigt.

Je me tourne donc et regarde mon réveil, je vois 10h30.

- Mince, j'avais oublié de mettre le réveil.
- Ça fait trente minutes que j'attends devant ta porte et comme j'avais pas ton numéro, j'ai essayé d'ouvrir la porte et elle était pas fermée donc je suis entré.
- Mince la bande doit nous attendre.

- Fais gaffe à la porte la prochaine fois, tu imagines si c'est une autre personne que moi qui était entré. Et t'inquiète pas pour la bande je leur ai envoyé un message pour leur dire qu'on serait en retard. Allez lève-toi et vas te préparer sinon on ne va jamais partir.
- Sors de ma chambre si tu veux que je commence à me préparer. Fais toi un café, prends ce que tu veux dans la cuisine du temps que j'arrive.
- D'acc merci mais bouge toi, pas deux heures dans la salle de bain.
- Oui, oui t'inquiète je vais me dépêcher.

Il sort, moi je saute de mon lit et pars à la douche. Je m'habille, mets un Jeans bleu et un débardeur en voile rose avec des nus pieds assortis. Un peu de maquillage, mes cheveux au naturel et le tour est joué. Je rentre dans la cuisine et vois un grand sachet avec des croissants et des chocolatines.

- Enfin la miss est prête. Tu veux quoi pour déjeuner ?
- C'est définitivement une habitude chez toi les surnoms. Je veux bien une chocolatine et un verre de jus de fruit. Et au fait, merci de m'avoir réveillée et pour les viennoiseries.
- Vas falloir t'y faire aux surnoms et de rien c'était un plaisir. Tu es pire que moi toi en fait ?
- Pourquoi ça ?
- Je suis toujours en retard mais toi c'est encore pire, tu es au dessus de moi, c'est pour dire.
- Aujourd'hui c'est exceptionnel j'avais oublié de mettre mon réveil. *(Je suis une menteuse, la ferme conscience, je ne t'ai pas causée.)*
- Oui, oui on va dire ça.
- Bon on y va sinon on pourra dire qu'on est vraiment en retard.
- Oui allons-y.

Nous voilà partis pour aller rejoindre la bande. En chemin, je reçois un message de Lisa.

Discutions SMS :

- Vous faites quoi avec Auré ?
- On arrive, on est en chemin.
- D'acc mais vous faisiez quoi pendant tout ce temps ?
- Je te raconte tout à l'heure.

Nous continuons notre chemin puis nous rencontrons un groupe de trois filles qui interpelle Aurélien.

- Salut bébé, lui dit une des filles.
- Hey petit amour, s'exclame la seconde.
- Voilà le plus beau, rajoute la troisième fille.
- Salut les filles, leur répond Aurélien tout content.

Non mais c'est quoi ce genre de filles ! Je reste à l'écart car ce type de filles ne m'intéresse pas du tout, elles sont habillées comme des p**** excusez-moi du terme mais c'est la vérité. Mini short, petit débardeur bien moulant au dessus du nombril, en plus de ça elles se jettent sur Aurélien et vas-y qu'elles l'embrassent puis elles le prennent dans leur bras. Et le pire c'est Aurélien, comme un poisson dans l'eau avec toutes ces filles autour. Quel coureur de jupons, j'avais bien raison ! À un moment, je décide d'intervenir car tout cela m'agace et nous sommes déjà assez en retard comme ça.

- Vas-y Aurélien on doit y aller les autres nous attendent.
- Oui attends j'arrive.

Non mais j'hallucine monsieur prend le temps de leur faire la bise, de leur lancer quelques compliments, alors que nous sommes déjà bien en retard. Enfin il se décide à me rejoindre quelques minutes plus tard.

- Elles sont sympas tu trouves pas ? me questionne-t-il tout heureux.

- Sympas est un bien grand mot pour ce genre de filles. Tu les connais ?
- Je connais tout le monde moi ici.
- D'accord, d'accord je comprend très bien.

Je commence à cerner le personnage.

- Mais tu es jalouse à ce que je vois Mathilda.
- Jalouse de ce genre de filles, tu rêves.

Aurélien n'a pas eu le temps de me répondre et tant mieux car nous arrivons au parc et nous voyons la bande devant nous. Nous disons bonjour à tout le monde. Je suis contente de revoir les filles, elles ont toutes le sourire aux lèvres.

- Alors vous faisiez quoi tous les deux ? nous demande Julien en rigolant.
- Si tu savais mec, lui répond Aurélien sur le même ton.
- Recommence pas tes conneries, lui dit Fabien sur un ton sévère.

Quelles conneries, il a fait quoi encore ? Ce mec est une énigme à lui tout seul.

- Non c'est bon j'ai rien fait, demande à Mathilda si tu ne me crois pas.

Moi je suis hyper, méga rouge, c'est bon on n'a rien fait. Ils pensent à quoi ?

- Allez viens Mathilda, me disent les filles car elle voient que je suis dans une situation assez embarrassante.

Je vais donc les rejoindre et les mecs partent faire du skate.

- Alors il s'est passé quoi avec Aurélien ? demande Lisa.

- Mais rien, que voulez-vous qui se passe ? lui dis-je intriguée par tant de questions.

Je leur raconte juste le pourquoi du comment nous sommes arrivés en retard.

- Ce n'était pas pour te vexer que je te demande ça c'est juste pour te prévenir et te dire comment est Aurélien. Après c'est à toi de juger par toi même son comportement.
- C'est un mec qui collectionnes les filles, me rajoute Stéphanie.
- Ça je l'avais bien compris, leur dis-je en rigolant.
- Il change de copine presque toutes les semaines, rajoute Stéphanie.
- Non mais ne vous inquiétez pas, j'ai cerné le type de personnage de toute façon, il ne se passera rien avec lui.

Nous continuons à parler et j'apprends mieux à connaître Amélie et Stéphanie, ce sont de super filles.

- Il est trop beau Fabien, nous sort Amélie en pleine discussion.
- Tu es en kiff sur lui ? la questionnai-je.
- Ça fait un moment que l'on se cherche mais on est jamais sorti ensemble, me répond t-elle.
- Oui ça tu peux le dire que ça fait un moment, dit Lisa en rigolant.
- Vous franchissez le pas quand ? ajoute Stéphanie.
- Je sais pas, répond Amélie.
- Et vous les filles vous êtes en couple ?
- Non, j'attends le bon, me dit Lisa.
- Moi j'ai quelqu'un en vue mais j'attends la rentrée pour concrétiser les choses, et toi tu es en couple ? me demande Stéphanie.
- Non pas pour l'instant.
- Quelqu'un en vue peut-être ?
- Non, je verrai bien à la rentrée. (*La menteuse, c'est pas bien de mentir, me dit ma conscience. Mais elle est pas bien celle là, à*

qui elle pense. Tu le sais très bien à qui je pense, fais pas l'innocente, me répète-t-elle. Satanée conscience.)

Julien arrive suivi de Fabien et de Aurélien.

- Alors les filles on parle de nous ? demande Fabien en rigolant.
- Peut être bien, hein Amélie, répond Stéphanie avec un large sourire.

Amélie est devenue toute rouge, la pauvre, quelle fouineuse cette Stéphanie. Elles me font trop rire ces filles.

- Amélie tu peux venir faut que je te parle ?
- J'arrive Fabien.
- Futur couple, rajoute Aurélien.
- Vas-y tais toi, lui répond Fabien.

Amélie part donc avec Fabien. Ils seraient vraiment choux ensemble ces deux-là.

- Viens Auré on va chercher des kebabs pour tout le monde ?
- Vas-y tout seul j'ai la flemme.
- Vous venez avec moi Steph et Lisa ?
- Nous arrivons, disent-elles en choeur.

Julien, Stéphanie et Lisa partent donc acheter des kebabs pour tout le monde. Je reste donc seule avec Aurélien.

- Au fait Mathilda, tu me passeras ton numéro, ça m'évitera d'attendre trente minutes devant ta porte la prochaine fois, ricane-t-il.

Je lui passe donc mon numéro.

- Viens je vais t'apprendre à faire du skate.

Il me voit moi sur un skate, pour qu'il se foute de moi ? Non merci.

- Non mais je vais tomber, douée comme je suis.
- Viens je te tiens t'inquiète.

Je ne sais pas ce qui me prend, je me lève donc et je vais avec Aurélien vers le skate.

- Monte je te tiens.
- Non après tu vas me lâcher.
- Mais non viens, tu as pas confiance ?
- Non justement.
- Allez fais pas ta chochotte.

Cette phrase me motive, ni une ni deux je monte sur le skate pour lui montrer que je n'ai pas peur. Mais au bout d'un moment arrive ce qui devait arriver : je tombe du skate mais heureusement Aurélien me rattrape in-extremis. Puis une fille arrive de nulle part en gueulant (Je suis toujours dans les bras d'Aurélien.) :

- Ouais bébé tu fais quoi avec cette p*** ?
- Tu peux parler mieux quand même, lui répond Aurélien.
- Je te répète tu fais quoi avec cette p*** ? insiste-t-elle.

Je me détache des bras d'Aurélien et vais vers la fille, je sens que ça va mal se passer. Je suis très gentille mais quand on m'insulte ça peut partir très vite.

- C'est moi la p*** hein ? lui dis-je énervée.
- Ouais bouffonne.

Non mais pour qui se prend cette fille !

- Mais regarde comment tu es habillée (Elle a une robe bleu foncé super courte avec des escarpins de quinze centimètres.) et c'est moi la p*** !

41

- Tu fous quoi dans les bras de MON mec ! (Elle a bien insisté sur le MON. Alors là, je comprends tout de suite que c'est Pénélope la copine d'Aurélien.)
- Vas-y arrête Péné, lui dit Aurélien calmement.

Je vois que derrière cette Pénélope, Fabien et Amélie reviennent.

- Voilà l'autre pétasse de Pénélope, crie Fabien en arrivant.
- Non mais bébé tu les laisses m'insulter sans rien dire ?
- Non allez Péné on se voit plus tard.
- Toi aussi tu me dégoûtes, tu risques pas que je vienne ce soir, lui répond-elle avec un sourire coquin.

C'est vraiment une allumeuse cette fille, je ne sais même pas comment Aurélien peut la supporter, en tout cas les autres ne peuvent pas se la voir apparemment. Elle n'ajoute rien et part comme si de rien n'était. Moi je suis super énervée qu'une fille comme ça m'insulte pour rien... Je commence à remballer mes affaires et à partir.

- Mais reste Mathilda, c'est une conne cette Pénélope de toute façon, me dit Fabien.
- Non, non c'est bon je rentre, je me suis contenue de ne pas lui en foutre une alors c'est bon je préfère rentrer.

Malgré la bande qui veut me retenir je rentre chez moi. Une fois rentrée, je commence à préparer mon sac de cours car demain c'est ma rentrée à la fac. Cette Pénélope m'a mis les nerfs et l'autre Aurélien qui dit rien en plus... Une heure plus tard, je reçois un message d'un numéro inconnu.

- Allez reviens.
- C'est qui ? dis-je encore énervée.
- C'est Auré, allez reviens, elle sait pas ce qu'elle dit.
- Tu m'as pas retenue tout à l'heure donc je vais pas revenir. Tu diras également à ta copine qu'elle apprenne la politesse.

- Allez reviens ma petite capricieuse.

Je ne réponds plus, celui-là aussi est insupportable, qu'il reste avec sa pseudo-copine.

- Reviens.
- Mathilda.
- Je ne reviendrai pas !

Je ne réponds plus à ses messages, il m'a saoulé autant qu'elle sur ce coup. Je continue donc à me préparer pour demain, ensuite j'appelle Laly pour lui donner des news. Je passe aussi un petit coup de fil à mes parents qui sont encore en voyage d'affaires. Je me prépare à manger, puis je finis ma soirée devant l'ordi. J'essaye d'imaginer comment va se passer ma première journée à la fac demain... Je prends mon iPhone : cinq appels manqués, dix messages. Un appel manqué de Lisa et quatre autres d'Aurélien. Cinq messages des filles et cinq d'Aurélien. Mais il me veut quoi lui encore ? Il me dégage presque et là il croit revenir tranquille ? J'éteins mon portable et pars me coucher. J'espère que la fac va me réserver de meilleures surprises...

Chapitre V

Premier jour à la fac…

Le lendemain, mon réveil sonne : il est 7h. Je me prépare, prends ma douche. Je mets une robe noire avec des nu-pieds noirs et un petit gilet. Je me lisse les cheveux et fais un maquillage léger. 7h30 je suis dans les temps, il me reste trente minutes. Je prends un bol de céréales et un verre de jus de fruit et c'est parti. Lisa doit m'attendre dans le hall car hier on a dit que l'on s'attendrait.

- Salut. Alors pourquoi tu es partie hier ?
- Coucou désolée de ne pas avoir répondu à tes messages.

Je lui explique tout.

- T'inquiète, si ça peut te rassurer, je ne l'aime pas moi non plus, elle m'énerve. Bon prête pour la rentrée ?
- Oui j'ai cru comprendre que peu de personnes de la bande ne l'appréciaient. Oui et toi ?
- Tu as bien compris, rit-elle. Sinon oui je suis prête, de toute façon aujourd'hui ils vont juste nous expliquer et on va avoir nos emplois du temps.
- Oui ça va être tranquille.

Nous nous dirigeons vers la fac qui est à cinq minutes de la cité universitaire. Nous retrouvons la bande mais il n'y a pas Aurélien. Heureusement je n'ai pas envie de le voir. Ça sonne puis nous nous rendons dans un grand amphithéâtre. Le doyen et les professeurs font un grand discours pendant deux heures. On nous distribue ensuite nos emplois du temps. Moi j'ai pris une section littéraire avec une spécialisation histoire / géographie car j'aimerais devenir professeur des écoles. Nous sortons de l'amphithéâtre à midi et nous allons manger à la cafétéria avec la bande.

Je vois Aurélien plus loin avec Pénélope, je ne fais pas attention à eux; rien que de les voir j'ai une envie de meurtre. Je ne commence qu'à 14h alors vers 14h je me dirige vers l'amphithéâtre B100. Je vois Aurélien qui se dirige vers moi, je me dépêche donc de rentrer pour ne pas le voir. Une heure trente de cours passe. À 15h30 j'ai fini les cours, je rentre donc à mon appartement.

Je regarde mon emploi du temps, il est assez bien aménagé : demain (Mardi) je commence à 11h pour finir à 16h. En gros, j'aime mon emploi du temps, mais il va falloir que je bosse quand même pendant ces heures où je n'ai pas cours si je veux réussir mes examens et mes partielles.

La sonnerie de mon iPhone me sort de mes pensées : c'est Aurélien qui m'appelle. Je ne lui réponds pas, il faut que je lui montre dès le début qu'on ne revient pas vers moi comme ça. Ensuite je me rends compte qu'il faut que j'aille faire les courses si je veux manger ce soir car mon frigo et les placards sont vides. Je pars donc faire les courses, je rentre une heure plus tard. Laly m'appelle pour me raconter sa première journée en école d'infirmière. Elle me parle d'un gars qu'elle a trouvé beau et que peut être il pourrait se passer un truc entre eux. Nous en venons à parler d'Aurélien…

- Tu lui reparles toujours pas ? me demande-t-elle en parlant d'Aurélien car même loin on se tient au courant de nos petites histoires.
- Non je l'ai évité toute la journée.
- Et tu comptes lui reparler ?

- Je vais attendre un peu, les mecs comme ça se croient tout permis et ça m'énerve.
- Attendre qu'il en ait assez de te courir après, et après tu risques que ce soit lui qui ne te parle plus.

Laly adore me faire la morale mais peut être qu'elle a raison, je ne le connais pas plus que ça en plus.

- Tu as peut être raison, j'irai le voir demain.
- Je pense que ce sera le mieux.

Je finis ma conversation avec Laly. Vers 19h30 je commence à me faire à manger puis je mange vers 20h10 devant Plus Belle La Vie. Une de mes séries préférées. Vers 22h je pars me coucher. J'allais m'endormir quand je sens quelqu'un se glisser sous la couette... Je sursaute et vois que c'est Aurélien.

- Alors on fait plus la gueule mademoiselle ?
- Punaise Auré tu m'as fais peur, tu es pas bien dans ta tête mon pauvre !
- Tant mieux c'était le but mais t'inquiète pas pour moi tout va bien.
- Très drôle, tu imagines, j'aurais eu une crise cardiaque, tu aurais eu ma mort sur la conscience.
- Ah la la tu es un cas Mathilda. En plus c'est de ta faute, t'as qu'à pas laisser la porte ouverte et je ne serais pas entré, dit-il mort de rire.
- Mais ce n'est pas vrai, j'avais pourtant fermé la porte.
- La preuve que non.
- Pourquoi tu es là ?
- Parce que j'avais envie.
- Mais moi j'ai pas envie que tu sois chez moi.

Mince qu'est ce que j'avais dit à Laly; que j'allais lui reparler et apprendre à mieux le connaître car Laly m'a dit : « S'il faut il n'est pas celui que tu crois. ».

- Désolée pour hier et pour maintenant je n'aurais pas dû m'en prendre à toi mais à elle.
- Pas grave c'est oublié. Sinon ta première journée à la fac s'est bien passée ?
- Normal quoi.
- Tu fais encore la gueule ?

Je fais encore un peu la gueule, je suis assez rancunière.

- Un peu, pas trop.
- Et au fait, je vais t'apprendre à m'éviter toi.

Il commence à monter sur moi et à me faire des chatouilles. *(En plus je ne supporte absolument pas ça.)*

- Auré arrête.
- J'arrête si tu me pardonnes vraiment, me dit-il en me montrant sa joue gauche. Et si tu me fais un bisou, ajoute-il.
- Rêve.

Il continue de plus belle.

- Stop arrête Auré, dis-je à bout de souffle.
- J'arrête si tu fais ce que je t'ai dit.

Au bout de deux minutes, je fais donc ce qu'il m'a dit sinon j'allais me pisser dessus à force de rire.

- Tu vois, c'était pas si compliqué.
- Ben moi je vais aux toilettes parce que tu m'as achevée là.
- Quelle réponse, tu es vraiment une folle toi, me dit-il en rigolant.

Je vais aux toilettes puis en sortant, une idée me vient. J'appelle donc Auré.

- Auré, Auré viens s'il te plaît.

Je l'entends qui se lève, moi je me suis cachée derrière la porte avec du ketchup. Je l'entends qui se rapproche et puis quand il arrive SPLACH, je l'asperge de ketchup.

- Alors là Mathilda cours, cours vite.

Je suis morte de rire mais vaudrait mieux que je coure comme il me l'a dit. Monsieur attrape la mayonnaise qui est sur la table et me la verse toute dessus. C'est parti en troisième guerre mondiale, tout vole dans l'appartement. Auré finit en m'aspergeant et en me mettant dans la baignoire, il prend la poire de la douche et m'arrose.

- Alors c'est cool le bain hein ? me questionne-t-il en se foutant évidement bien de moi.

Mais comme il est penché, j'attrape son T-shirt et je le tire de toutes mes forces; il tombe avec moi dans la baignoire.

- Oui tu as vu c'est cool, et c'est encore mieux à deux je trouve, lui répondis-je morte de rire.
- Tu es trop forte toi. Je l'ai pas vu venir celle-là.
- Tu as vu la force est avec moi. *(Ha, ha, ha)*. Je me suis vengée.
- Tu fais plus la gueule alors ? me demande-t-il avec une tête toute mignonne.
- Je crois que non, dis-je morte de rire.
- Tu sais que tu es plus belle quand tu souris que quand tu fais la gueule.
- Tes phrase toutes faites, tu sors aussi les mêmes à Péné.
- J'ad, J'ad, J'ad, Jalousie.
- Maintenant tu reprends les phrases des télé réalités. Aucune personnalité mec, lui dis-je en rigolant.
- Vas-y fous-toi de moi. Bon, on sort de là parce que sinon on va attraper froid.

Je rigole, bien sûr que je vais pas me gêner de me foutre de lui, je suis trop méchante.

- Moi je ne sors que si tu me portes en princesse pour sortir.
- Bon alors salut.

Il fait style de partir, puis il revient et se met devant moi.

- Venez Mademoiselle la princesse dans les bras du plus beau du royaume, rigole-t-il.

Je suis pliée de rire, il est pire qu'un enfant, il me fait tellement rire. C'est un vrai bébé en fait ce garçon.

- Tu me fais trop rire.
- Je vois ça.

Quand nous arrivons à la cuisine, il me pose par terre.

- La princesse est arrivée à destination.
- Merci le plus nul du royaume.
- Tu veux être une vraie princesse ? me demande-t-il en souriant de toutes ses dents.

Moi qui répond oui comme une débile, il me tend alors un produit pour nettoyer le sol qu'il a trouvé dans mon placard.

- Et tu veux que je fasse quoi avec ça ?
- Tu veux faire la princesse alors fais comme dans la pub où tu nettoies les sols et tout et après t'es la princesse de la maison. *(Je ne sais pas si vous voyez cette pub pour un produit qui enlève toute les saletés. La princesse est enfermée dans son donjon et elle voit un prince qui vient la délivrer. Elle se rend compte que le donjon est tout sale, elle prend le produit et en une minute tout est propre.)*
- Tu es vraiment bête mon pauvre, dis-je en riant. Mais bon désolée pour toi les princes nouvelle génération aident aussi les princesses à faire le ménage alors prends le produit et on nettoie ensemble.

50

Enfin passons, je sais pas où il va chercher tout ça. Il m'aide quand même à tout nettoyer et quand tout est propre, il repart chez lui et moi je vais me coucher. Heureusement demain je ne commence qu'à 11h car il est déjà 1h du matin. Nous avons passé trois heures ensemble avec Auré. Je vais donc me coucher en pensant à la soirée passée avec Aurélien.

Le lendemain 10h je me réveille et me prépare pour aller en cours. Il est 10h, je suis dans l'amphithéâtre, je sors mon Macbook et commence à noter le cours d'histoire. L'amphi est plein, nous sommes au moins trois cent étudiants. Je suis assise vers le fond à coté d'un garçon qui est très mignon *(Mais pas autant qu'Aurélien, quand même, je l'avoue. Stop Mathilda, il est en couple et rien ne se passera avec lui.)* Il est blond aux yeux noisettes, grand et assez musclé. Enfin passons, je suis en cours et non en séance de rencontre; il est 12h et je me rends à la cafétéria pour déjeuner, je vais aussi rejoindre la bande.

- Hey salut Mathilda. Ça va ? me demande Stéphanie en me faisant la bise.
- Oui et toi ?
- Ça va, ça va.

Je finis de dire bonjour à la bande puis nous nous posons à la cafétéria pour manger. Aurélien arrive à ce moment, il dit bonjour à tout le monde et me dit dans l'oreille :

- Tu as bien dormi ?
- Oui.

Nous continuons ensuite de manger.

- Vous venez ce soir à la soirée ? demande Aurélien.

Tout le monde répond oui bien sur.

- Quelle soirée ?
- La soirée de début d'année à la fac, me répond Amélie.
- D'accord, je savais pas qu'il y avait une soirée.
- Tu viens alors ? me demande Aurélien.
- Je pense… Si vous y allez, je vais venir.
- Oui viens ça va être cool, me dit Amélie.

Nous finissons de déjeuner, puis les filles me proposent d'aller faire les magasins pour nous trouver des robes pour ce soir. Je suis bien sûr partante, j'adore faire les magasins. L'après-midi s'achève, nous finissons toutes à 15h ça tombe bien. Nous nous retrouvons donc devant la fac; Lisa et Amélie sont déjà devant à nous attendre.

- Stéphanie est toujours en retard ce n'est pas possible, râle Amélie.

Quelques minutes plus tard, nous voyons Stéphanie arriver.

- Tu es pas un peu en retard par hasard ? lui demande Lisa.
- Un peu, mais j'ai une bonne raison, j'étais avec Lucas.
- Ah là, c'est une bonne raison alors, lui répond-elle.
- Qui est-ce Lucas ? demande Amélie.
- C'est le mec dont je vous avais parlé au parc l'autre jour.
- Oui vas-y raconte.

Stéphanie nous raconte tout en allant au centre commercial, elle nous a dit qu'elle nous présenterait Lucas ce soir.

- Vous voulez acheter quoi pour ce soir ?
- Des robes, nous disons en choeur.

Nous commençons à faire toutes les galeries marchandes et à essayer pleins de robes et chaussures. Moi je prends une robe en voile bleu foncé avec une ceinture dorée et des spartiates dorées. Amélie et Lisa ont pris deux robes identiques mais pas de la même couleur; Amélie en vert foncé et Lisa en vert pomme. Elles ont aussi pris des chaussures assorties. Stéphanie a pris une jolie robe noire et des chaussures aussi assorties. Nous prenons sans oublier des accessoires et du maquillage.

- On va être au top les filles ce soir.

Il est 17h, nous commençons donc à nous diriger vers la cité universitaire. La soirée commence à 21h donc nous nous sommes dit qu'on se rejoindrait à 21h devant la cité universitaire pour pouvoir partir tous ensemble. Nous rentrons ensuite chacune chez soi.

Chapitre VI

Soirée Universitaire…

Je rentre chez moi et reçois un message d'Aurélien.

- Je passe te prendre à 21h.
- Non c'est bon, on se rejoint avec la bande devant la cité universitaire et on part tous ensemble.
- C'était pas une question, c'était une affirmation, je passe te prendre à 21h sois prête.
- Ok !

Qu'est-ce qu'il est pénible, ce n'est pas possible. Son comportement, sa façon de faire est agaçante, il veut toujours avoir le dernier mot. Je me prépare et mets les affaires que j'ai achetées, me lisse les cheveux, me maquille et je suis prête. Il est 20h30 et Aurélien débarque dans mon appartement comme si de rien n'était, c'est une manie chez lui ou quoi ? Il pourrait au moins frapper, c'est la politesse.

- Tu es magnifique.

Il me complimente c'est bien la première fois depuis que je le connais. Je ne peux que le complimenter à mon tour. *Juste une excuse pour lui dire qu'il est beau oui, me susurre ma conscience.*

- Tu es pas mal non plus, lui dis-je.

Il a un Jeans noir Diesel avec un T-shirt Kaporal moulant. Juste pour que l'on voit ses abdos. *Pas mal, pas mal tout ça. Stop conscience !*

- Tu es pas arrivé un peu tôt là quand même ? lui dis-je surprise car il n'est que 20h30.
- Merci dis le si je te dérange aussi…

Je crois bien que je viens de le vexer. En même temps ça ne lui fera pas de mal. Il faut lui tenir tête un peu.

- Mais non ce n'est pas ce que je voulais dire.

Nous continuons de parler puis vers 21h nous rejoignons les autres. Ils sont tous super bien habillées. Autant les filles que les garçons. Nous sommes super class ! Nous arrivons presque à la salle où se fait la soirée et Aurélien me dit :

- Pas de connerie ce soir hein, me dit-il avant d'entrer dans la salle.

Pour qui se prend-il, ce n'est pas mon père. En plus d'après ce qu'a sous-entendu Fabien l'autre jour c'est lui qui ne cesse de faire des conneries.

- C'est plutôt à moi de te dire ça, lui dis-je sur le ton de la rigolade.

Il ne rajoute rien et nous rentrons tous dans la salle, la musique est déjà à fond et plein de monde danse, parle, boit. La fête bat déjà son plein. Stéphanie nous présente Lucas : il est très gentil, ils feraient un beau couple tous les deux. Aurélien est parti bien sûr voir Pénélope. *Toujours bien habillée celle-là. (Haha)* Je vais me servir à boire puis le garçon qui était à coté de moi ce matin dans l'amphithéâtre vient me voir. Je le reconnais, c'est vrai qu'il m'avait tapé dans l'oeil. C'est le beau blond de ce matin.

- Salut moi c'est Clément, je crois que ce matin nous étions à côté pour le cours d'histoire et géographie.
- Enchantée, moi c'est Mathilda, oui je crois bien que nous étions à côté, lui dis-je en souriant.

Nous parlons un peu avec Clément puis il repart avec ses potes et moi je reviens vers la bande. Nous parlons de tout et de rien. Nous apprenons simplement à mieux nous connaitre. Il me parait sympathique. Il y a Aurélien et Pénélope. Pénélope est assise sur les genoux d'Auré *(Tranquille quoi, me dis-je à moi-même.)*; quand je suis revenue, Aurélien me regardait super mal. Cette Pénélope je peux définitivement pas me la voir !

- Viens bébé, on va danser.
- Non j'ai pas envie là, lui répond-il.
- Vas-y bébé pour me faire plaisir.

Et bam dans tes dents, ça lui reste bien. Je suis bien contente qu'elle se soit fait refouler par Aurélien. Pas très gentil tout ça, me dit ma conscience en rigolant. En même temps je n'ai absolument pas envie d'être gentille avec ce genre de fille !

- Je t'ai dis non et en plus j'ai pas envie de te faire plaisir, n'insiste pas.
- Et ben moi quand il s'agira de te faire plaisir, tu pourras aller te brosser.

Quelle crasseuse cette fille, elle pense vraiment qu'à ça. Qu'elle impolitesse de parler de la sorte. Elle décampe s'en rien ajouter de plus. Bon débarras.

- Comment tu peux rester avec une meuf comme ça ? lui demande Fabien.
- Elle est un peu débile, sinon elle est gentille.
- Gentille, gentille… Son cul est gentil non ? réplique Julien.
- Vas-y toi commence pas, de toute façon ça ne vous regarde pas.

Pendant la soirée un petit rapprochement a lieu entre Amélie et Fabien, ils sont trop choux. Moi je suis tranquille, posée, puis Clément vient me voir, nous parlons de tout et de rien. Il me propose ensuite d'aller danser, je lui dit oui, de toute façon je n'ai rien à perdre. Je jette un coup d'œil vers Aurélien pendant que je danse avec Clément. Aurélien à l'air super énervé et il me regarde trop mal. J'ai fait quoi encore, pas pire que lui quand même avec cette Pénélope. Je vois qu'il vient vers nous, pousse Clément et prend sa place. Il ne manque pas de culot celui-là. Je le regarde méchamment pour lui montrer que ce n'est pas un comportement à avoir. Heureusement que Clément n'a rien dit et qu'il n'a pas fait d'histoire car Aurélien l'a bien poussé quand même.

- Oh ! Tu fais quoi Auré là ?
- Je prend la place de l'autre crétin, répond-t-il sur un ton agacé.
- Déjà c'est pas un crétin et tu ne le connais pas en plus. Et je croyais que tu ne voulais pas danser.
- Je le connais plus que tu ne le crois et maintenant j'ai envie de danser, réplique-t-il sur un ton ferme.

Il continue son charabia; il commence à m'énerver sérieusement, moi je viens pas pousser Pénélope et me mettre sur les genoux d'Aurélien. Il se croit vraiment tout permis. Je décide donc de sortir de la piste de danse et de rentrer. Je ne le supporte plus !

- Tu vas où Mathilda ? me demande-t-il en essayant de m'attraper le bras mais je réussis à l'esquiver.

Je ne le calcule pas et vais voir la bande pour leur dire que je rentre.

- Bon moi je vais y aller.
- Déjà ? me demande Julien.
- Oui je commence à être fatiguée.
- À demain alors, rentre bien et fais attention.
- Bisous à demain.

Je sors de la salle et commence à marcher, il y a cinq minutes de marche de la salle à la cité universitaire. En plus, il fait super noir et pas très chaud, ce n'est pas très rassurant. Je marche, je marche et commence à entendre des pas derrière moi, je commence à marcher de plus en plus vite. Les pas se rapprochent, je me mets à courir le plus vite que je peux, mais j'entends les pas encore derrière moi. On m'attrape par derrière, je me mets à crier.

- C'est bon crie pas, ce n'est que moi.

Je reconnais sa voix c'est bien sur Aurélien. Que me veut-il encore ?

- Mais tu es vraiment débile ma parole, lui dis-je énervée.
- Si tu n'étais pas partie ce ne serait pas arrivé, me crache-t-il à la figure.
- T'avais qu'à pas me saouler et je serais restée.
- Et d'où tu sors la nuit toute seule, tu ne sais pas ce qui peut t'arriver, dit-il énervé.

Il s'inquiète pour moi maintenant. C'est un comble !

- On joue le protecteur maintenant, en plus je ne vais pas me faire agresser je sais me défendre quand même.
- Si je veux jouer le protecteur c'est mon problème. Justement c'est ça qui me fait peur, tu pourras pas te défendre avec ta force de poisson rouge

Il est mort de rire de sa pauvre comparaison sur la force de poisson rouge mais à ce moment précis je n'ai absolument pas envie de rire.

- Rigole, rigole… Vas plutôt voir ta meuf et me saoule pas
- Oui j'ai compris en fait c'est ma meuf comme tu dis qui te dérange, sourit-il.

- Je m'en fous, tu fais ce que tu veux mais tu viens pas me saouler quand je suis avec un mec et tu lui manques encore moins de respect.
- Un mec, un mec… mais c'est un bâtard ce type.
- Un bâtard mais tu le connais même pas, tu te rends compte comment tu parles des gens. Et toi ta Pénélope c'est pas une p*** par hasard ?
- Tu parles de moi mais tu vois comment tu parles d'elle. En plus ce n'est pas une p***. Elle est peut être un peu débile, mais ce n'est pas une p***.
- Mais moi je dis juste la vérité sur elle. Si c'en était pas une, elle n'aurait pas parlé comme ça tout à l'heure et s'habillerait mieux que ses petits trucs ras le cul et moulants. Mais si tu aimes les filles comme ça, c'est ton problème pas le mien.
- Toi tu connais même pas Clément et tu danses avec lui. Tu sais même pas comment il est ce mec, si tu te fais violer par ce bâtard, viens pas me voir en me disant « j'aurais du t'écouter » !
- Oui vas-y c'est bon arrête d'inventer des conneries pour pas que je lui parle, après c'est moi qui suis jalouse mais bien sûr !

Je commence à partir et à marcher vers la cité universitaire. Il se prend vraiment pour qui pour oser juger les gens comme ça. Il n'est pas croyable. Il faudrait toujours en passer par ce que monsieur veut. D'un coup, je me sens décoller du sol.

- Aurélien lâche moi, pose moi et dépêche toi, vite !
- Vas-y chut, commence pas avec tes grands airs. Tu veux faire la fille forte mais au fond tu es encore un petit bébé.
- Tu vas voir si je suis un petit bébé.

Je précise qu'il me porte en sac à patate et en plus je suis en robe. Je commence à lui taper sur le dos pour qu'il me lâche mais bien sûr il résiste et se fout de moi en prime.

- Aïe, Aïe, Aïe c'est qu'elle me fait mal ma petite Mathilda.
- Bon c'est bon Aurélien on a assez joué, pose moi !

Il ne me pose toujours pas et nous arrivons à la cité universitaire. Nous prenons l'ascenseur et arrivons devant la porte de mon appartement.

- Vas-y Auré pose moi.
- Passe tes clés comme ça j'ouvre et je te pose à l'intérieur.
- Non pose moi comme ça j'ouvre, tu comptes t'inviter comme ça.
- Ouais tranquille, je fais comme chez moi... Allez passe les clés, dit-il mort de rire.
- Non !
- T'inquiète je peux attendre tu sais.

Au bout de cinq minutes, je finis par lui passer les clés, il ne lâche rien celui-là, il est vraiment têtu.

- Prends les clés dans mon sac.
- Tu vois quand tu veux, rigole-t-il.

Il prend mes clés et ouvre le porte, je suis toujours sur son dos, il commence à courir vers la chambre et me jette sur le lit, en se mettant au-dessus de moi.

- Alors on fait moins la maligne comme ça, hein petite Mathilda.
- Bien sûr, en plus je suis pas petite, dis-je d'un ton boudeur.
- Enfin on dira ça comme ça que tu es pas petite, pour pas dire minuscule.
- C'est bon arrête de dire des bêtises, c'est pas gentil, lui dis-je en lui mettant des coups dans le torse.
- Moi je dis des bêtises hein ? Et je ne suis pas fait pour être gentil ma petite.

Il se penche vers moi, nos visages ne sont même pas à deux centimètres l'un de l'autre. Je dois être toute rouge. Il se rapproche de plus en plus et me mord la joue.

- Aïe mais ça fait mal, lui dis-je en me frottant la joue énergiquement.
- Mon pauvre petit chou, je lui ai fait mal, rigole-t-il.
- Oui tu m'as fait mal et en plus tu es sur moi et comme tu es hyper gros *(Ce qui n'est pas vrai, il n'a que du muscle mais chut on ne lui dit pas.)*, tu m'écrases.

Il s'affale encore plus sur moi, pour bien faire exprès.

- Tu as vu je suis énorme, rigole-t-il comme un enfant.
- Je le vois pas trop là, mais je le sens surtout.

Il finit par se décaler et me laisse sortir.

- Enfin le gros est parti.
- Ha, ha, ha très drôle.
- Bon moi je vais me doucher.
- Je peux venir ? Il me regarde avec une petite tête de bébé.
- Mais bien sûr, tu rêves non !
- Tu es pas sympa tu sais, boude-t-il.
- Oui, oui je sais. Attends moi là, je reviens quand j'ai fini.

Je vais donc me doucher et ressors une demi heure plus tard toute propre. J'étais en pyjama, enfin, en petit short et long t-shirt. Je me rends compte que ce garçon est de nature très lunatique.

- Tu sors tranquille comme ça.
- Oui pourquoi ça te dérange ? lui dis-je amusée.
- Non, non bien au contraire, me répond-il en se mordant la lèvre.

Ce garçon est vraiment un obsédé, il me fait rire.

- Gros obsédé va !
- Nous avons des yeux, c'est pour regarder. Sinon je peux aller me doucher vite fait, j'ai ramené mes affaires quand tu étais à la douche, me dit-il amusé.

Tranquille monsieur prend ses aises, on ne se dérange pas surtout.

- Vas-y t'es un petit obsédé, file à la douche tu pues.

Il va à la douche rapidement vu qu'il ressort dix minutes plus tard; moi je me suis posée dans le lit avec mon iPhone et là je l'entends sortir, je relève la tête. Mama mia il sort torse nu avec juste un short… Comment vous dire que je bave, enfin presque.

- Alors on bave sur mon corps de rêve et après c'est moi l'obsédé.
- Tu prends trop tes rêves pour des réalités mon petit.

Il va ensuite dans la cuisine et revient avec un plateau rempli de choses à manger et à boire. Il peut être gentil quand il le veut.

- Je te propose qu'on regarde un film que j'ai rapporté de chez moi.
- Et quoi comme film ?
- Surprise !

Ce simple mot « surprise » me fait peur venant d'Aurélien. Il met le DVD et vient se poser avec moi dans le lit. Le film commence; au début ça va mais en fait c'était un film d'horreur donc après même pas deux minutes ça faisait trop peur. Je déteste ce genre de films. Le film est l'histoire d'une fille tuée par son père donc elle hante tout son village et tue plein de monde. C'est pas un super film enfin pas ce qui me plaît. Je déteste ça !

- Auré enlève ça de suite, ça fait trop peur.
- Non il est trop bien ce film tu vas voir, tu vas pas pouvoir dormir de la nuit, ricane-t-il heureux de sa réponse.
- Et tu es content en plus, il est trop gore ce film.

Aurélien est trop à fond dans le film quand la fille tranche des têtes ou des trucs comme ça, il est trop content. *Un vrai psychopathe ce mec.* Moi je suis en train de trop flipper je me cache sous la couette. Je sens alors une main me tirer, je me mets à hurler.

- Crie pas c'est moi, rigole-t-il.
- Mais arrête, toi aussi si tu ne me faisais pas regarder des films comme ça…
- T'inquiète c'est bientôt fini il reste dix minutes.

Il reste dix minutes, dix minutes d'horreur oui. Pendant les dix minutes je reste sous la couette, ce film est horrible. Le film fini, je décide d'aller aux toilettes mais à cause de ce film j'ai trop peur de voir une ombre ou un truc comme ça. Je me décide quand même à y aller, en plus ce n'est qu'un film. Je sors des toilettes et me dirige vers la chambre puis je vois une ombre sur le mur. Je me mets à hurler, on me met la main sur la bouche et on me retourne. C'est bien sûr Aurélien. Moi qui ai eu la peur de ma vie, j'ai les larmes aux yeux.

- Pauvre abruti va !
- Désolé je ne voulais pas te faire peur, me dit-il d'un air vraiment désolé.

Moi je me précipite dans le lit et me mets sous la couette et fonds en larmes, j'ai eu vraiment peur. Et comme je suis assez émotive, je pleure. Aurélien vient avec moi dans le lit et essaie de m'enlever la couette pour me voir.

- Je ne voulais pas te faire pleurer.

Je ne réponds toujours pas, j'ai eu vraiment trop, trop peur. Je sens qu'Aurélien me prend dans ses bras et me serre fort. Je commence à sortir ma tête de dessous la couette, je dois avoir une tête de films d'horreurs pour le coup là.

- Vraiment désolé, je ne croyais pas que tu allais avoir si peur.

- Je suis très peureuse, alors ne refais plus jamais ça, tu es vraiment idiot quand même.

Je suis toujours dans ses bras, il essuie mes larmes avec son doigt et me fait un bisou sur le front. Nous parlons ensuite un peu puis je m'endors toujours dans ses bras. Le lendemain je me réveille, il est toujours à coté de moi, il a ses mains autour de ma taille et dort toujours. Il est tellement beau quand il dort, on dirait un petit bébé. Je lui fais un bisou sur la joue et pars me doucher puis je m'habille. Je mets un Jeans et un haut à fleur. Je vais préparer le petit déjeuner pour l'amener à Aurélien. Je me dirige vers la chambre, pose le plateau par terre et saute sur le lit, enfin sur Aurélien.

- Allez debout, il est 11h.
- Laisse moi encore dormir un peu.

Il me dit ça avec une petite tête de petit ourson mal réveillé.

- Non, non allez on se réveille, criais-je dans ses oreilles.
- Tu es chiante tu sais, me dit-il encore mal réveillé.
- Je sais, je sais, et fière de l'être en plus !

Il me tire vers lui.

- Je me lève si tu me fais un bisou.

Je lui fais un petit bisou sur la joue puis je lui porte son plateau avec le petit déjeuner dessus.

- Merci tu es adorable tu sais.
- Je savais, pas besoin de me le dire.
- Comme elle se vante la fille.
- Et oui je suis trop forte et j'assume, en plus je suis gentille avec toi, je ne devrai pas après ce que tu m'as fait hier.
- Je voulais pas te faire aussi peur, me dit-il avec une petite tête toute désolée.

Il mange son petit déjeuner et repart chez lui se préparer, il revient une heure après. Il est déjà 12h30, il n'est pas pressé.

- Allez viens je t'emmène manger un morceau en ville.
- Si tu veux mais c'est loin à pied ?
- Attends tu vas voir.

Nous sortons de l'appartement et on se dirige vers le parking de la cité universitaire.

- On fait quoi là ?
- Attends deux secondes tu n'es pas patiente toi comme fille quand même.

Il sort des clés de voiture de sa poche et nous nous dirigeons vers un gros 4X4.

- Montez Mademoiselle, me dit-il en m'ouvrant la portière.
- Elle est à toi cette voiture ? dis-je ébahie devant cette belle voiture.
- Non au pape, oui bien sûr elle est à moi.
- Tranquille, on s'embête pas à ce que je vois.
- Quand on me l'offre je dis pas non.
- Qui te l'a offerte ? dis-je intriguée. Cette voiture doit valoir une petite fortune.
- Mon père, il croit qu'aimer ses enfants veut juste dire leur offrir les objets les plus chers, me répond-il avec un visage tout à coup plus triste.

Je vois qu'il n'est pas bien, je n'aurais pas dû lui poser cette question. Je sais que les rapports avec ses parents sont difficiles mais je n'en sais pas plus. Je découvrirai cela bien plus tard. En attendant il faut que j'apprenne à tenir ma langue. Et également à calmer ma curiosité.

- Désolée pour ces questions un peu indiscrètes, dis-je confuse.

- Mais non t'inquiète ce n'est pas grave, ce n'est rien.

Nous roulons donc jusqu'en ville, il roule d'ailleurs assez vite. Nous nous arrêtons déjeuner dans un petit bar sympa. Nous parlons beaucoup et j'apprends un peu mieux à le connaitre. Peut-être même que je commence à l'apprécier. Sur cette belle note nous rentrons à la cité universitaire. Je vais ensuite passer un mois : nous sommes mi-octobre, rien n'a trop avancé avec Aurélien. Ma petite routine d'étudiante est restée la même. Nous nous voyons souvent avec Aurélien et nous sommes même devenus très proches. Nous dormons souvent l'un chez l'autre mais sinon rien de plus. Il n'est plus avec Pénélope mais avec une autre fille qui se nomme Laura. Je vous rassure elle est du même genre que Pénélope c'est à dire provocante et tout ce qui va avec. Je ne peux pas me la voir bien sûr ! Je suis très jalouse surtout que je me suis beaucoup rapprochée d'Aurélien. Il voit que je suis très jalouse et en joue beaucoup. Je me sens bien quand je suis avec lui, mais je pleure aussi souvent le soir car au final il joue beaucoup avec mes sentiments. Enfin le mot sentiment est un grand mot, nous avons su créer une grande amitié. Je n'apprécie donc pas de le partager avec une autre personne quelque qu'elle soit. Sinon avec la bande tout va bien, je me suis bien rapprochée de Stéphanie, elle est adorable. Amélie sort maintenant avec Fabien. Il y a bien quelques disputes mais dans l'ensemble, tout se passe bien. Stéphanie ne sort pas encore avec Lucas mais je pense que c'est pour bientôt car tous les deux sont très complices. Moi j'ai appris à connaître un peu mieux Clément; Aurélien me répète toujours les mêmes choses qu'avant par rapport à lui, mais je m'en fiche, je verrai bien par moi-même. Enfin voilà nous sommes le vendredi 15 octobre je me prépare pour aller à la fac. Pour ce qui est de la fac tout va bien, j'ai appris à bien prendre le rythme car ça change quand même beaucoup du lycée. Aurélien arrive dans l'appartement alors que je suis sur le pas de la porte, prête à enfiler mon manteau pour partir.

Chapitre VII

Week-end chez Auré...

- Salut beauté.

Ça commence bien dès le matin il me joue son petit numéro. Il est impossible mais tellement attachant.

- Hey Auré.
- J'ai un truc à te proposer pour ce week-end ? me dit-il mystérieusement.

Que va-t-il encore inventer dois-je dire oui. Attendons d'abord sa proposition avant de faire des plans sur la comète.

- Oui vas-y dis toujours.
- Tu restes ici ce week-end ?
- Oui comme tous les week-end.

Je ne suis pas encore rentrée chez moi depuis la rentrée car de toute façon, si je rentre je serai toute seule car mes parents sont encore en voyage d'affaires...

- Moi je rentre chez moi ce week-end alors je te propose de venir avec moi.
- Moi ? dis-je surprise.

Je suis surprise même très surprise pourquoi veut-il m'emmener moi. Pourquoi pas Laura ? Je me pose un milliard de questions avant qu'il ne continue son discours.

- Bien sûr toi, tu vois quelqu'un d'autre avec nous ?
- Mais je vais vous déranger.
- Tu sais moi la famille c'est pas trop ça. Et j'aimerais que tu sois avec moi, je veux te présenter ma mère et mon petit frère. (Ses parents sont divorcés comme il me l'avait expliqué lors de la soirée qu'il a passée chez moi.)
- Bon c'est d'accord alors.

En fait je suis super contente qu'il me propose ça à moi mais j'ai aussi le trac, aller chez lui, rencontrer sa famille. Je trouve ça très important et surtout pas adapté à mon statut d'amie.

- Tu m'attends à 16h devant la fac quand tu as fini, on fait les valises et on part, me dit-il.
- C'est d'accord.

La mère d'Aurélien habite à deux heures de la fac, donc ce qui dit deux heures de route dit deux heures seule avec Auré.

- Pourquoi tu me prends à moi et pas Laura ?

Il fallait que je lui pose cette question. C'est important que je sache. *Curieuse, curieuse. Chut conscience !*

- Tu comprends pas, je m'en fous de Laura !

Il se fout de Laura mais pourquoi il reste avec elle ? Ce garçon n'est absolument pas logique.

- Ok.

C'est la seule chose que j'ai pu lui répondre, tellement sa réponse est insensée. Nous partons pour la fac, je pense toute la journée à ce que m'a proposé Aurélien. J'appelle Laly pour lui raconter à l'inter-cours, elle me dit que cela peut être une bonne chose de nous retrouver en dehors de l'université et que je vais pouvoir voir sa vraie personnalité. *Elle a peut être raison.* A midi je mange avec la bande. Je parle de tout ça à Stéphanie qui est devenue en quelque sorte ma confidente.

- Sinon je t'ai pas dit, Aurélien m'invite à venir chez lui ce week-end.
- Trop cool, il se passe un truc entre vous, obligé, sinon Aurélien ne serait pas comme ça avec toi, dit-elle toute contente.
- Non il ne se passe rien entre nous, c'est un ami. Mais pourquoi tu me dis ça ?
- Bien sur, me dit-elle avec un clin d'oeil. Parce qu'Aurélien n'a jamais amené une fille chez lui à part ses potes.
- Il y a une première fois à tout, que veux-tu, lui dis-je en rigolant.
- Obligé il va se passer un truc entre vous, Aurélien a beaucoup changé depuis que tu es arrivée, dit-elle toute excitée.
- Je ne pense pas, on est trop différent. Tu trouves qu'il a changé ?
- Oui, il est différent.

Cette discussion me trotte dans la tête. Il a changé ? Certes il est gentil avec moi maintenant mais ça s'arrête là. Nous retournons tous en cours et vers 16h j'attends Auré devant la fac. Quelqu'un arrive derrière moi et me cache les yeux.

- C'est qui ? dit-il en prenant une voix de petite fille.
- Auré.

Je suis morte de rire, il est vraiment bête des fois.

- Tu commences à me connaître.
- Oui t'as vu ça, j'ai reconnu tes grosses mains et ta voix de petite fille, lui dis-je en rigolant.

71

- Tu es trop méchante avec moi, rigole-t-il.

Nous rentrons à la cité universitaire faire les valises, je suis en train de faire la mienne et…

- Viens Mathilda s'il te plait je m'en sors pas avec ma valise.

C'est vraiment un enfant il n'arrive pas à faire sa valise seul. Qui va gentiment l'aider ? Mathilda bien sur !

- Attends j'arrive, je finis de boucler la mienne.

Il m'appelle bien sûr pour que je l'aide à faire sa valise. Alors, gentille comme je suis, je l'aide à la faire et pour la fermer, je me mets sur la valise et il la ferme *Je suis sûre, que tout le monde le fait.* Voilà nous sommes enfin prêts pour partir, Auré porte les valises dans sa voiture.

- Alors prête ? me demande-t-il soudain tout excité.
- Oui.
- Bon on y va alors ?
- Allons-y.

Nous commençons donc à prendre la route et c'est parti pour deux heures, la mère d'Aurélien habite dans une villa à côté de la mer. Me tarde d'y être, j'adore la mer.

- Contente d'être venue ? me demande-t-il avec un air sérieux.
- Bien sûr que oui.
- Moi, je suis content de te présenter à ma mère et mon petit frère, tu sais je n'amène pas beaucoup de monde chez moi.
- Moi aussi je suis contente de venir mais j'ai peur de déranger, Stéphanie m'a dit que tu n'invitais pas beaucoup de monde chez toi, je suis une privilégiée, lui dis-je amusée.
- Tu sais si je t'ai invitée c'est que tu ne déranges pas et en plus tu vas demander des infos à Steph, tranquille, me dit-il en rigolant.

- J'ai pas eu besoin de lui demander, c'est elle qui me l'a dit.
- Tu es devenue plus proche de Steph ?
- Oui c'est avec elle que je m'entends le mieux. Elle est top cette fille.
- Et ta meilleure amie, elle te manque pas ?
- Si tu savais comme elle me manque, dis-je soudain attristée.
- T'inquiètes tu vas la revoir bientôt.
- Oui j'espère.

Je n'ai pas vu Laly depuis que je suis rentrée à la fac et elle commence à me manquer. Nous continuons à parler de tout et de rien. Il me change vite les idées et je me sens mieux. Aurélien me dit qu'il a un beau-père mais qu'il ne s'entend pas très bien avec lui et c'est pour cela qu'il rentre très rarement chez sa mère. Au bout de deux heures nous arrivons enfin devant une villa.

- Voilà c'est chez moi.
- Très sympa je trouve.

Nous avançons petit à petit vers la maison et le stress monte. Je me demande comment ça va se passer, si je vais pas déranger et un tas d'autres questions. Aurélien prend sa clé et ouvre la porte.

- Ma mère n'est pas encore là, m'annonce-t-il.
- Elle rentre vers quelle heure ?
- Vers 18h quand elle aura récupéré mon petit frère à la garderie.
- D'accord.

Aurélien va chercher les valises qui sont dans la voiture. J'en profite pour regarder autour de moi. La décoration est plutôt épurée mais très jolie. Quand il revient, il me fait visiter les autres pièces de la maison qui sont d'ailleurs très sympas. Il me montre sa chambre qui est une chambre de pur mec. Elle est grise et noire assez grande.

- Tu dors avec moi ce week-end.

- Je sais pas, on est chez toi quand même…
- Si, si tu dors avec moi, ma mère s'en fout et moi j'ai envie.
- Si tu insistes…
- Après tout, nous ne sommes que de simples amis.

Vers 18h, nous entendons la porte d'entrée claquer. Nous descendons donc. Je vois un petit garçon trop mignon de quatre ans, qui ressemble énormément à Aurélien et une femme d'environ quarante ans qui a les mêmes yeux qu'Aurélien.

- Salut maman, hey mon petit Thibaud, je vous présente Mathilda une copine, qui est venue passer le week-end avec nous.
- Bonjour Madame, salut toi, dis-je en me baissant à la hauteur de Thibaud.
- Bonjour, appelle moi Claire au lieu de madame et on se tutoie d'accord ?
- C'est d'accord Claire.
- Moi c'est Thibaud le plus petit de la famille et le plus mignon aussi. Et toi comment tu t'appelles déjà ?
- Coucou moi c'est Mathilda.

Le frère d'Aurélien s'appelle donc Thibaud; je ne lui avais même pas demandé et sa mère Claire. Ce sont des gens simples et accueillants. Claire parle un peu avec Aurélien et moi pendant ce temps je joue avec Thibaud. Aurélien vient me voir après avoir bien discuté avec sa mère et me propose de venir manger avec lui.

- Je t'emmène manger en ville ce soir, donc vas te préparer, on part à 20h.
- Attends mais il me reste que trente minutes pour me préparer.
- Oui un grand défi pour toi, rigole-t-il.
- Très drôle, dis-je en rigolant.

Je monte donc me préparer pour cette soirée. Je me demande bien où va m'amener Aurélien ce soir. Je me douche, me prépare, je mets une robe beige en voile avec des chaussures beige assorties. Je me lisse ensuite les cheveux et me maquille légèrement. Je regarde l'heure : 20h30, Auré va me gronder ! Je vais le rejoindre dans sa chambre, il porte un Jeans noir Kaporal et une chemise blanche, la classe.

- Tu es enfin prête.
- Arrête j'ai pas mis beaucoup de temps. Pour une fois j'ai même fait vite je trouve. Sinon la grande classe ce soir monsieur Blake.
- J'ai sorti ma tenue de pingouin.
- N'importe quoi, tu sais tu es très beau comme ça.
- C'est vrai que tout compte fait ça me va très bien ce côté monsieur sérieux. Je suis trop un beau gosse.

Il adore se vanter, un vrai narcissique. Mais j'appends à faire avec.

- Allez monsieur se la pète. Tu sais tout à l'heure ton frère m'a fait penser à toi quand il a parlé.
- Mon frère un vrai beau gosse à 4 ans déjà, il a été à la bonne école avec moi. Il tient de son grand frère que veux-tu, s'esclaffe-t-il.

C'est vrai qu'avec un frère comme lui, tu ne peux qu'avoir confiance en toi.

- J'ai vu ça, lui dis-je en rigolant.
- Bon assez parlé on y va.
- Tu m'emmènes où ?
- Surprise.

Nous descendons et au moment de partir nous croisons son petit frère.

- Auré je peux venir ?
- Non mon bébé je sors avec Mathilda. Mais demain je t'emmène quelque part d'accord ?

Aurélien est très doux et attentionné avec son petit frère. Je n'aurai pas cru voir un Aurélien comme ça un jour.

- Tu préfères emmener ton amoureuse, et moi tu me laisses tomber, lui dit-il d'une petite voix tout en boudant.
- Mais non c'est juste un dîner entre elle et moi, c'est tout, je ne t'abandonne pas petit champion.
- Tu vas faire un dîner aux chandelles avec ton amoureuse. (Il ne le dit pas tout à fait comme ça car il n'a que quatre ans mais c'est dans le même style.) En plus Matida (Il m'appelle Matida car il n'arrive pas bien à prononcer Mathilda.), elle est trop joulie. (Il dit aussi joulie au lieu de jolie.)

Il est vraiment trop chou ce petit avec sa petite bouille d'ange. Il doit déjà en faire craquer plus d'une. En tout cas moi je suis sous le charme de ce petit bout.

- Contente qu'elle te plaise. Tu me la piques pas hein ? dit-il amusé.
- Si peut être ! Tu fais dodo avec moi ce soir Matida.

Il ne perd pas de temps, tous pareils dans cette famille.

- Bien sûr mon chéri.
- Tu as vu elle m'appelle déjà mon chéri, dit-il tout content.
- Je commence à être jaloux. Bon, nous on y va champion sinon on va être en retard.

Nous faisons un gros bisou à Thibaud puis nous partons en direction de la voiture. En route pour je ne sais pas où… Surprise, surprise comme dit si bien Auré.

- Il est trop chou ton frère.
- Parce qu'il t'a dit que tu étais belle ?
- Non parce qu'il est mignon avec sa petite bouille.
- Il a quand même raison tu es belle.

Je deviens toute rouge. À quoi joue-t-il encore ?

- Tu es encore plus belle quand tu es gênée.

Plus il en rajoute plus je rougis. Stop Auré, nous nous arrêterons là pour aujourd'hui. Tu veux que je meure ?

- Tu me sors tes grandes phrases du samedi soir, lui dis-je pour ironiser la situation et pour me sortir de ma phase de gène totale.
- Tu sais que tu es comique en plus comme fille.
- Je sais, je sais. Tu me dis où on va ?
- Surprise je t'ai dit.
- Mais tu es pas sympa, je veux savoir.

Je fais style de bouder pour l'embêter, moi je veux savoir !

- Tu boudes ?
- Oui.
- Alors on rentre, me dit-il pour me taquiner.
- Non, non, non je boude plus.
- Tu as vite changé d'avis, une vraie gamine, rigole-t-il.

Nous arrivons pas loin d'une plage où il y a un petit restaurant, c'est vraiment magnifique. Nous pouvons apercevoir la mer au loin.

- Voilà nous sommes arrivés mademoiselle.
- C'est vraiment trop beau.
- Oui j'aime bien cet endroit, je venais souvent ici avec mon père, me dit-il d'un air triste.

Nous nous dirigeons donc vers le restaurant.

- Vous avez réservé une table ?
- Oui.
- A quel nom ?

- Aurélien Blake.

Le serveur nous amène à notre table qui se trouve sur la terrasse au bord de la mer. C'est splendide !

- Vous avez choisi une très belle table, nous dit le serveur en me présentant la chaise pour que je m'assoies. La grande classe !

Le serveur part et nous nous installons à notre table.

- C'est vraiment un bel endroit avec une belle vue sur la mer. J'adore.
- Content que ça te plaise, j'aime également beaucoup cet endroit. Ça me rappelle beaucoup de souvenirs.

Je peux ressentir de la nostalgie dans sa voix. Mais il passe vite à autre chose en attrapant les cartes posées au bout de la table. Nous choisissons ensuite nos menus. Le serveur vient prendre nos commandes, il nous apporte ensuite nos plats. Nous commençons donc à manger tout en discutant.

- C'est vrai tout à l'heure, quand nous allons rentrer nous allons voir l'autre con, me dit-il au bout d'un moment.
- Qui ? lui dis-je interloquée.
- Mon beau père Jérome, tu sais il me déteste et je le déteste tout autant.
- Pourquoi ?
- Il se fout de la gueule de ma mère, c'est pas un homme bien pour elle. Il ne lui porte pas l'attention qu'il devrait.

Il continue à me parler de son beau-père qu'il n'apprécie vraiment pas.

- Tu sais il va peut être dire, c'est même sûr beaucoup de conneries à mon égard ou même sur toi. Il faut tout simplement ne pas y faire attention, ce n'est qu'un con de toute façon.

- T'inquiète je ne vais pas faire attention à ce qu'il va pouvoir dire. Je m'en fiche, je ne suis pas venue pour lui.

Nous venons ensuite à parler de Laura sa petite copine.

- Dis moi pourquoi tu n'as pas amené Laura avec toi ?
- Tu vas pas recommencer avec elle.
- Je veux savoir pourquoi c'est moi qui suis ici à sa place.

Cette question sans réponse me trotte sans cesse dans la tête.

- Tu comprendras un jour l'important c'est que tu sois-là toi avec moi. Non ?
- Quand un jour ?
- Je sais pas un jour ou l'autre. S'il te plait fais-moi le plaisir de l'oublier ce week-end. Tu veux ?
- Oui. Ai-je le choix. Non !

Que faut-t-il que je comprenne dans cette phrase ? Tant de questions sans réponse avec lui Nous finissons de manger dans le calme. Une fois fini nous décidons d'aller nous poser un peu sur le sable avant de repartir.

- Tu veux l'emmener où ton frère demain ? lui dis-je en me rappelant ce qu'il avait promis à son petit frère avant que nous partions.
- Tu sais que tu viens toi aussi ?
- Mince, je comptais rester seule chez toi, lui dis-je en rigolant.
- Comme tu veux, on sera plus tranquille sans toi, me taquine-t-il.
- Alors je pense que je vais venir juste pour vous embêter.
- Si tu viens je te dis pas où je vous amène.
- D'accord j'attendrai, dis-je sagement.

Nous continuons un peu à parler. Comme la fraicheur commence à bien tomber nous décidons de rentrer. Quand nous pénétrons dans la villa encore tout joyeux de notre soirée. Aurélien pousse la porte de chez lui, je vois son regard changer et son sourire disparaitre. Je pénètre donc à mon tour dans le salon et il y a un homme sur le canapé. Vu le regard qu'Aurélien lui lance, je comprends immédiatement que l'homme qui se trouve assis devant nous ne peut être que son beau-père.

- Tu m'avais pas dit que l'autre était arrivé Claire, gueule ce dernier.
- Déjà il s'appelle Aurélien et c'est mon fils, il vient quand il veut tu m'entends. C'est d'abord chez lui avant d'être chez toi.

Jusque-là Aurélien ne dit rien. Je remarque que la situation est extrêmement tendue dans ce foyer.

- Ouais, ouais ton fils un bon à rien tu veux dire, en plus il ramène sa p***.

Quoi mais il est vraiment pas bien ce type.

- Je t'interdis de parler comme ça Jérome, dit Claire rouge de colère.

Aurélien s'avance vers Jérome, je le retiens par la main.

- Les types comme ça ne valent même pas la peine qu'on leur en colle une. Souviens-toi de ce que tu m'as dit, on s'en fout de ce qu'il dit, dis-je calmement en le regardant dans les yeux.
- Non mais là ç'en est trop, il t'insulte devant moi et de p*** en plus, dis Aurélien super énervé.

Il dégage sa main de la mienne et se dirige tout droit vers Jérome.

- Sale con va, tu ne traites pas ma copine de p***.

Moi sa copine ? *La seule phrase que tu retiens dans ce drame, ma pauvre fille, tu divagues, rigole ma conscience.* Pendant ce temps

Aurélien ne lui laisse pas le temps de répondre et lui colle son poing dans la figure. Mince, je n'ai pu rien faire pour le retenir.

- Petit con va.
- Vas-y répète un peu pour voir.

J'attrape Auré par l'avant bras, avant que ça ne finisse vraiment mal.

- Vas-y viens on monte.
- Heureusement qu'elle est là sinon je t'aurais démonté pourriture, lui lance Aurélien avant de me suivre.

Jérome ne réplique pas. Il saigne du nez et regarde Aurélien d'un air meurtrier. Nous montons dans la chambre d'Auré. Je vois qu'il va mal, je le prends donc dans mes bras.

- Je suis vraiment désolé, si j'avais su que ça allait se passer comme ça, dit-il pleins de remords.
- Tu n'as pas à être désolé, ce n'est pas de ta faute.
- Si quand même.

Après cet incident Aurélien décide d'aller se doucher. Il ressort une bonne dizaine de minute plus tard, il semble plus détendu qu'il y a quelques instants. Il est bien sur torse nu. *Toujours aussi parfait me fait remarquer ma conscience.* Je vais à mon tour me doucher. Quand je reviens, monsieur est affalé sur le lit en train de regarder un match de foot. Super la soirée va être animée. Enfin je préfère le foot que les films d'horreurs.

- Viens te poser à côté de moi.

Je ne me fais pas prier, je m'étends à ses côtés, plus précisément dans ses bras.

- Auré on peut changer.

- Non.
- Allez, allez s'il te plait.
- Tu veux voir quoi ?
- **Ma première fois** .
- Je suis pas une fillette pour regarder ça moi.
- Allez de suite, je le sais bien, sinon tu ne sortirais pas avec Laura. À part si c'est un homme. Je ne sais pas, c'est vrai qu'elle ressemble à un homme tout compte fait, dis-je morte de rire.
- Vas-y mais tais-toi.
- Allez mon petit Auré fais ça pour moi.
- Tu es vraiment saoulante comme fille tu sais ! Il parle de quoi ton film ?
- C'est pour ça que tu m'aimes. Mon film est une très belle histoire d'amour.
- Qui t'a dit que je t'aimais ? Et en plus si c'est une histoire d'amour non merci.
- Pourquoi tu as dit tout à l'heure devant Jérome : « Tu n'insultes pas ma copine » ?

Il fallait bien que je lui ressorte ça, qu'elle idiote. Je parle souvent trop vite. Il faudrait que j'écoute le proverbe qui dit « Tourner sept fois sa langue dans sa bouche avant de parler ».

- Tu as retenu que ça de la conversation. *Exactement, arrête conscience.* J'ai dit ça comme ça, c'est sorti tout seul.

Heu ! Comment dire, je suis juste un peu vexée qu'il me sorte ça comme ça. Pas la moindre hésitation de sa part. Au moins cela me remet directement les pieds sur terre. Je me suis fait un peu trop d'idées, de toute façon il en à rien à faire de moi. Sa copine c'est Laura. *(Laura l'homme. Hi ! Hi ! La fille trop méchante.)*

- Tu es vexée mon amour ? me dit-il pour se foutre de moi et pour enfoncer un peu plus le clou.
- Vas-y regarde ton foot et tais-toi !
- Elle est énervée en plus, la petite. Tu me vexes chérie.

- Allez arrête ne me saoule pas Aurélien !
- C'est bon je rigole. Tu veux qu'on regarde ton film de fillette pour faire passer ta colère ?
- Déjà ce n'est pas un film de fille comme tu dis. Et oui je veux bien qu'on le regarde !
- Chaîne combien ?
- Chaîne quarante-neuf.

Aurélien met la chaîne quarante-neuf et le film commence. Aurélien me prend dans ses bras et je me blottis contre lui. C'est fou comme j'arrive à lui pardonner si vite. Il faut que j'apprenne à lui tenir tête. Mais pas maintenant, je suis trop bien dans ses bras. Aurélien n'arrête pas de dire que le film est nul et patati patata.

- C'est un film pour les faibles ça.
- Punaise, tu ne peux pas te taire, c'est le meilleur moment du film ça.
- Mais ce n'est pas bientôt fini ces conneries ? L'amour, l'amour, l'amour que des histoires tout ça.
- Chut maintenant Auré, ça suffit.

Le film touche à sa fin et moi je pleure comme d'habitude à la fin de ce film qui est trop triste.

- Mais pourquoi tu pleures princesse ?
- Mais tu vois pas que la fin de ce film est trop triste.

J'adore quand il me donne des petits noms trop mignons comme princesse.

- Je vois pas ce qui est triste.
- De toute façon tu comprends rien alors, tu as même pas suivi le film.
- Mais si mais en plus il est nul.
- Oui j'ai compris tu aimes pas ce genre de film.

- Tu as tout compris. Il était mieux le film de l'autre fois que j'avais ramené chez toi.
- Pffff ça c'était trop nul ce film d'horreur.
- C'est normal tu connais rien au cinéma.

La discussion continue encore enfin, la mini embrouille. Nous adorons nous chamailler. Puis nous finissons par nous endormir dans les bras l'un de l'autre. Demain Aurélien nous emmène dans un endroit encore tenu secret avec Thibaud.

Je me réveille vers 9h et je vois qu'Aurélien est en train de me regarder.

- Hey Auré.
- Salut toi.
- Si je ne rêve pas tu étais en train de me regarder ?
- Je crois que tu étais effectivement en plein rêve.
- Je n'en suis pas si sure.
- Non je rigole, tu es trop choupinette quand tu dors, c'est pour ça que je te regarde.
- Ah d'accord, dis-je en rigolant.

Nous nous levons puis nous partons en direction de la cuisine pour petit déjeuner dans la bonne ambiance.

- Coucou Matida. *Il m'appelle toujours comme ça, ce petit est trop chou.* Tu as pas dormi avec moi cette nuit, me dit-il avec une petite tête toute triste.
- Non mon petit chéri tu dormais déjà quand on est rentré.
- Ce n'est pas grave, je te pardonne, me sourit-il.

Il est vraiment adorable cet enfant.

- Et à moi tu me dis pas bonjour.

Thibaud saute dans les bras d'Aurélien et lui fait un gros bisou.

- Ah je préfère ça.
- On va où alors aujourd'hui ?
- Oui on va où alors ?
- Surprise je vous dis. Allez vous préparer on part dans vingt minutes.

Nous allons donc nous préparer pour partir, puis une fois prêts nous partons avec le 4X4 d'Aurélien. Tout le monde s'installe. J'aide Thibaud à s'attacher. Puis je me place côté passager au côté d'Auré qui se trouve au volant. On dirait une vraie petite famille.

- Alors vous avez une idée de l'endroit où nous allons ? nous demande Auré au bout d'un moment de trajet.
- J'espère que ce sera cool, demande Thibaud.
- Moi ton frère je t'ai déjà emmené dans une activité nulle ?
- Je sais pas, rigole Thibaud, je ne me souviens plus très bien. *Adorable ce petit.*

Après plus d'une heure de route, nous arrivons devant Walibi.

- Mama mia c'est trop cool, je ne suis jamais venue à Walibi, dis-je en sautant partout sur le parking. Les personnes autour de nous doivent me prendre pour une vraie folle. Je suis limite plus contente que Thibaud qui à quatre ans.
- Tu es pire qu'un gosse toi. Tu es même plus contente que Thibaud d'être là.

Lui aussi l'a remarqué.

- Arrête moi aussi je suis trop content, râle ce dernier.

Thibaud fait alors un bisou à son frère.

- Matida tu fais pas un bisou à Auré ?
- Tu sais Mathilda est très sauvage, elle ne sait pas faire de bisou.

85

- Vas-y tais-toi. Aurélien dit que des bêtises, Thibaud ne l'écoute pas.

Je prends Thibaud et lui fait plein de bisous.

- Tu vois je fais plein de bisous, mais j'en fais pas à Aurélien car il est pas gentil.
- Ce n'est pas vrai, ne l'écoute pas, grogne celui-ci.

Nous nous dirigeons tous les trois vers Walibi et nous commençons par faire quelques attractions, c'est vraiment bien. Aurélien a eu une très bonne idée. À midi nous nous posons pour manger dans un petit restaurant sympathique à l'abord du parc.

- Alors ça vous plaît ?
- Moi j'adore le bateau sur l'eau. On pourra le refaire, demande Thibaud.
- Oui on aura le temps on ne repart que vers 18h.
- Super.

Ensuite il part jouer sur le toboggan et nous nous retrouvons seuls en tête en tête.

- Ce soir ma mère et Jérôme dorment pas à la maison. Ma mère a préféré aller dormir ailleurs pour pas que l'autre con fasse encore des histoires. Je suis encore désolé pour hier soir, s'excuse-t-il pour la centième fois.
- C'est pas la peine, en plus ce n'était pas de ta faute.
- Avec toi rien ne paraît grave, comment tu fais pour tout le temps positiver comme ça ?
- Je me prends pas la tête avec des gens qui n'en valent pas la peine voilà. Lui doit déjà avoir oublié alors que toi cette histoire te ronge. Fais comme lui.
- Tu n'as pas vraiment tort, merci d'être là.

Nous avons fini de manger. Thibaud revient tout content car apparemment il s'est fait plusieurs copains durant son escapade.

- On va faire d'autres jeux ? dit-il plus motivé que jamais.
- Oui attends on range un peu les affaires et on y va.
- Ok Matida.

Nous finissons de ranger et nous repartons pour faire d'autres attractions. Nous passons l'après-midi et nous décidons de partir vers 18h car Thibaud est crevé. Nous montons donc tous les trois en voiture en direction de chez Aurélien et Thibaud. Même pas deux minutes de trajet que Thibaud dort déjà, il est épuisé de cette superbe journée.

- Auré, le petit dort.
- Avec tout ce qu'il a couru aujourd'hui ce n'est pas étonnant, rigole-t-il en le regardant à travers le rétroviseur intérieur.
- Oui c'était super merci.
- Je crois que Thibaud t'aime bien.
- Je l'adore aussi.
- Sinon tu veux faire quoi demain pour notre dernier jour ?
- On pourrait visiter un peu ta ville.
- Si c'était l'été on aurait pu aller à la mer, dommage. Une prochaine fois peut être.
- Peut être, dis-je évasivement.

Je vous rappelle que nous sommes en octobre, normalement on ne va pas à Walibi en octobre vous devez vous dire, mais en hiver il y a des attractions adaptées et des spectacles. En plus, aujourd'hui pour un jour d'octobre il fait un beau soleil et bien couverts avec de grosses doudounes tout va bien.

- Oui dommage.
- Pas grave je vais quand même essayer de nous trouver un petit truc à visiter.
- Super, demain on repart vers quelle heure ?

- Vers 17h vu qu'on a deux heure de route, ça nous fait rentrer à 19h si on ne galère pas trop sur la route.
- C'est bon pour moi, il faut juste que je refasse ma valise.
- Ce soir Thibaud reste avec nous.
- Il va pas trop nous déranger de toute façon, il est adorable.
- Je sais même pas s'il va vouloir manger quand on va rentrer.
- On verra bien, sinon on le couchera directement.

Aurélien me passe son téléphone pour que je regarde la sortie que l'on doit prendre. Tout en rentrant l'adresse je vois des messages de lui et Laura.

Message SMS :

- Mon amour t'es où ?
- Je suis chez ma mère !
- Tu aurais pu me le dire bébé. Je nous avais prévu un week-end en amoureux.
- La prochaine fois.
- Je te manque pas ?
- Ton corps me manque. *Mais ils sont affreux ces deux-là.*
- Le week-end prochain je suis toute à toi mon cœur. *Cette fille n'a même pas de respect pour elle même. Comment peux-tu te laisser parler comme ça. Répondre également comme ça. Il faut vraiment avoir une image médiocre de soi.*
- J'espère bien !

Un vrai obsédé ce mec, il ne pense qu'à ça. Je ne sais même pas pourquoi je suis là moi, je fais quoi dans toute cette histoire. Il se fiche vraiment de moi. Je passe pour la cruche de service. Je me sens terriblement humiliée. Aurélien me sort de mes pensées, je ne peux donc même pas finir de lire cette affreuse conversation.

- Alors il faut prendre quelle sortie ? me demande-t-il.
- La sortie numéro onze, dis-je d'un ton sec.

- D'acc. Mais que t'arrive-t-il tout à coup ? me demande-t-il surement à cause de mon ton soudainement plus froid à son égard.
- Non, non rien, tout va bien. *Notez mon ironie dans cette phrase.*

La fin du trajet se fait en silence car je n'ai plus envie de parler. Pourquoi il ne reste pas avec cette Laura au lieu de me prendre avec lui et de me laisser espérer... Je n'y vois vraiment pas clair dans ces histoires, je suis furieuse contre moi même d'être venue avec lui ce week-end.

Nous arrivons chez lui, il est 20h. Thibaud dort toujours, Aurélien le sort de la voiture et le porte dans sa chambre. Moi je vais me doucher et me changer. Quand j'ai fini je pars dans la cuisine pour préparer à manger. Aurélien arrive et me prend par la taille.

- Lâche moi, fais ça à ta copine mais pas à moi.
- Bon dis ce qui t'arrive parce que là, ça va pas le faire, me dit-il en hurlant.
- C'est bon laisse moi, ne m'approche surtout pas dis-je en haussant également le ton.
- Mathilda dis-moi ce que tu as, je vois que ça ne va pas, se radoucit-il.
- Réfléchis par toi-même.

Aurélien vient vers moi et me pousse contre le mur.

- Bon maintenant t'arrête ton cirque et tu me dis ce qu'il y a, jusqu'à maintenant tout allait bien. Depuis que nous sommes rentrés rien ne va plus, explique-moi bordel. Je ne peux pas deviner ce que tu ressens.
- Déjà lâche-moi, dis-je en retirant mes mains des siennes. Et fous moi la paix, d'accord.

Il n'a plus le temps de rajouter quoi que ce soit que Thibaud arrive. Aurélien me lâche direct. Ouf, sauvée pour cette fois, je n'ai pas forcement envie de me confronter à Aurélien. Surtout que la pilule est assez dure à avaler pour l'instant, tout se mélange dans ma tête.

- J'ai fais un gros dodo, j'ai dormi jusqu'à la maison, dit-il encore endormi.
- Et oui mon amour tu as fait un gros dodo, lui répondis-je en lui donnant un baiser sur la joue.
- On mange quand Matida ?
- Bientôt les steaks sont presque prêts. Aurélien peux-tu mettre la table, lui dis-je d'un ton sec.

Il ne répond rien mais je vois qu'il est énervé. Il s'exécute sans broncher. Surement pour ne pas faire d'esclandre devant son petit frère.

- Je peux l'aider ? me demande Thibaud.
- Oui tiens, prends les verres.

Nous mangeons, je décide de ne parler qu'avec Thibaud, ce qui a l'air d'énerver Aurélien. Nous finissons de manger, le reste du repas est très tendu entre moi et Aurélien. Pas un seul mot, ni un regard, nous rangeons également la table en silence seul Thibaud fait la conversation.

- Tu viens me lire une histoire et dormir avec moi ? me demande Thibaud en me prenant la main.
- Oui je viens tout de suite, lui dis-je en le suivant.

Je vais avec Thibaud dans sa chambre, il choisit un livre.

- On peut lire Bambi ?
- Oui l'histoire que tu veux.
- Alors celle-là, je l'adore, dit-il en me tendant le livre.

Je lui lis donc son histoire, il me fait un bisou tout content de notre petit moment.

- Merci Matida. Tu dors avec moi ce soir ?
- Oui mon petit chou.

Thibaud commence à s'endormir, il est quand même 22h30. Si Aurélien ne m'avait pas pris la tête et surtout donné ce satané téléphone, je serai redescendue. Mais là je n'en ai pas l'envie alors je décide de rester avec Thibaud pour éviter une éventuelle confrontation avec Aurélien. Que vais-je lui dire que j'ai fouillé dans son téléphone. Vers 23h30 j'entends la porte de la chambre s'ouvrir; je fais vite semblant de dormir car je sais que c'est Aurélien.

- Je sais que tu ne dors pas. Viens il faut que l'on parle, murmure-t-il pour ne pas réveiller le petit.

Je ne réponds pas pendant deux minutes. Je croyais qu'il allait se décider à partir au bout d'un moment si je ne lui répondais pas. Mais ce n'est pas le cas, monsieur est encore plus têtu que moi. Il commence alors à me porter comme une princesse pour me sortir de la chambre.

- Vas-y lâche moi.
- Fais moins de bruit, Thibaud dort. Et tu n'avais pas à faire semblant de dormir et je n'aurai pas eu besoin de te porter.

Nous sortons de la chambre de Thibaud et il me porte jusqu'à sa chambre. Aurélien me pose une fois dans sa chambre.

- Moi je ne dors pas avec toi, dis-je en croisant les bras sur ma poitrine.

Aurélien me pousse alors sur le lit et se met sur moi.

- Alors comme ça tu vas pas dormir avec moi.
- Bon là tu commences à m'énerver Aurélien, tu joues à quoi ?

- Je te retourne la question. Depuis ce matin tous ce passait bien puis tout d'un coup tu changes de comportement. Comprends-moi, je ne comprends pas ce qui ce passe. Dis-moi ce que tu as. Je t'ai fait quoi ?
- Pourquoi tu m'as emmenée ici ?

Aurélien se remet normalement sur le lit.

- Tu ne vas pas recommencer avec ça.
- Moi je comprends plus rien.
- Tu comprends pas quoi ?
- Pourquoi tu prends pas Laura avec toi ?
- Pourquoi tu veux que je la prenne ?
- Pour faire des choses que tu ne peux pas faire avec moi par exemple, non ? Vu qu'il te tarde tant.
- Mais qu'est-ce que tu dis ?
- Oui fais genre que tu ne comprends pas mes sous entendus. Tu me prends vraiment pour la dernière des cruches.
- Tu les sors d'où toutes ces histoires et ces délires encore ?
- De ton portable peut être.
- Tu fouilles dans mon téléphone ?
- Non même pas besoin, je l'ai vu cette après-midi quand je me servais du GPS, elle a répondu à ton SMS.
- Ah d'accord mais c'est juste un jeu entre nous. Après je m'en fiche d'elle.

Il a un culot monstre d'oser prendre ça à la légère, je suis quoi moi son petit jouet, on me baratine et tout va bien.

- Oui c'est bien, ne compte plus sur moi tu m'entends.
- Toi tu es la pire fille jalouse que je connaisse.
- Je ne suis pas jalouse mais je me demande pourquoi je suis là. C'est sur que des filles tu as dû en voir passer.
- Laisse tomber tu m'énerves. Je t'ai déjà dit que je m'en fichais royalement de Laura.

Il ne rajoute rien et fait comme à son habitude. Quand je veux en savoir plus, il va donc se doucher pour ne pas répondre à mes interrogations. Je ne sais plus comment faire avec lui. Je me pose sur son lit et une idée me vient, vu que j'ai le numéro de Clément. Je vais lui parler en faisant en sorte qu'Aurélien voit que je parle avec lui. Je sais qu'Aurélien ne peut pas voir Clément même si je ne sais pas pourquoi. Alors, quand il revient, je mets mon opération en place. Je prends mon portable et je parle vraiment à Clément. Je fais style de rigoler et tout. Je veux qu'il comprenne ce que ça fait de se sentir trahie ! *Diabolique !*

- Maintenant tu es joyeuse toi. Tu es vraiment bizarre.
- Je fais ce que j'ai envie quand même.
- Tu parles à qui, pour rigoler comme ça.
- Ça te regarde ? lui dis-je en rigolant de plus belle.

Aurélien fait semblant de regarder la télévision puis d'un coup il me prend mon iPhone.

- Mais rends ça, ça te regarde pas de savoir à qui je parle, dis-je en hurlant.

Je vois qu'il commence à lire mes messages avec Clément. Hi, hi, hi mon plan fonctionne à merveille.

- Ne me dis pas que tu parles avec l'autre là.
- Arrête un peu, en plus il ne me parlait pas, dis-je. *Il me fait trop rire quand il fait le jaloux comme ça. L'arroseur, arrosé comme on dit.*
- Fous-toi de ma gueule en plus.
- Non je t'explique juste la vie mon petit.
- Mais tu es vraiment trop conne, viens pas me voir en pleurant si il t'a fait un truc.
- Que veux-tu qu'il me fasse ?
- Je t'aurais prévenu, viens pas te plaindre après.
- Rends mon iPhone.

- Non je parle un peu avec lui.
- Dis pas des conneries.
- Je vais me gêner, rigole t-il en déposant ses doigts sur le clavier.

Discussion SMS :

- T'es où là ?
- Chez le plus beau gosse de la fac.
- Ah merde t'es pas chez moi pourtant.
- Non mais toi t'es le plus moche alors on s'en fout de ta vie.
- Pourquoi tu me parles comme ça d'un coup ?
- Parce que t'es un con, vieux mec.
- Bon c'est bon moi j'arrête de te parler petite conne.
- Hey petit connard tu l'insultes pas c'est compris ?
- Mais qui parle là ?

J'arrive à reprendre mon iPhone et je lis les messages.

- Tu es un gros nul Auré.
- Tu as vu il t'insulte ce con.
- En vrai il t'insulte à toi, pas à moi car c'est toi qui parle.
- Mais bien sûr.

La soirée se finit tranquillement. Je m'excuse auprès de Clément en lui disant qu'un de mes amis avait pris mon téléphone. Je me suis endormie encore énervée contre Auré. Mais également contente qu'Auré soit aussi jaloux. Je ne vous raconte pas la journée du dimanche car elle n'est pas très intéressante, à part des visites. Nous repartons vers 18h de chez Aurélien car ils nous faut deux heures de route pour rentrer. Je dis au revoir au petit bout de chou Thibaud. La mère d'Aurélien s'excuse une nouvelle fois du comportement de Jérome. Aurélien est arrivé à me redonner le sourire le dernier jour de notre week-end. Il faut vraiment que j'apprenne à être plus dure avec lui.

94

Chapitre VIII

Retour à la réalité…

Nous repartons en direction de la cité universitaire. Après deux heures de route nous voilà arrivés. Nous posons nos valises dans nos appartements respectifs, Aurélien vient ensuite me rejoindre chez moi. La soirée se passe tranquillement. Nous mangeons, il va se doucher puis moi ensuite. Notre petit train, train quotidien est en route. Je mets mon tee-shirt puis un petit short pour dormir. Quand je sors je vois qu'Aurélien est bizarre, il me dévore des yeux.

- Qu'est-ce qu'il y a ?
- Tu as vu ta tenue ?
- Et toi tu es torse nu dans mon lit, tu crois que c'est mieux ?

Aurélien se lève et me plaque contre le mur. C'est une manie chez lui de faire ça ou quoi.

- Moi je suis habillé correctement.
- On va dire ça comme ça.

Je vois qu'Aurélien n'arrête pas de fixer mes lèvres. Il se rapproche de plus en plus de moi, nos têtes sont à quelques centimètres l'une de l'autre. Je ne sais pas comment réagir dois-je me reculer ou bien le laisser faire. Je n'ai pas plus de temps de réflexion qu'Aurélien m'embrasse, je mets automatiquement mes mains derrière sa nuque et mes jambes autour de ses hanches. Sur le coup je ne réponds pas de suite à son baiser mais ensuite je me laisse aller à notre étreinte agréable. D'un coup ça devient de plus en plus chaud entre nous, il me dépose sur le lit et m'enlève mon tee-shirt. Je ne peux pas le laisser faire, c'est mon ami. Je ne suis pas sure de ressentir de l'amour. Je ne veux surtout pas être une fille de plus qu'il va mettre dans son lit. Ça je ne le veux pas ! Je décide donc de le stopper avant que ça n'aille trop loin.

- Auré stop s'il te plait pas comme ça, pas maintenant, lui dis-je doucement en me décollant de lui.

Il se décale rapidement de moi et se lève. Je remets vite mon tee-shirt. Il fait les cent pas dans ma chambre, comme un lion en cage qui ne sait pas comment sortir de cette situation embarrassante.

- Putain je suis qu'un gros con, dit-il tout fort, énervé contre lui même.
- Non pourquoi tu dis ça ?
- Putain j'ai failli te faire comme à toutes les autres. Non pas à toi, non tu mérites pas ça. Tu n'es pas comme toutes ces filles à mes yeux, me dit-il complètement perdu.
- Viens là et calme toi, lui dis-je en lui prenant la main.
- Non, non je m'en vais désolé, vraiment désolé.

Aurélien sort de la chambre en tapant la porte. Sur le coup je ne réagis pas, je reste sur le lit sans rien dire. Je ressasse la scène, je revois tout ce qui vient de se passer et je ne m'attendais pas à tout ça ce soir. Est-ce-que j'ai bien fait de le repousser ? Je n'en sais rien. À force de penser et de réfléchir je finis par m'endormir. J'espère que demain tout ira mieux.

Je vais vous passer un mois, un mois où rien ne s'est passé. Aurélien m'évite et ne m'adresse plus la parole depuis ce qui s'est passé l'autre soir. Il enchaîne fille sur fille, ce qui me rend encore plus mal. En plus de tout ça je ne suis toujours pas rentrée chez moi. Ma meilleure amie me manque et mes parents aussi même si je suis habituée à les voir rarement. À cause de tout ça, je ne mange même plus. Je vais de plus en plus en soirées avec Clément et je ne bois pas que de l'eau. (Même si ça ne va pas bien ! Surtout ne pas boire et fumer tout et n'importe quoi, ne pas faire cette erreur !) Ces soirées me permettent d'oublier Aurélien, qui en a plus rien à faire de moi car ça fait plus d'un mois qu'il ne m'a pas parlé. J'ai quand même fait une superbe rencontre qui m'aide un peu à tenir le coup. Elle s'appelle Zoé et je l'ai rencontrée en cours d'histoire. Elle est blonde avec beaucoup de boucles, des anglaises si l'on peut dire, ce qui est très joli. Elle ressemble un peu à Peyton des Frères Scott, elles ont les mêmes cheveux. Ha, ha. Je l'appelle donc souvent Peyton. Cette fille est super, elle est là quand ça ne va pas bien. Si elle n'était pas là je ne sais pas ce que je ferai car la bande m'a un peu laissée de côté.

Je me lève, comme tous les matins, mais je n'ai plus envie de rien, même pas d'aller en cours. J'ai beaucoup maigri car je n'ai plus faim. Je me laisse aller en quelques sorte. Je ne pensais pas que sa présence avait pris tant d'importance pour moi. Ce matin je me décide donc quand même à aller en cours. Je m'habille, sors de mon appartement et fais comme si tout allait bien. Je retrouve Zoé devant la fac.

- Coucou alors toi ça va mieux ou pas ? me demande Zoé comme tout les matins depuis que je la connais.
- Bof, bof je fais comme si tout allait bien.

Aurélien passe devant nous, même pas un regard, rien. Je ne le comprends plus. Je ne croyais pas qu'il allait me lâcher comme ça quand même. Ça me fait mal de le voir. De me dire que tout ce que l'on a vécu en si peu de temps n'était rien, même pas de l'amitié. Il me déçoit au plus haut point. Je découvre sa vraie nature maintenant, ses vraies intentions envers moi.

- T'inquiètes pas, quand il comprendra ce qu'il a perdu il reviendra.

Est-ce que je veux vraiment qu'il revienne ça c'est la vraie question à se poser, me dis-je à moi même.

- Je ne le comprends pas, je ne comprends pas sa réaction.
- Laisse lui du temps et tu verras bien, me rassure t-elle.
- Si je ne l'avais pas repoussé ce soir là, peut être que tout ne se serait pas passé comme ça.
- Tu as bien fait de faire ça si tu ne te sentais pas prête, tu aurais pu regretter par la suite. Vous n'aviez pas entamé de relation, vous étiez de simples amis.
- Oui tu n'as pas tout à fait tort.

La journée se passe tranquillement, la routine quoi. J'ai croisé Aurélien plusieurs fois mais c'est toujours pareil, il m'ignore totalement comme si j'étais une parfaite inconnue à ses yeux. Le soir je rentre à mon appartement et Clément m'appelle.

- Hey Salut.
- Salut.
- Tu fais quoi demain soir pour ton week-end ?
- Bof rien pourquoi.
- Il y a une soirée chez un mec de la fac et tout le monde est invité.
- Ah d'accord.
- Tu viens ? On peut y aller ensemble.
- Je sais pas, il faut que j'arrête un peu les soirées.
- Mais non viens, ça va être tranquille. Tu as besoin de te changer les idées tu me l'as dit l'autre jour. Tu ne peux donc pas refuser.

Devant l'insistance de Clément, je finis par dire oui.

- Bon c'est d'accord, je viens.
- Je t'attends devant la cité universitaire demain soir à 21h.
- Ok.

Je raccroche ensuite et finis ma soirée en pleine déprime. Le lendemain je me lève à midi puis ma journée passe normalement : vers 20h je commence à me préparer, je mets juste un Jeans avec un chemisier blanc et des Converses blanches. Je me coiffe et me maquille un peu et je suis prête. Je ne sais pas pourquoi mais j'ai un mauvais pressentiment pour cette soirée. Clément m'appelle et je descends. Il est venu me chercher en voiture car la soirée est à dix minutes de la cité universitaire.

- Salut et merci d'être venu me chercher.
- De rien, c'est un plaisir ma belle.

Le trajet se passe tranquillement, nous parlons de tout et de rien avant d'arriver quelques minutes plus tard devant une grande villa pleine de monde, où la musique bat son plein. Nous rentrons, tout le monde est déjà bourré ou presque. Nous retrouvons des amis à Clément et nous commençons à boire quelques verres. Il y a plein de mecs qui tournent autour de toutes les filles car ils sont bourrés. Moi pour l'instant je me sens bien, j'ai juste bu quelques verres. Clément est H-S, il fait et dit n'importe quoi. À un moment, Clément me demande de l'accompagner fumer avec lui. Moi innocemment j'accepte. Clément n'est pas un mauvais garçon enfin je pense. Je ne l'imagine pas faire du mal à quelqu'un et encore moins à moi. Mais il faut toujours se méfier des apparences, elles peuvent être trompeuses.

- Tiens prends une cigarette, on va s'en fumer une.
- Non je fume pas, lui dis-je sûre de moi.
- Tiens prends un peu tu vas voir tu vas oublier tes problèmes.

Comme d'habitude, j'écoute Clément. Je ne me rendais pas compte à ce moment-là qu'il pouvait avoir une mauvaise influence sur moi. Je ne suis pas dans mon état normal et je fume mais ce n'est pas une simple cigarette, je pense que vous vous doutez de ce que c'est. Enfin voilà, je suis vraiment pas bien. Je re-rentre dans la villa et je vois Aurélien au loin, il me regarde très mal. Et là d'un coup, je me sens tirée vers le couloir, c'est Clément, qui m'agrippe le bras m'attire avec lui dans un long couloir. Il me pousse vers une chambre et ferme la porte.

- Où m'amènes-tu, lâche-moi.
- Tu vas voir, nous allons bien nous amuser tous les deux, rigole-t-il.

Il continue à me tirer et il me serre le bras, il me fait mal et peur.

- Lâche moi tu me fais mal ! Tu es devenu fou ou quoi ?
- Allez arrête de gueuler, pauvre conne.

Il est complètement défoncé et absolument pas dans son état normal. Il commence à me pousser sur le lit : à ce moment, j'ai peur de ce qui va se passer.

- Mais arrête là.

Il commence à monter sur moi, j'essaie de le pousser mais je n'y arrive pas. Il est plus fort que moi.

- Dégage Clément, tu vois bien que tu n'es pas dans ton état normal, essayais-je de le dissuader.
- Ça fait longtemps que je veux faire ça bébé, alors ferme ta gueule.

Il commence à m'embrasser, j'essaye de tourner la tête de droite à gauche mais Clément me met une gifle. Je me stoppe net et ma vue se brouille, des larmes commencent à apparaitre aux coins de mes yeux.

- Maintenant tiens toi tranquille toi. Je suis pas Aurélien, le soumis moi, je vais te montrer ce que c'est un vrai mec.

Il me fait peur, terriblement peur. Ces yeux sont injectés de sang et tout rouges. Il ne répond plus de lui-même mais par la drogue et l'alcool qui coulent dans ses veines.

- Mais arrête tu es complètement défoncé, lui dis-je une nouvelle fois en pleurs.
- Je vais te montrer si je suis défoncé, ricane-t-il.

Il commence à m'enlever mon chemisier. Je pleure de plus en plus. Ce n'est pas possible, ma première fois ne peut pas se passer comme ça. Je me mets à hurler mais je doute que quelqu'un m'entende avec la musique qui est si élevée, Clément me remet une gifle.

- Arrête de pleurer grosse p***.

Je n'ai plus de force, Clément continue et m'enlève mon Jeans. Puis là, tout d'un coup, la porte s'ouvre...

IX

Sauvée…

- Lâche-la sale bâtard tout de suite, je te préviens sinon ça va très mal se passer, hurle Aurélien en s'approchant de Clément.

Il prend Clément et le balance par terre. Aurélien enchaîne les coups sur Clément et ce dernier saigne de partout. Je ne sais pas quoi faire pour arrêter la fureur qui a pris possession d'Aurélien.

- Auré arrête tu vas le tuer, dis-je en pleurs.

Julien et Fabien arrivent à temps et ils séparent Aurélien et Clément. Clément est tout blanc, comme inerte au sol. En même temps, avec les coups que lui a mis Aurélien… Il vient vers moi, enlève son tee-shirt et me le passe car Clément m'avait déchiré le mien. Je suis donc sur le lit en soutien-gorge et le Jeans à moitié enlevé. J'enfile vite son tee-shirt et remonte mon Jeans. Aurélien me prend dans ses bras car il voit que je ne vais pas bien. J'ai tellement honte qu'Aurélien me voit dans cet état.

- Je suis vraiment désolé, tout ça est de ma faute, me dit-il en me serrant dans ses bras.
- Mais non ce n'est pas de ta faute, dis-je d'une petite voix.
- Si, j'aurais dû te protéger, me dit-il comme rongé par les remords. Bon viens vite on rentre, ajoute-il en m'attrapant le bras.

J'essaye de me lever mais je n'y arrive pas. Avec le choc que j'ai eu, je n'arrive pas à tenir debout, mes jambes sont toutes molles. Aurélien me porte donc comme une princesse. Nous descendons les escaliers, Aurélien fait attention pour ne pas que nous tombions. Une fois arrivés au rez-de-chaussée, tous les regards sont braqués sur nous. J'essaie de cacher mon visage sur l'épaule d'Aurélien. J'ai tellement honte de mettre fait avoir. Alors qu'Aurélien m'avait prévenue à maintes reprises.

- Vous voulez notre photo, aboie Aurélien très agressivement aux personnes qui nous regardent. Ils sont tous complètement saouls, ils ne se rappelleront de rien, me dit-il pour me rassurer.

Nous sortons ensuite rapidement de la maison et Aurélien m'emmène jusqu'à sa voiture. Le trajet se fait en silence jusqu'à la cité universitaire. Je vois qu'Aurélien est assez énervé, il serre les poings et a le regard plus dur que d'habitude. Arrivés à la cité universitaire, je peux marcher mais je n'ai plus de force alors Aurélien me porte à nouveau comme tout à l'heure. Il m'emmène donc dans mon appartement et me pose sur le lit. Je marche difficilement jusqu'à la salle de bain, je me douche parce que je me sens sale à cause de l'autre, Clément. Une fois fini, je vois qu'Aurélien est toujours là. Ça me fait tellement bizarre de le revoir dans mon appartement comme avant. Ça me fait chaud au coeur après ce qui vient de se passer.

- Alors ça va mieux ?
- Oui un peu, dis-je faiblement.
- Bon alors je vais y aller.

Il commence à partir, le voyant s'éloigner je ne peux que le retenir.

- Reste j'ai vraiment besoin de toi ce soir, lui dis-je en pleurant car tout ce qui s'est passé me revient en tête.

Il revient presque en courant et me prend dans ses bras. Ça fait tellement de bien de pouvoir à nouveau le serrer dans mes bras. C'est comme si un manque était de nouveau comblé.

- Je suis vraiment désolé je n'ai pas su te protéger, me dit-il doucement au creux de l'oreille.
- Ce n'est pas de ta faute Auré, lui répondis-je encore en pleurs.
- Arrête de pleurer princesse, je suis là maintenant t'inquiète, me répond-il en déposant un baiser sur ma joue.
- Tu sais j'ai vraiment eu peur ce soir, je n'ose même pas imaginer si tu n'étais pas venu, dis-je la voix tremblante.
- Tu vas voir, il ne va pas s'en sortir vivant ce Clément, dit-il à nouveau super énervé.
- C'est un gros nul mais je pense que tu l'as assez frappé ce soir.
- Ouais c'est ce qu'on verra… De toute façon il ne va pas s'en sortir comme ça !
- Tu sais tu m'as manqué Auré.
- Toi aussi princesse. Maintenant je vais prendre soin de toi.

Aurélien me lâche et je me mets sous la couette, il vient se mettre à côté de moi. Nous parlons un peu mais vraiment pas beaucoup de ce qui s'est passé ce mois-ci pour nous. Je finis vite par tomber de fatigue et je m'endors dans ses bras qui m'avaient manqué. C'est quand nous sommes un moment séparé d'une personne que nous nous rendons compte de son importance dans notre vie. Dans la nuit je me réveille en sursaut trempe de sueur. Je viens de faire un cauchemar avec pour personnage principal, Clément. Aurélien se réveille aussitôt et me prend dans ses bras.

- Ça va Mathilda ? me demande-t-il inquiet.
- Je viens de faire un cauchemar où Clément me violer.

Je me mets à pleurer en me rendant compte que j'ai évité le pire.

- Allez viens, ça va aller, tu es avec moi maintenant, me réconforte-il en m'entourant de ses bras musclés.

Nous nous couchons et j'essaye de m'endormir mais je n'y arrive pas. Je réussis à m'endormir quelques heures après sous l'effet de la fatigue. Le lendemain je me réveille et Aurélien n'est plus à côté de moi. J'ai tellement peur qu'il disparaisse une nouvelle fois de ma vie. Je pense que je ne le supporterai pas ! Puis j'entends du bruit dans la cuisine, ce doit être lui, je suis tout à coup rassurée.

- Auré c'est toi qui es dans la cuisine ?
- Oui, attends j'arrive.

Aurélien arrive avec un grand plateau qui est rempli d'un copieux petit déjeuner.

- Fallait pas préparer tout ça.
- Si, tu as vu comme tu as maigri, tu n'as plus que la peau sur les os.
- Mais non tu dis n'importe quoi, j'ai du perdre trois kilos à peine.
- Oui bien sûr, fous toi de moi. Allez mange maintenant.

Je mange donc une chocolatine et bois un verre de jus d'orange. Ça fait tellement du bien de reprendre « une vie normale ».

- Merci pour tout ça.
- Ne me dis pas merci, c'est en partie à cause de moi tout ce bordel.
- Tu ne vas pas recommencer avec ça.
- Si pendant ce mois j'avais été avec toi, rien de tout ça ne se serait passé.
- J'ai juste une question : pourquoi la dernière fois que tu es parti, tu ne m'as pas reparlé et tu m'as évité pendant un mois ? Je ne voulais pas que tu le prennes mal quand je t'ai repoussé la dernière fois, je voulais juste que ça ne se passe pas comme ça.
- Je sais mais de toute façon je suis un gros con, je suis pire que Clément. J'aurais pu te faire la même chose que lui, tu te rends compte.

- Tu as bien dis « j'aurais pu », mais tu ne l'a pas fait, la preuve que tu n'es pas comme Clément. C'est totalement différent, ne pense jamais à des choses pareilles, tu m'entends.
- Si tu ne m'avais pas arrêté je l'aurais fait, ne dis pas le contraire.
- Mais tu ne me l'as pas fait, tu n'es pas un salaud toi Auré. Je le sais, je l'ai vu. Tu es une bonne personne.
- Tu le crois vraiment ?
- Si je te le dis, bien sûr regarde tu m'as sauvée hier soir. Juste promets moi que même si t'as une ou plusieurs copines, tu ne me laisseras pas de côté comme tu l'as fait ce mois ci. Je ne supporterai pas cet éloignement une nouvelle fois.
- Oui je te promets, je ne referai pas les mêmes erreurs car si tu as beaucoup maigri, je sais que ce n'est pas la faute de Clément mais la mienne, tu peux pas nier sur ce coup. Dorénavant je serai là pour toi quoi qu'il arrive.

Moi je ne réponds pas car je sens qu'au fond c'est vrai. J'étais vraiment mal ce mois ci. Et cela n'était pas que de la faute à Clément.

Chapitre X

Surprise…

La journée se passe, nous restons chez moi. Nous avons juste profité de nos retrouvailles, rien que de l'avoir à mes côtés, tout va déjà mieux. Le soir Aurélien m'annonce que le lendemain nous ferons une sortie.

- Demain je t'emmène faire une sortie, proclame tout à coup Auré.
- Tu sais que demain c'est lundi et on a cours, lui dis-je perplexe.
- Je sais, mais tu ne reviens pas en cours au moins avant mercredi, il te faut du repos. Alors demain pour te changer les idées je t'emmène à un endroit surprise. Tu reviendras en cours mercredi et ce n'est pas négociable.
- Heureusement que je n'ai pas beaucoup de cours ces jours-là. De toute façon je demanderai à Zoé qu'elle me prenne les cours.
- Zoé ?
- Zoé est une fille que j'ai rencontré il y a quelques semaines. Je te la présenterai.
- D'accord, tu me la présenteras et je la remercierai d'avoir été là pour toi. Bon on part maintenant, j'ai préparé ta valise ce matin pendant que tu dormais.
- Ce n'est pas vrai.
- Si allez en route.
- Mais je suis même pas prête, dis-je en me regardant dans le miroir. Je suis encore en pyjama.

- Prépare toi et nous partons, rigole-t-il en me voyant déjà paniquée.

Je vais donc vite fait, me doucher et je m'habille. Je n'en reviens pas, où va-t-il encore m'emmener ? Je suis prête au bout de trente minutes.

- Ah enfin tu es prête !
- Fallait me le dire avant aussi.
- Surprise de dernière minute.
- Bon on y va.

Je mets mon gros manteau car nous sommes début décembre et il commence à faire bien froid. Nous montons dans la voiture mais je ne sais même pas où on va. Ce n'est pas la peine que je lui pose la question il me dira « Surprise ». Au bout d'une heure de voiture je commence à être fatiguée alors je m'endors. Aurélien me réveille car j'ai dormi pendant presque tout le trajet. J'ouvre les yeux et nous sommes devant chez moi. Mama mia nous sommes chez moi ce n'est pas vrai, ce n'est pas possible. Je saute dans les bras d'Aurélien. Il ne pouvait pas me faire plus belle surprise. Retrouver mon petit cocon familial, enfin si mes parents sont là. Ce qui m'étonnerait grandement.

- Merci, merci, merci tu es le meilleur ! lui dis-je en lui sautant dans les bras.
- De rien Princesse, j'ai fais ça pour me faire pardonner, après toutes les conneries que j'ai faites. Après tous ces évènements, quoi de mieux que de se retrouver chez soi, là où l'on a grandi. Je pensais que c'était une bonne idée et que ça allait te faire plaisir.

Vous avez remarqué, il m'appelle de plus en plus Princesse, au fond je suis contente mais je ne veux pas me faire de fausses idées comme la dernière fois. Il ne faut absolument pas que je m'emballe. Je sais très bien qu'après on peut tomber de très haut et

110

se faire très mal. Je parle en connaissance de cause, alors je préfère refouler tout sentiment avant qu'il ne soit trop tard. Oublions tout ça, je vais profiter au maximum de mon séjour chez moi. Il a vu juste en me ramenant ici.

- Tu es tout pardonné, lui dis-je, le sourire aux lèvres.

Nous prenons nos valises qui se trouvent encore dans le coffre. Une fois sur le perron, je cherche mon trousseau de clés dans mon sac à main. Mais quand je parviens enfin à trouver mes clés et je veux ouvrir la porte, je remarque que celle-ci est déjà ouverte. Pourtant mes parents sont encore en voyage d'affaires, enfin c'est ce que je croyais. Avant que je ne vois mon père et ma mère assis dans le canapé du salon. Je vais directement vers eux et les prends dans mes bras. Ils m'avaient tellement manqué tous les deux.

- Comment ça se fait que vous soyez là ? dis-je encore surprise de les tenir dans mes bras.
- Demande à ce jeune homme, me dit-mon père en me montrant Aurélien.
- Dis-moi comment tu as fait ?
- Quand tu dormais j'ai pris le numéro de tes parents et j'ai appelé.
- Et voilà, comme nous devions rentrer avec ta mère, nous sommes là.
- Je suis super heureuse, dis-je en les serrant dans mes bras une nouvelle fois.

Quand les retrouvailles sont finies, je fais visiter la maison à Auré puis nous allons déposer les valises dans ma chambre.

- Je n'en reviens toujours pas que tu fasses tout ça pour moi.
- J'ai vu hier soir que ça n'allait pas trop et je me suis dit que revoir ta famille te ferait du bien.

Je lui re-saute dans les bras.

- Je te remercierai jamais assez.
- Ce soir je t'emmène manger à l'extérieur.
- Ah ouais mais tu ne connais pas la ville, dis-je interloquée.
- J'ai quand même trouvé un restaurant sympa. Tu sais nous ne sommes plus au Moyen-Âge, maintenant il y a les nouvelles technologies, pas besoin de connaître la ville. Tu sais avec ce qu'on appelle Internet, mais je ne sais pas si tu connais.

Là je retrouve mon Auré blagueur et ça me fait du bien !

- Pauvre débile va, lui dis-je en lui donnant une tape.
- Bon, vas te préparer il est déjà 19h et j'ai réservé pour 20h.

Je me suis bien préparée, habillée et maquillée, je commence à reprendre goût à la vie. Je suis prête à 19h45.

- Punaise un exploit, moi qui m'étais dit que l'on ne partirait pas avant 21h, rigole-t-il.
- Hahaha t'es très drôle quand même toi.
- Oui tu savais pas ?

Bon on y va, en route pour le restaurant mais je ne sais toujours pas lequel. En chemin Aurélien me dit :

- J'ai encore une surprise pour toi au resto.
- Ah oui mais laquelle ?
- Si je te le dis, ça ne sera plus une surprise.
- Bon ok j'attends alors.
- Et oui tu dois attendre, sourit-il. Aurélien et ses surprises…

Nous arrivons au restaurant, je le reconnais immédiatement. Je venais souvent avec ma meilleure amie ici. Une coïncidence qui me rappelle de très bons souvenirs avec ma Laly.

- C'est à ce restaurant que l'on va manger ?
- Oui pourquoi il ne te plaît pas ? On va autre part si tu veux ?

- Non, non au contraire j'adore ce resto, on y allait souvent avec Laly.
- Quand j'ai vu les photos sur internet je l'ai trouvé pas mal, alors j'ai réservé.
- Bon on rentre il ne fait pas très chaud là, dis-je en me frottant énergiquement les bras.
- Oui allons-y, dit-il en serrant ma main pour rejoindre l'intérieur du restaurant.

Nous rentrons puis je vois un serveur, enfin, je le connais bien, vu que l'on venait souvent ici, il s'appelle Antoine.

- Salut Mathilda ça fait un moment que je ne t'avais pas vue.
- Oui je viens de revenir cette après-midi pour quelques jours.
- Bon où est notre table ? s'impatiente Aurélien en jetant un regard de travers à Antoine.
- Au nom de Aurélien Blake.
- Oui c'est ça.

Antoine nous dirige vers une table mais il y a déjà quelqu'un qui est assis de dos. Je la reconnais direct, je pourrai la reconnaître entre dix mille, mais ce n'est pas possible, elle ne peut pas être là. Elle se retourne et c'est effectivement Laly. Nous, nous sautons dans les bras, je n'en reviens pas qu'elle soit là. Encore une belle surprise d'Aurélien. Cet homme ne cessera jamais de me surprendre.

- Laly comment ça se fait que tu sois là ? lui dis-je surprise de la voir là.
- Tu es pas contente de me voir ? sourit-elle.
- Si, bien sûr que si, si tu savais comme tu m'a manqué, répondis-je en la serrant une nouvelle fois contre moi.
- Toi aussi ma chérie.
- Explique moi comment tu es ici ?
- Demande à Aurélien.

Je me tourne vers lui. Cet Aurélien est formidable, que dire de plus. Je ne sais même pas comment nous avons pu rester séparés un long mois.

- Ce n'est pas vrai Auré, c'est toi qui l'a faite venir ?
- Oui, je savais qu'elle te manquait alors voilà, dit-il tout à coup gêné, les mains dans les poches de son Jeans noir.

Je lui saute dans les bras et je lui dis dans l'oreille :

- Tu es génial, tu le sais ça.
- Oui je sais pas besoin de me le dire, glousse-t-il.

Et ça recommence, toujours en train de se la péter celui-là ce n'est pas possible. Cette habitude chez lui ne changera jamais et je pense que c'est mieux comme ça. Ça fait partie de son charme.

Après ces retrouvailles, nous allons nous asseoir pour commander. Nous parlons un peu de tout et de rien avec Laly, je suis hyper heureuse de la retrouver.

- Tu as vachement maigri toi, me déclare-t-elle.

Je vois Aurélien assez gêné car au fond il sait que c'est un peu de sa faute. Même si je souhaite qu'il ne culpabilise en aucun cas. Nous avons juste fait des erreurs l'un et l'autre !

- Non je trouve pas, j'ai perdu juste quelques kilos.
- Si tu le dis… Et sinon la fac se passe bien ?

Je lui raconte un peu toutes les histoires et Aurélien part faire un tour dehors pour nous laisser un peu seules. Alors à ce moment-là je lui raconte l'histoire avec Clément.

- Mais tu aurais dû m'appeler, dit-elle sur un ton de reproche. On se dit tout, tu as oublié, le meilleur comme le pire.

- C'était il y a peine un jour et puis Aurélien m'a amené ici et je n'ai pas eu le temps de te téléphoner.
- Tu sais que je serai toujours là pour toi même si on est loin, ne l'oublies pas, alors au moindre problème appelle moi, compris.
- Merci d'être toujours là.
- Pour toujours tu le sais.

Je la prends dans mes bras, qu'est-ce que ça fait du bien de retrouver ma meilleure amie après tout ce qui vient de se passer dans ma vie. Nous parlons un peu plus de tout ça puis Laly me parle de sa fac et elle me dit qu'elle ne repart, elle aussi, que mercredi.

- Demain je veux te présenter quelqu'un.
- Qui donc ?

Je vois Laly avec un grand sourire et des yeux pétillants. Je connais quand elle est comme ça, c'est qu'elle est amoureuse.

- Je crois qu'il n'y a pas que moi qui oublie de dire des choses, tu es amoureuse ma petite Laly, dis-je en rigolant.
- Oui on ne peut rien te cacher et je voulais attendre que ce soit officiel pour te le dire vraiment. Je veux te le présenter demain.

Je suis super contente pour elle, c'est une fille super. J'espère qu'il saura le voir et qu'il ne lui fera pas de mal.

- Je voulais te le présenter en direct comme je savais qu'on se reverrait.
- Super, je suis heureuse pour toi. Il s'appelle comment ?
- Jonas, il est super beau, gentil et j'en passe, rigole-t-elle.

Elle me parle un peu plus de son copain et je vois des petits coeurs dans ses beaux yeux bleus. Elle est heureuse !

- Et toi c'est qui pour toi Aurélien ?

- Un ami, juste un ami.

Il revient à ce moment-là, je ne sais pas s'il a entendu. La soirée se termine et je suis contente car j'ai retrouvé ma Laly.

- Bon demain 14h au centre commercial ok ?
- Oui bien sûr.
- Si elle n'est toujours pas réveillée à 12h et qu'elle ne veut pas se lever, verse lui un verre d'eau sur la tête, ça marche, j'ai déjà essayé, dit-elle à Aurélien en rigolant.
- Pas con, merci pour l'idée, rigole-t-il aussi.
- Toi Laly tu vas voir ce que je vais dire à Jonas demain. Et toi Auré t'amuse pas à faire ça, leur dis-je moitié rire, moitié sérieuse pour lui dire « tu n'as pas intérêt de faire ça, sinon je te tue ».
- C'est qu'elle s'énerve la petite.
- Oui ça lui arrive souvent, glousse Laly.
- Vos gueules !

À la fin de ma phrase nous explosons tous les trois de rire. Nous finissons par rentrer chez moi, il est deux heures du matin. Après dix minutes de route, nous sommes enfin chez moi. Je reste un peu avec mes parents pendant qu'Auré est sous la douche. Quand il sort je vais moi aussi à la douche puis après je le rejoins dans ma chambre.

- Vraiment merci pour tout ça.
- De rien, je suis vraiment content que tu aies revu tes parents et ta meilleure amie.
- Je suis contente de les avoir revus, ça m'a fait du bien.
- Je suis content alors. Demain si j'ai bien compris, nous rejoignons Laly et son copain au centre commercial ?
- Oui c'est ça. Tu n'es pas contre.
- Bien sur que non. J'irai ou tu iras, rigole-t-il en fredonnant la chanson de Céline Dion.
- On regarde un film ? me questionne Auré.

- Oui si tu veux mais quoi comme film ?
- Je ne sais pas, comme tu veux.

Nous nous mettons dans le lit et nous allumons donc la télé. Nous zappons de chaîne en chaîne car nous ne savons pas quoi regarder, alors on regarde une télé réalité.

- C'est de la merde ça, le mec il chiale juste pour une pauvre fille qui se fout surement de lui.
- Tu es con, tu sais tout le monde a le droit de pleurer, ça s'appelle des sentiments, monsieur l'insensible.

Il rigole à mes paroles mais cette émission saoule monsieur alors il éteint la télé et nous nous endormons comme il est déjà 3h du matin. Dormir dans les bras d'Aurélien, quelque chose dont je ne me lasserai jamais.

Le lendemain je sens que l'on me caresse les cheveux.

- Coucou, faut se lever ma princesse, me glisse-t-il à l'oreille.

Je me réveille doucement, les réveils sont toujours durs pour moi qui suis complètement amoureuse de mon lit.

- Hey tu m'as dit quoi là ?
- Hein ? Moi j'ai dit que tu devais te lever, me dit-il tout gêné en bafouillant.
- Oui, oui bien sûr, fais genre, lui répondis-je pour le pousser dans ses retranchements pour qu'il me le redise encore une fois.

Ce mot dans sa bouche est exquis, il est tellement mignon quand il est gêné.

Je me lève et pars lui faire un petit bisou sur la joue. Je vais ensuite me préparer puis je descends. Je vais prendre mon petit déjeuner avec Auré car il est 10h30. Nous prenons le petit déjeuner tranquille puis il va se préparer et je vois mes parents qui descendent.

- Salut ma chérie, bien dormi ? me demande ma mère.
- Coucou, oui et vous ?
- Très bien.
- On a une mauvaise nouvelle, on doit repartir demain matin vers 11h, on part pour New-York. Nouvelles réunions, tu connais ça.
- Ok… dis-je déçue qu'ils ne restent pas jusqu'à mercredi avec nous. Mais leur travail est leur travail, j'en connais les conséquences.

Mes parents déjeunent et partent. Nous sommes donc seuls et vers midi Auré veut me faire à manger. Une grande première. Il n'a jamais cuisiné pour moi. Je ne savais pas qu'il avait ce talent.

- Je vais te faire des pâtes à l'Italienne que m'a appris à faire ma grand-mère.
- Tu fais la cuisine toi ? lui dis-je surprise.
- Ben oui, qu'est-ce que tu crois ?

Je l'aide donc à préparer le repas, nous mangeons vers 12h30.

- Elles sont trop bonnes tes pâtes.
- Toi qui croyais que je ne savais pas cuisiner. Je t'ai surprise sur ce coup.
- Je m'excuse car ces pâtes sont délicieuses. Oui une très bonne surprise. Tu cuisineras plus souvent pour moi alors.
- Ne t'y habitues pas trop non plus, rigole-t-il.

Nous finissons de manger puis vers 14h nous nous rendons au centre commercial pour rejoindre Laly et Jonas. Je les aperçois au loin tout contents, ils sont super mignons. Nous allons à leur rencontre pour que Laly fasse les présentations.

- Salut ! Je vous présente Jonas, Jonas voilà Mathilda ma meilleure amie et son copain Aurélien.
- Salut Jonas contente de te rencontrer. Et Laly en rajoute toujours : Aurélien est un ami, non mon copain, dis-je soudainement mal à l'aise.

Je sais que ça va l'énerver que je dise ça mais c'est la vérité, je préfère que nous restions amis car nous avons vu les conséquences il y a peu de temps. Mais Aurélien ne peut pas s'empêcher de me regarder avec de ses yeux… Mama mia j'ai peur.

- Enchanté, j'ai beaucoup entendu parler de toi Mathilda, me dit Jonas en me souriant.

Nous nous faisons la bise et les gars se serrent la main. Avec Laly nous commençons à faire les boutiques et eux parlent et portent nos achats bien sur. *Il faut bien que les hommes nous servent à quelque chose. Je rigole bien sûr, on les aime bien nos hommes porteurs de sacs.*

- Pourquoi tu as rajouté ça tout à l'heure par rapport à Aurélien ? me demande Laly.
- Parce que c'est vrai, c'est juste un ami Laly, ni plus, ni moins.
- Oui bien sûr, vu comme il t'a fusillée du regard tout à l'heure, ce doit être ça.
- Commence pas, il ne s'est rien passé avec Auré.
- Peut être mais il se passera forcément un truc, un jour au l'autre.
- Si tu le dis…
- J'en suis sûre et certaine. Tu le trouves comment Jonas alors ?
- Pas mal, pas mal du tout même, je le draguerai bien, lui dis-je en rigolant.
- Vas-y essaie pour voir, me répond-elle en rigolant et en me montrant son poing. Non mais sérieusement ?
- Il est plutôt sympa je trouve, c'est ma première impression après on verra bien.
- Bon ça va alors, je me dis que j'ai fait le bon choix.

119

Les garçons reviennent et nous demandent si on a fait beaucoup d'achats mais rien qu'à voir nos poches remplies, ils rigolent. Que voulez-vous, les magasins c'est la vie pour une fille. En tout cas pour nous c'est le cas.

- Nous allons un peu nous balader avec Jonas, ça ne vous dérange pas ?
- Non pas du tout, lui répond Auré.
- Ok à toute.

Nous voyons Laly et Jonas au loin qui entrent dans un magasin. Avec Auré, nous continuons de faire le tour des boutiques, je stoppe net quand je vois une superbe robe en vitrine, elle est pastel en voile, trop belle.

- Trop belle cette robe.
- Viens on rentre et tu vas l'essayer.

Nous regardons, je cherche la robe à ma taille et vais l'essayer. J'aime bien, je trouve qu'elle me va bien sans me vanter et elle m'arrive au dessus des genoux, parfait, comme j'aime.

- Vas-y montre moi, me dit Auré qui m'attend devant la cabine d'essayage.
- Non.

Je n'ai pas envie de lui montrer même si je suis en robe, je suis un peu gênée. Ni une, ni deux je vois Aurélien qui débarque dans la cabine.

- Tranquille toi, lui dis-je toute rouge.
- Tu veux pas sortir donc moi je rentre princesse, me répond-il en rigolant.

Quel provocateur, il sait me mettre mal à l'aise et me faire rougir surtout qu'on est proche car la cabine est super petite.

- Tu es toute choupinette quand tu es gênée, rajoute-t-il.

Il s'approche de plus en plus de moi. Il le fait exprès !

- Sors Auré.
- T'inquiète on n'est qu'amis, tu l'as bien dit, me répond-il sur un ton plus dur.

Il sait se rappeler des trucs que j'ai dit pour les ressortir à son avantage, il est malin quand même.

- Tu es vexé que j'ai dit ça, mais c'est la vérité.
- Oui, oui.

Je vois que ma réponse l'agace un peu, il finit donc par sortir, je remets mes vêtements vite fait. C'est vrai nous ne sommes que de simple amis. Nous n'avons jamais entamé une relation.

- Alors tu la prends parce qu'elle te va quand même trop bien, finit-il par me dire quand je pointe mon nez hors de la cabine.
- Merci, oui je pense que je vais la prendre. Je la trouve pas mal.

Je trouve aussi une veste qui va avec car c'est quand même l'hiver et des escarpins fermés assortis.

Au moment de passer en caisse :

- Donne je paye.
- Hors de question, c'est moi qui paye ma robe quand-même.
- Prends ça comme un cadeau de ma part, me dit-il en me prenant les affaires des mains.

Il a donc payé car quand monsieur a une idée en la tête personne ne peut la lui enlever, quelle tête de mule. Nous, nous baladons, puis je vois qu'il regarde une montre dans la vitrine. Il continue ensuite son chemin et se dirige vers un magasin Diesel.

- Je vais voir ce magasin Diesel.
- Ok je te rejoins après faut que j'achète encore une babiole que j'ai vue précédemment.
- D'acc à toute.

Quand il est bien rentré dans son magasin, je rentre dans la bijouterie et lui achète la montre qu'il regardait tout à l'heure. Moi aussi, j'ai le droit de lui faire un petit cadeau. Je ressors contente de mon achat que je cache bien au fond de mon sac à main, pour ne pas qu'il le voit et je le rejoins chez Diesel.

- Alors tu trouves ce que tu veux ?
- Je vais essayer ce Jeans avec ce polo. Et toi tu as trouvé ?
- Oui mais je ne l'ai finalement pas pris, ça ne me plaisait plus tellement.
- Ok. Bon je vais essayer.

Je le suis donc vers les cabines. Il essaie ses vêtements puis il sort tout fier.

- Regarde comme je suis trop beau, dit-il en se regardant dans le miroir.
- Encore et toujours monsieur Blake se vante. *(Même si c'est vrai il est magnifique dans cette tenue, enfin tout le temps. Mais il ne faut surtout pas lui dire, c'est un secret déjà qu'il a la grosse tête, on ne vas pas en rajouter.)*
- Arrête, tu baves devant moi !
- Dans tes rêves oui.

Il rentre dans la cabine, se change puis ressort.

- Alors tu prends le Jeans et le polo ?
- Oui bien sûr, vu comme je suis beau dedans.

Nous allons donc à la caisse et il paye. Nous ressortons quelques minutes plus tard et nous retrouvons Laly et Jonas qui sont sur un banc un peu plus loin.

- Je vous propose un truc pour ce soir, nous dit Laly.
- Propose.
- On pourrait aller en boîte, ça vous dit ?
- Oui ça fait un moment que je n'y suis pas allée, lui dis-je.
- Nous aussi on est partant, rajoute Jonas.
- Cool alors, on se rejoint chez toi Mathilda vers 23h ?
- Ok pas de problème.

Comme il est déjà 18h30, nous rentrons chez moi avec Auré et Laly rentre chez elle avec Jonas.

- On vous dit au revoir, on part ce soir, me dit ma mère.
- Vous ne partez plus demain ?
- Non notre rendez-vous est avancé à demain matin, nous devons partir ce soir, m'explique mon père.

Nous nous disons au revoir, mais comme je vous le dis souvent, j'ai l'habitude que mes parents partent mais ça fait toujours un petit pincement au coeur tout de même.

- Tu n'es pas trop déçue qu'ils partent maintenant ?
- Non j'ai l'habitude. *(Au fond de moi je suis un peu triste car ce sont mes parents tout de même. J'ai l'impression de ne pouvoir jamais profiter d'eux pleinement.)*

Il me prend dans ses bras, rien que ce geste venant de sa part me réchauffe le coeur.

- Ce n'est pas grave, moi je suis là et ce soir prête pour faire la fête ? essaie-t-il de me re motiver.

Je me détache de ses bras.

- Oui t'inquiète pas, on va la faire.
- Je te surveille, pas de conneries.
- Oui on verra bien, lui dis-je en rigolant.
- Tu n'as pas intérêt.
- Je vais me gêner.

Je monte vite dans ma chambre puis je vais à la douche. Après ça, je ne me change pas de suite pour la soirée car sinon je vais me salir. Alors je mets un jogging et un débardeur puis je descends et vois la table qui est mise. Aurélien est de dos dans la cuisine alors je m'approche doucement et je me mets derrière lui et entoure son buste de mes bras.

- Je t'ai reconnue petite Mathilda.

Je le lâche direct et je me rends compte de ce que je viens de faire.

- Mais arrête de m'appeler petite Mathilda.
- Tu es petite ce n'est pas de ma faute.
- Ce n'est pas vrai, je fais un 1,58 mètres.
- C'est bien ce que je dis, tu es petite.
- Tais toi va, tu es trop méchant.
- Bon ce n'est pas tout mais moi je vais à la douche, la naine.

Je ne réponds pas, cette remarque me vexe. Je ne suis pas naine !

- Tu fais la tête ? me demande-il.

Je ne réponds toujours pas, alors Aurélien me prend dans ses bras et me fait un bisou dans les cheveux.

- Je rigole, tu es super méga grande, même plus grande que moi.
- Faut pas abuser quand-même…

Il me lâche, me fait un bisou sur le front et part se doucher. Moi, je finis de préparer le repas et je l'attends. Il descend trente minutes après puis nous mangeons.

- Il est trop bon ton gratin. Tu es aussi doué qu'en faisant des pâtes, vous me surprenez monsieur Blake. (Il a préparé un gratin et des steaks, simple mais bon. Tout les hommes ne sont pas capables de faire pareil, mon Auré me surprend de jour en jour.)
- Merci mademoiselle, je suis content de vous surprendre.
- Oui je ne savais pas que tu cuisinais aussi bien.
- Si, j'adore cuisiner. Quand j'étais petit, je cuisinais beaucoup avec ma grand-mère quand on allait la voir en Italie.
- Tes grand-parents sont italiens ?
- Oui, enfin ma grand-mère. Mon grand-père, lui, était français, il est décédé quand j'avais 16 ans. Un jour je te présenterai ma grand-mère Rose.
- Peut être un jour, dis-je pensive. À quoi devait ressembler Aurélien petit garçon.

Je suis contente d'apprendre à mieux le connaître. Il se livre de plus en plus mais je veux vivre au jour le jour avec lui sans me poser de questions car je suis bien placée pour savoir que tout peut s'arrêter un jour. Nous finissons de manger, il est 21h. Nous regardons un peu la télévision et vers 22h nous commençons à monter pour nous préparer.

- Auré tu crois que je mets la robe que tu m'as achetée cette aprèm ?
- Bien sûr, tu es trop belle avec.
- Je mets celle-là alors, lui dis-je rouge comme à mon habitude mais Aurélien ne me voit pas car il se change dans la salle de bain.
- Je suis sûre que tu es toute rouge, me dit-il amusé.
- Moi ? Non… Jamais.
- Si je viens, je vais bien voir.
- Je me change là.

- Ben c'est encore mieux.
- Et moi là, j'imagine que tu as ton vieux regard de pervers. *Et bim dans tes dents haha, me dis-je à moi même.*
- Moi j'assume au moins.
- Tu es nul, lui dis-je en rigolant.

J'enfile ma robe mais comme il y a une longue fermeture dans le dos, je ne peux pas la fermer.

- Auré viens s'il te plaît.
- Il y a quoi encore ?
- Viens.

Il arrive quelques secondes après torse nu et il a mis son nouveau Jeans Diesel, il est à tomber comme ça. Je suis choquée par tant de beauté qui s'offre à moi. Comment peut-il être aussi canon ? *Tais-toi conscience, on garde ça pour nous.*

- Tu peux fermer ma fermeture, s'il te plait ? Je n'y arrive pas, lui dis-je avec une petite voix.
- Oui enfin je sais pas trop, j'ai quoi en échange ?
- Rien.
- Je la ferme si ce soir en rentrant j'ai droit à un massage du dos.
- Tu peux toujours te brosser mon petit.
- Bon pas de robe alors.
- Pffff.
- Tu « Pffff » qui, là ?
- Pas toi c'est bon tu saoules.
- Oui, je préfère.

Il monte donc la fermeture, me caresse aussi le dos avec son doigt. Tranquille le petit, mais au moindre contact avec lui j'ai des frissons partout.

- Ce soir, à moi le petit massage, dit-il tout content.
- Tu es fier de toi ?

- Oui trop, répond-il avec un grand sourire.

Il part dans la salle de bain pour finir de se préparer et moi je finis de me préparer dans la chambre puis je le rejoins, pour me maquiller. Aurélien n'arrête pas de me regarder dans la glace, c'est super gênant d'être fixée comme ça et en plus il le fait exprès pour me faire rougir.

- Quoi ? dis-je interrogative.
- Tu es trop belle c'est tout.
- Toi aussi tu es beau, lui dis-je toute rouge.
- On est beau quoi, rigole-t-il.
- Toi pas tout à fait quand même.
- Pourquoi ? me regarde-t-il d'un regard interrogateur.
- Attends je vais te chercher un accessoire indispensable pour te rendre parfait, dis-je en rigolant.

Je vais chercher la montre que je lui ai achetée au centre commercial cette après-midi. Je reviens dans la salle de bains et je lui tends le paquet. Aurélien me regarde avec un regard surpris, puis ouvre le paquet.

- Comment tu as fait ? Elle est trop belle, je l'ai vu cette aprèm dans une bijouterie.
- J'ai vu que tu la regardais alors je te l'ai achetée.
- Merci mais fallait pas, ce n'était pas la peine.
- De rien et toi la robe, le gilet et les chaussures il fallait ?
- C'est pour te faire plaisir.
- Moi aussi.

XI

Sortie en boite de nuit…

Nous sommes coupés dans notre discussion par la sonnette qui retentit. Auré regarde sa magnifique montre, offerte par une magnifique fille. Non je rigole bien sur.

- Il est déjà 23h ce doit être Laly et Jonas.

Aurélien me porte comme une princesse et me pose en bas des escaliers puis je vais ouvrir, c'est bien Laly et Jonas qui apparaissent devant mes yeux.

- Alors vous êtes prêts ? nous demande Jonas.
- Oui.
- On y va alors, rajoute Laly.
- Prêts pour faire la fête ? demande Auré.
- Oui, nous répondons tous les quatre en choeur.

Nous partons pour la boite de nuit qui se trouve à vingt minutes de chez moi. Nous arrivons et payons nos entrées et nos consommations. La boite est déjà noire de monde, nous nous posons dans un coin où il y a une table et une banquette pour s'asseoir. Laly et Jonas vont un peu danser.

- Alors ça va, tu ne t'ennuies pas trop ?
- Pourquoi ? me demande Auré, surpris.
- Je sais pas, je parle beaucoup avec Laly et te laisse un peu seul.

- Non ça va, profite de ta meilleure amie et t'inquiète pas pour moi je parle un peu avec Jonas, il est sympa.

Puis nous en venons à parler de la bande parce que je n'en parle pas trop et que je ne les vois plus.

- Et toi ça va plus avec la bande ?
- Si mais bon, comme on ne se parlait plus pendant un mois, je ne suis pas trop restée avec vous.
- Ok alors tu ne fais pas la gueule aux filles ?
- Non pas du tout mais tu sais j'ai rencontré Zoé.
- Oui la fille qui t'a aidée pendant que j'étais pas là, dit-il tristement.
- Oui, il faut que je te la présente.
- Oui quand on rentre à la fac.
- T'inquiète, on fera ça.

Laly et Jonas reviennent. Ensuite un jeune homme d'à peu près mon âge débarque de nulle part avec un cocktail à la main qu'il me tend.

- Voilà c'est de la part de mon pote là-bas, il n'osait pas te le porter. Alors je me suis porté volontaire pour le faire à sa place.

Ce jeune homme me fait rire, il a l'air content de porter ce cocktail pour son pote. Je suis tout de même gênée de cette attention mais je le remercie poliment.

- Tu lui diras merci.
- Pas de soucis, bonne soirée mademoiselle. N'hésitez pas à venir faire un tour à notre table si l'envie vous prend.
- Merci, à vous aussi.

Je vois qu'Aurélien fronce les sourcils, il n'est pas très, très content je pense. Mais je fais abstraction, ce n'est pas parce que l'on m'offre un verre que je vais courir ver le gars.

- Mathilda, c'est le combien de verre qu'un mec t'offre ? me demande Laly en arrivant à notre table, tout en rigolant.
- Je ne compte même plus, dis-je en rigolant.
- Oui à chaque fois que l'on vient ici, il y a toujours un mec pour te payer à boire, c'est hallucinant.
- Tu me fais rire Laly.
- Quoi ? C'est vrai. Tu veux pas venir danser avec moi ?
- Allez go, si tu veux, lui dis-je tout en commençant à me déhancher au rythme de la mélodie.

Nous dansons pendant un moment puis Laly me dit qu'elle va avec Jonas dehors pour l'accompagner fumer une cigarette. Je vais donc retrouver Auré mais là d'un coup, le jeune homme de tout à l'heure vient accompagné de son pote qu'il m'avait montré du doigt.

- Désolé de te déranger à nouveau mais mon pote a peur de venir te voir alors je vais te le présenter : lui c'est Thomas, me dit-il en me montrant son pote du doigt.

Je ne suis pas super emballée après ce qui vient d'arriver. Je ne suis pas trop pour de nouvelles rencontres. Je ne pourrai pas avoir confiance.

- Enchantée, dis-je par politesse.

Au moment où la situation devient assez embarrassante pour moi, je vois Aurélien qui vient vers nous. *Ouf sauvée, me dit ma conscience.*

- C'est bon là, vous allez laisser ma copine tranquille.
- Désolés on savait pas que c'était ta copine, dit Thomas assez confus par la situation.
- Maintenant vous le savez alors dégagez, répond Aurélien plus sévèrement.

Les deux hommes partent et moi je me demande pourquoi il a fait ça et surtout pourquoi Auré a dit ça. Il aurait pu être plus poli quand même. Quoi que ses paroles. Quoi qu'être la copine d'Auré ne me déplairait pas. *STOP Mathilda tu sais ce qui peut se passer, après tu vas avoir de nouveau le coeur brisé. Me dit ma conscience.*

- Je suis ta copine maintenant c'est nouveau ?
- J'ai dit ça pour qu'ils te lâchent, je voyais bien que leur présence ne te réjouissait pas. Nous sommes amis tu le sais bien, dit-il en souriant.
- Oui, bien sûr pour qu'ils me lâchent, excuse toute pourrie, dis plutôt que tu es jaloux.
- Jaloux de ces pauvres mecs ? Me dis pas que tu en as trouvé un beau ?
- Si Thomas il était pas mal.
- Tu connais leurs prénoms en plus ? se crispe-t-il.
- Oui j'ai même son numéro, il me l'a donné. C'est gentil non ?
- Tu n'es pas sérieuse ?
- Si pourquoi ? Je vais même l'appeler ce soir.
- Et c'était lequel Thomas ?
- Pas celui qui est venu la première fois mais l'autre.
- Ce pommé qui n'ose même pas venir te voir ? Tu me déçois Mathilda.

Je ne peux pas me retenir de rigoler parce que ce Thomas était un peu spécial et pas très, très sociable on va dire. Aurélien se met à rire avec moi.

- Ouf, tu me rassures quand même, j'ai failli y croire, rigole-t-il en se détendant.
- Et puis après vous n'êtes pas jaloux monsieur Blake ! Mon oeil oui !

Il ne répond pas, me prend la main et m'emmène danser.

- Tu sais danser toi ?

- Oui quand-même un minimum, rigole-t-il.
- Je pense que Thomas doit mieux danser que toi quand-même, dis-je pour le voir jaloux une nouvelle fois.

J'adore le chercher comme ça car il est hyper jaloux, j'ai jamais vu ça. Ça me fait plaisir d'éveiller cette réaction en lui. Ça me prouve qu'il tient un minimum à moi.

- Il t'aurait marché sur les pieds oui, enfin il aurait même pas osé venir te demander de danser avec lui.
- Comme tu es méchant toi, tu es moqueur.
- Arrête tu rigolais avec moi, il n'y a même pas deux minutes.

Nous dansons un peu puis nous revenons nous asseoir. Nous voyons Laly et Jonas qui reviennent eux aussi. Nous restons un peu pour discuter tous les quatre puis vers 2h du matin, nous décidons d'un commun accord de rentrer.

- On se voit demain ? me demande Laly.
- Bien sûr, tu me textotes.
- Pas de problème.

Nous rejoignons la voiture qui est stationnée sur le parking. Et nous rentrons, une fois arrivés à la maison, nous allons nous changer.

- Hey Mathilda n'oublie pas quelque chose après ta douche.
- Quoi donc ? dis-je innocemment.
- Mon massage, me dit-il avec un grand sourire.
- Mince tu n'as pas oublié, dis-je en rigolant de son grand empressement.
- Non qu'est-ce que tu crois, j'oublie jamais un massage moi.
- Attends je me change et j'arrive.
- Oui comme ça, moi je commence à m'installer sur le lit en t'attendant.
- Ok, luis dis-je en rejoignant la salle de bain pour me doucher et me mettre en pyjama.

Je fais bien exprès de prendre tout mon temps pour que monsieur râle. Ce qu'il ne tarde pas à faire. Râler est sa spécialité.

- Tu fous quoi ? crie-t-il depuis ma chambre.
- Attends j'arrive, deux minutes.
- Avec toi ce n'est pas deux minutes mais deux heures.
- Oui peut être trois ce soir pour te faire râler.
- Non allez grouille, je veux mon massage !

Je fais mon apparition quelques minutes après tout en rigolant.

- Enfin c'est pas trop tôt.
- Je vais pas te le faire ton massage si tu continues.
- D'accord je me tais, dit-il en mettant sa tête dans ses mains.

Il est allongé sur le ventre, il est torse nu et il a mit un short.

- Monsieur est déjà installé à ce que je vois.
- Oui ça fait un moment en plus, ronchonne-t-il.

Je commence à monter sur le lit, je me mets à côté de lui et je commence à le masser.

- Assieds-toi sur moi à califourchon, ce sera plus pratique (Enfin je sais pas si vous voyez comment je veux dire.)
- Ok, dis-je un peu gênée.
- Bon allez ne fais pas ta petite timide.

Je me mets alors sur lui et le masse.

- Punaise, tu masses trop bien.
- Si tu le dis.
- Tu as appris quelque part ?
- Non.
- Alors pour une débutante c'est bien, rigole-t-il.

J'appuies plus fort et là.

- Aïe !
- Désolée, je suis une débutante.
- Très drôle.
- Tu es une chochotte quand-même, lui dis-je en plaisantant.

Je pense que le traiter de chochotte ne lui plaît pas, je ne sais pas comment il fait mais il me retourne et il se retrouve sur moi.

- Alors c'est qui la chochotte là ?
- Toi je crois bien.
- C'est ce que l'on va voir.

Il commence à me faire plein de chatouilles partout. Les chatouilles, c'est la mort pour moi, je crains trop ça.

- Arrête j'en peux plus là, dis-je en le suppliant.
- C'est toujours moi la chochotte ?
- Oui toujours mais j'en peux plus là.
- Et là ?
- Non, non c'est moi, non arrête, s'il te plaît. Sinon je vais succomber à tes chatouilles, dis-je à bout de souffle.

Il arrête de suite après que j'ai dit ça.

- Voilà, pas si compliqué tout ça, merci.

Maintenant il est carrément collé à moi, nous sommes si prêts l'un de l'autre. Je vois qu'il se mord la lèvre, il continue à s'approcher et une idée me vient de lui mordre la joue. *Je ne sais pas ce qu'il t'arrive, en présence de cet homme tu deviens complètement folle. Chut conscience, je fais ce que je veux.*

- Aïe mais tu es une petite carnivore toi !

135

Je suis morte de rire, par sa remarque. Du temps que je ris, il s'approche encore un peu plus de moi, il regarde toujours mes lèvres. Il s'approche encore mais à ce moment-là mon iPhone sonne. Il se décale et je réponds.

Je vois affiché le prénom de Laly.

Discussion téléphonique :

- Hey Laly.
- Coucou ça va ?
- Ouais et toi ?
- Oui, je te dérange pas au moins ?
- Non, non.
- Ça te dit demain on va à la piscine ? (Une piscine couverte bien sûr car nous sommes en hiver.)
- Oui pas mal, j'en parle à Auré puis je t'envoie un message.
- Ok bisous à demain vers 14h chez moi.
- Ok pas de problème bisous.

Je raccroche.

- Qui c'était ? De quoi dois-tu me parler ? me demande Auré surpris par ce coup de fil si tardif.
- C'était Thomas.

Aurélie fait une de ses têtes. Cette tête me fait tellement rire, il est choqué mais à la fois prêt à me sauter dessus pour m'étrangler. Ces deux expressions sur son visage ne peuvent que me faire exploser de rire.

- Non je rigolais c'était Laly qui nous propose pour demain une sortie à la piscine.
- Oui si c'est ça alors, ça va être cool, me dit-il avec un air soulagé qui se lit sur son visage.
- Tu as eu peur quand je t'ai dit Thomas ? rigolais-je.

- Mais non je m'en fous, tu fais ce que tu veux avec tes moches, rétorque-t-il.
- Monsieur est jaloux.

Il ne me laisse pas le temps de réagir et me prend par les hanches et m'emporte avec lui sur le lit.

- Tu es à moi ok ? Donc pas touche.
- Moi j'appartiens à personne mon petit.
- C'est ce qu'on verra ma petite.
- Oui, oui t'inquiètes c'est tout vu, dis-je en souriant.

Je suis toujours dans les bras d'Aurélien, nous nous regardons comme deux enfants en souriant. Il est tellement beau et si près de moi que je sens tout mon corps en émoi.

- Tu es belle tu sais, me dit-il le plus naturellement possible.
- Tu me sors tes phrases apprises par cœur.
- Elles ne sont pas apprises par cœur mais elles viennent du cœur.

Je ne peux m'empêcher d''exploser de rire en entendant Aurélien dire ce genre de phrase si sérieusement mais qui sonnent si bizarrement dans sa bouche.

- Pourquoi tu te fous de ma gueule comme ça ? dit-il soudainement vexé.
- Tu m'as fait le grand poète sur ce coup, répondis-je toujours en pleine séance de rigolade.
- Vas-y arrête, ça ne se fait pas en plus je parie que tu vas répéter ça pendant des jours maintenant.

Je ne rajoute rien et pose ma tête sur son torse. Il est déjà 4h du matin alors nous nous endormons encore une fois dans les bras l'un de l'autre.

Le matin nous nous réveillons tranquillement, tout se passe comme d'habitude. Nous avons pris nos petites habitudes ensemble. Vers 13h30 nous nous rendons chez Laly. Nous nous disons bonjour, tout en nous faisant la bise.

- On va à la piscine alors ? demande Laly pour être sûre que nous n'ayons pas changé d'avis pendant la nuit.
- Oui, nous n'avons pas oublié nos maillots, alors c'est bon.
- On y va vers quelle heure ?
- Vers 14h, comme ça on a le temps de bien profiter.
- Parfait.

Vers 14h nous allons à la piscine qui est à dix minutes de chez Laly. Moi je pars en voiture avec Auré et Laly avec Jonas car après Laly et Jonas partent directement vers 17h à leur fac.

Dans la voiture :

- Tu as pas pris un maillot provoquant ?
- Tu vois quoi par provoquant ?
- Qu'on te voit tout quoi.
- J'ai pris un maillot qui me plaît, rajoutais-je. Tu sais très bien, que je ne suis pas ce genre de fille, dis-je vexé par sa remarque.

Il sait très bien comment je suis en plus, ce n'est pas mon genre de faire la fille provocante.

- Je n'ai plus qu'à te surveiller.
- Tu veux pas que je me baigne habillée non plus, comme ça on verra rien, soufflais-je.
- Si pas mal, quoi que non, dit-il avec son petit regard pervers.
- Commence pas Auré, tu me saoules.
- C'est bon je rigole détends-toi.

Nous arrivons devant la piscine et nous allons rejoindre les autres. Nous payons nos entrées à l'accueil et nous partons nous changer, moi je vais avec Laly et les gars chacun dans une cabine.

- Alors toujours pas de rapprochement avec Aurélien ? me demande ma fouineuse Laly.
- Nous, nous cherchons toujours mais je ne me fais pas trop d'illusion… Quand on va rentrer à la fac, il va revoir ses poufs et tout va recommencer.
- Si ça va pas, tu m'appelles, tu ne gardes pas tout pour toi.
- Oui, oui t'inquiète pas.
- Bon on y va, ils doivent déjà nous attendre.
- Oui, je te suis.

Alors j'ai mis un maillot deux pièces bien sûr, il est de plusieurs couleurs : le haut de maillot est en bandeau et en bas une culotte un peu montante de couleur noir. Simple mais j'adore.

Nous sortons et les mecs nous attendent déjà. Quand Aurélien me voit, il me regarde avec de grands yeux et moi je suis toute timide, ça me gêne qu'il me regarde si intensément. Aurélien est toujours bien foutu comme d'habitude.

Sinon la piscine est super grande, il y a des toboggans et plusieurs piscines. Il y a même un coin où il y a de la fausse herbe pour se poser. Nous allons donc nous poser dans l'herbe. Laly et Jonas vont de suite se baigner, moi je préfère rester un peu sur ma serviette.

- Tu ne viens pas te baigner ? me demande Auré.
- Si mais après.
- Allez viens.

Comme je ne viens pas, il me porte en sac à patate. J'ai comme un mauvais pressentiment face à l'acte qu'il va commettre.

- Lâche-moi je viens après, je viens de te dire.

- Oui bien sûr tu vas pas venir, après comme tu dis.

Il me balance dans la piscine puis il saute ensuite pour me rejoindre. Mon pressentiment s'est réalisé. Je suis complètement trempée. *En même temps, nous sommes à la piscine Mathilda, me susurre ma conscience. Ha, Ha très drôle chère conscience !*

- Méchant va, lui dis-je en lui tirant la langue.

Aurélien me prend la tête et la met sous l'eau.

- Tu fais vraiment chier, dis-je énervée.

Je m'éloigne un peu parce que là, il m'a saoulée puis je le vois nager vers moi.

- Vas-y viens je rigolais.
- Oui très drôle.

Je lui reparle vite car je ne peux pas rester longtemps fâchée contre lui. À ce moment là, il y a un groupe de filles avec petits bikinis. Qui dit petit bikinis, dit tout petits bouts de tissus qui laisse tout entrevoir. En plus elles n'arrêtent pas de regarder Aurélien, ce qui ne peux que me mettre hors de moi. *Reste calme me chuchote ma chère conscience. Heureusement qu'elle est là quand même des fois. Elle arrive à me raisonner.*

- Regarde ces filles, dis-je en marmonnant dans ma barbe.
- Tu as dit quoi ? me demande Auré qui a l'oreille très fine bien sur.
- Non, non rien, dis-je pour ne pas faire la fille jalouse ou quoi que ce soit.
- Oui, oui madame est jalouse, après c'est moi qui suis jaloux, se réjouit-il.
- Tu as vu aussi comment elles te regardent.

- Tu t'en fiche au pire, je suis avec toi et non avec elles en ce moment.
- Oui mais là elles me saoulent vraiment, elles sont d'une indiscrétion incroyable en plus de ça, dis-je peu rassurée.
- Il va falloir t'habituer quand tu es en présence d'un BG comme moi, tout le monde me regarde, me dit-il en rigolant de plus belle.
- Tu t'y crois trop toi, répondis-je en le suivant dans son fou rire.

Aurélien est mort de rire ainsi que moi même. Je me décide à sortir car je commence à avoir un peu froid, puis Aurélien m'appelle, je ne lui réponds pas pour le faire énerver. Je crois que j'adore définitivement ça. Alors il se met à crier :

- TU AS UN BEAU CUL MATHILDA.

Je me retourne toute rouge, beaucoup de monde me regarde, la honte. Je vais vers Aurélien qui est sorti de la piscine et qui vient vers moi.

- Non mais tu veux pas la fermer des fois ? J'ai trop honte moi maintenant. Tout le monde me regarde.
- Tu répondais pas alors j'ai trouvé un autre moyen.
- Je me suis pris la honte à cause de toi.
- Mais non il ont même pas capté, regarde personne n'a fait attention.
- À peine, tout le monde était retourné, après ça tout va bien.

Aurélien est plié de rire.

- Bon sinon ce n'est pas grave. Tu viens faire le toboggan avec moi ?
- Tu rêves là.

Il me prend direct et me porte comme une princesse. Une manie chez lui depuis ces derniers jours.

- Mais j'ai peur en plus, dis-je en me plaignant.
- Mais non t'inquiète je suis là.
- Raison de plus, dis-je en rigolant. Toi rien ne te fait peur, tu vas encore m'entrainer dans une galère.

Nous montons tout en haut du toboggan. J'ai le vertige alors j'essaie de ne surtout pas regarder en bas.

- Alors prête ?
- Non, non c'est super haut.

Auré me pose en haut du toboggan, nous nous asseyons moi devant, lui derrière. Puis c'est parti la descente se fait hyper vite. Nous arrivons en bas et en fait c'était super cool. Plus de peur que de mal comme on dit. Ensuite nous restons un peu dans la piscine pour nager.

- C'était super cool.
- Oui tu as vu. Tu as toujours peur de tout toi. Un peu de courage et après on ne regrette pas ces supers sensations.

Après, comme je voulais qu'Auré me porte dans l'eau je fais genre que je suis super crevée.

- Auré viens me porter, je suis super crevée.
- Et en échange j'ai quoi ?
- Il te faut toujours un truc en échange toi ce n'est pas possible. Tu ne fais jamais rien pour rien, toi.
- Et oui c'est la vie. Si je te porte j'ai droit à un bisou.
- Je préfère me noyer alors, dis-je pour plaisanter.

Nous adorons nous chambrer. Alors il vient, puis me porte, j'ai mes jambes autour de sa taille et mes mains autour de son cou, nous sommes une fois de plus super proches l'un de l'autre.

- Alors mon bisou ?

Je lui fait un petit bisou sur la joue.

- Ce n'est pas ça un bisou.
- Excuse moi mais si, c'est même un très beau bisou.
- Je vais te montrer ce que c'est un vrai bisou.

Il me prend la tête, regarde mes lèvres. Je sais ce qu'il va faire. Il m'embrasse puis je réponds à son baiser mais pas sur la joue cette fois. Je vois Laly et Jonas qui arrivent, je me détache vite d'Auré, nous sortons de l'eau et nous allons les rejoindre sur les serviettes. Avec Auré nous faisons comme s'il ne s'était rien passé car nous ne sommes pas en couple et d'abord est-ce que tout cela signifie quelque chose pour lui ? Je parle un peu avec Laly puis décide d'aller au distributeur pour aller chercher des trucs à manger. Après nous revenons avec les garçons, nous mangeons ce que l'on a ramené. Puis vers 17h, on décide de sortir de la piscine car Laly et Jonas doivent partir. Nous sortons de la piscine et nous leur disons au revoir. J'ai été contente de revoir Laly et de connaître Jonas.

- Tu fais attention à toi ma chérie, me dit Laly.
- Oui, oui t'inquiète, toi aussi hein.
- Oui, on s'appelle.
- Oui pas de problème.

Nous nous disons au revoir pour la seconde fois et nous avons presque les larmes aux yeux. Aurélien me prend dans ses bras, quand ils sont partis. Nous allons à la voiture et nous rentrons chez moi. Arrivés chez moi je regarde mon iPhone dont je ne me suis pas servie depuis trois jours ou presque ou bien très rapidement. Je regarde dix messages, huit de Zoé et deux de Clément. Il me veut quoi ce gros con ? *Il a failli te violer et il revient comme ça tranquille, me répète ma conscience.*

Je regarde les messages de Zoé, je pense qu'elle est vraiment inquiète.

SMS de Zoé :

- Hey tu viens pas aujourd'hui ?
- Tu es où là ?
- Mathilda ça va ?
- J'espère qu'il ne t'est rien arrivée.
- Mathilda réponds tu m'inquiètes.

Et j'en passe, elle était vraiment inquiète je pense, je la rappelle vite et lui explique ce qui s'est passé. Nous restons au moins trente minutes au téléphone. Une fois que j'ai fini, je lis les messages de Clément.

SMS de Clément :

- Salut c'est Clément, je suis désolé pour l'autre soir, je ne voulais pas faire ça, j'étais bourré…
- Rappelle moi, il faut qu'on parle.

Il ose m'envoyer ces messages alors qu'il fait pareil à toutes les filles ? Ce mec est vraiment un gros con. Moi qui lui faisais confiance, il a profité de mes faiblesses. Je n'ose même pas imaginer ce qui se serait passé si Aurélien n'était pas arrivé. Je lui réponds tout de même pour laisser cette histoire de côté et la régler une bonne fois pour toute. Pour enfin pouvoir passer à autre chose.

- Oui bien sûr tu étais bien conscient de ce que tu faisais, tu fais pareil à toutes les filles, tu n'es qu'une pourriture ! Je ne veux plus jamais entendre parler de toi, tu as bien compris ordure!

Je suis débarrassée d'un poids, comme délivrée. Mettre des mots sur ce qui peut nous faire du mal est le meilleur remède, enfin je pense.

Après ce message qui exprime toute ma rancune, je pars rejoindre Auré dans le salon mais je ne montre pas les messages car sinon il va péter un câble. Je vais ensuite prendre ma douche car il est déjà 19h et après il faut que j'aide Auré à préparer le repas.

Quand je sors, je vois qu'Auré m'attend debout et il a l'air très énervé, mince il a mon iPhone dans les mains.

- C'est quoi ces messages avec ce connard, tu m'expliques ?
- D'où tu touches à mon portable toi ?
- Il arrête pas de sonner alors j'ai regardé. Tu parles encore avec ce gros con après ce qu'il t'a fait
- Mais non il m'a juste envoyé des messages. Et pas besoin de gueuler comme ça.
- Je gueule si je veux ok ?
- Mais vas te faire foutre ! A force ça va là, j'ai rien fait et je me fais gueuler dessus !
- Parle pas comme ça, parle mieux, merde !

Il me saoule, il me saoule ! Je monte alors dans ma chambre, je vais dans mon lit sous les couvertures et je me mets à pleurer. Il me gueule dessus alors que j'ai rien fait, non mais lui il se prend pour qui ? Je suis vraiment énervée sur ce coup. Il ne comprend pas que son départ m'a fait du mal, maintenant Clément que je croyais bien, me fait ce sale coup et me viole presque. Il peut pas comprendre que j'en ai marre de souffrir à cause des conneries des autres ? Quelques minutes après, la porte de ma chambre s'ouvre puis Aurélien se faufile dans le lit. Je suis dos à lui, je sens ses mains entourer la taille, je ne réponds toujours pas et reste de dos.

- Je suis désolé, je ne voulais pas te parler comme ça.

Moi je réponds pas, je suis une vraie tête de mule mais à la fin j'en ai assez, ç'en est trop pour moi toutes ces histoires.

- Tu fais la tête ?

Comment ne pas te faire la tête, me souffle ma conscience. Il faut que tu dises stop des fois.

Il se serre davantage contre moi, me prend dans ses bras et met sa tête dans mon cou.

- Allez arrête.
- Tu as vu comment tu me parles aussi.
- Je me suis excusé en plus. Tu le sais bien, je m'emporte vite.

L'excuse bidon, gronde ma conscience.

J'essaye de sortir de ses bras mais il me serre plus fort.

- Lâche moi c'est bon ! dis-je agacée.
- Je sais que je n'aurais pas du te gueuler dessus comme je l'ai fait.
- Oui, ça c'est sûr.
- Mais bon ça m'a saoulé que l'autre connard t'envoie encore des messages.
- Il est jaloux le petit Auré.

Je me radoucis en voyant qu'Auré est désolé et en plus de ça jaloux.

- Dis ce que tu veux mais l'autre connard quand on rentre il a plus de tête. Je vais m'occuper personnellement de son cas.
- Non arrête tu fais pas ça, laisse tomber tu vas avoir des problèmes alors qu'il n'en vaut pas la peine.
- C'est ce qu'on verra.

Aurélien me serre fort dans ses bras, je suis vraiment bien avec lui quand il est là pour moi. J'ai beau dire mais je me suis vraiment attachée à lui en quelques mois. Son départ avait fait un vide qui me rendait malade. Je suis contente de le retrouver et encore plus quand je l'ai pour moi toute seule. Nous restons quelques minutes comme ça juste tous les deux mais Aurélien coupe vite ce moment.

- On va manger ? J'ai faim.
- On voit le morfale qui coupe les bons moments pour de la bouffe, dis-je en rigolant.
- Chut, tais-toi. Pas de ma faute si mon ventre crie famine, entend le, le pauvre il grogne.
- N'importe quoi, tu vas devenir énorme à force de penser qu'à manger.

Il soulève son tee-shirt pour me faire taire. Et ça marche.

- Regarde si je suis gros, il n'y a que du muscle, dit-il super fier de lui.
- Oui, oui, dis-je en évitant de regarder son torse, parfait.
- Vas-y bave pas trop.
- Ça ne risque pas.

Auré me prend et me porte en sac à patates et nous descendons.

- On mange quoi ? Parce qu'on n'a rien fait je te précise.
- J'ai commandé des pizzas.
- Tu gères.
- Je sais, je sais, me dit-il en me posant par terre en arrivant au salon.

Nous parlons un peu en attendant que le livreur arrive.

- On repart quand ? lui dis-je.
- Demain dans l'aprèm.
- D'acc.

Le livreur arrive, Aurélien va ouvrir et paie les pizzas. Nous mangeons puis nous allons nous coucher. Le lendemain, je me réveille pendant qu'Auré dort toujours, il est trop mignon quand il dort. Je décide au bout de cinq minutes de le réveiller en douceur car je m'ennuie.

- Auré il faut se lever, lui dis-je en lui caressant les cheveux.
- Mmmm.
- Allez.
- Laisse moi dormir il doit être 7h du mat.
- Non il est 11h, alors debout.
- Un câlin et un bisou alors.
- D'accord mais après tu te lèves.

Il me prend dans ses bras et me fait un gros câlin puis il me fait un bisou dans le cou.

- C'est moi qui fais tout là, je veux mon bisou aussi.

Je lui fais un petit bisou sur le nez. Après on se lève et tout le tralala. Je vous passe la journée car nous sommes restés chez moi à rien faire, juste à profiter du temps que l'on passe l'un avec l'autre. Mais comme on dit « toutes les bonnes choses ont une fin ». Il est 17h et c'est déjà le moment de quitter ma petite maison, qui soit dit en passant, je ne sais pas quand je vais y retourner, pour rentrer à la cité universitaire.

XII

Toujours le même…

Je passe quelques semaines où il ne s'est pas passé grand chose. Auré et moi comme d'habitude, il a toujours autant de filles à ses pieds et il couche toujours autant avec. Mais maintenant, il est véritablement là pour moi : quand j'ai besoin je l'appelle, qu'il soit avec une fille ou pas il vient. Je sais que je peux compter sur lui et que je passe avant toutes ces filles et ça me fait plaisir même si j'aimerais pouvoir dire que je ne l'ai véritablement que pour moi toute seule. Avec la bande, ça va mieux nous sommes soudés comme au premier jour, Zoé nous a rejoint et je l'ai présentée à Auré et aux autres. Elle et Julien se sont bien rapprochés. Amélie et Fabien sont toujours ensemble, l'amour fou ces deux-là, ils sont trop mignons. Stéphanie est avec Lucas je ne sais pas si vous vous souvenez de lui. Lisa elle, a eu quelques aventures mais ça n'a pas duré. Et moi je ne sais pas. Avec Auré on se cherche, on s'est embrassé mais il préfère ses filles. Cependant, il est très protecteur et il a bien fait comprendre à Clément… Le pauvre était mal enfin tant mieux on va dire. Voilà ma petite vie est revenue dans l'ordre malgré tout ce bazar. Aujourd'hui, c'est le premier jour des vacances de Noël, je me lève il est 6h, je réveille aussi Auré qui dort très régulièrement chez moi pour ne pas dire tout le temps.

- Allez chouchou on se lève.
- J'ai encore sommeil, me dit-il tout endormi.

- Les autres nous attendent à 7h devant la cité universitaire, tu n'as pas oublié que c'est aujourd'hui que l'on part tous à la montagne, au ski ?

Nous avons loué une semaine à la montagne avec la bande pour les vacances, pour se retrouver tous ensemble et profiter. Alors il faudrait peut être que monsieur décide de se lever si nous ne voulons pas être en retard.

- Oui, c'est vrai que nous partons aujourd'hui.
- Oui allez debout vas te préparer.
- Je veux mon câlin d'abord, me demande-t-il encore tout endormi.

Je vais lui faire un gros câlin et un bisou puis il se lève enfin et me regarde de la tête au pied.

- Quoi ?
- Tu vas au Pôle Nord ? me dit-il mort de rire.
- Non à la montagne, dis-je vexée par sa remarque. Il adore se foutre de moi.

Il n'a pas changé, il se fout toujours autant de moi. J'ai mis un gros pull en laine, un Jeans, des grosses bottes fourrées et un bonnet.

- Au lieu de te foutre de moi, vas te préparer.
- Oui mais sors moi les habits que je dois me mettre s'il te plait.

Je lui sors un Jeans, un gros pull en laine. Il sort au bout de vingt minutes de la douche.

- Voilà je t'ai pris ça.
- Si j'ai l'air d'un pec (= d'un fou) tu vas voir, me dit-il depuis la salle de bain.
- Mais non t'inquiète, je suis Christina Cordula moi. Mon chéri, tu es soublaïme. Magnifaïk !!!

Il regarde ses habits et les enfile vite fait. Je pense alors que mon choix lui a convenu, enfin quoi qu'il mette il est toujours beau. Après nous déjeunons vite fait. Nous prenons les valises restées dans l'entrée et nous partons retrouver les autres en bas de la cité universitaire. Nous saluons notre petit monde. Je saute sur les filles pour leur faire la bise, je suis tellement contente que l'on parte tous ensemble.

- Vous n'êtes pas en retard pour une fois, nous dit Lisa en rigolant.
- On est pas trop en retard d'habitude, dit Auré en rigolant également.
- On peut dire ça comme ça, rajoute Julien.

Nous commençons à charger les valises dans les voitures. Nous prenons la voiture d'Auré : il y a Zoé, Lisa et Julien avec nous. Dans la voiture de Fabien il y a Stéphanie avec son copain, Lucas et Amélie. Voilà maintenant qu'on est tous dans la voiture nous sommes prêt à partir. Dans la station de ski où nous allons passer une semaine il n'y a pas que du ski, il y a aussi une station thermale dont piscine, hammam et tout ce qui s'ensuit. La station se trouve à trois heures de l'université. Nous roulons, nous rigolons, nous nous arrêtons un peu sur des aires de repos, en gros le trajet se passe super bien. Nous arrivons à la station et il neige. *(C"est super !)* Nous nous rendons à l'accueil de la station pour qu'on nous montre et nous remette les clés du chalet. On nous montre donc notre chalet qui est juste sublime, tout en bois bien sur. Cette ambiance me plonge complètement dans les fêtes de fin d'année qui se déroulent en ce moment même.

- Par contre il n'y a que cinq chambres, nous dit le propriétaire.
- Pas de problème nous allons nous débrouiller, lui répond Fabien.

Le propriétaire part et nous commençons à prendre possession des lieux. Nous commençons également à parler de l'attribution des chambres.

- Moi je prends une chambre avec Amélie, nous dit Fabien.
- Moi avec Lucas, dit Stéphanie.
- Moi avec Mathilda, rajoute Auré.

Lisa et Zoé prennent une chambre et Julien celle qui reste. Tout le monde a trouvé sa place. Auré prend mes valises et nous montons à notre chambre, elle est hyper grande avec un petit balcon. Elle est aussi toute en bois, c'est super beau et tout chou. J'adore.

- On a pris la meilleure chambre et grâce à qui ? Au boss bien sûr, se vante comme d'habitude Auré.
- Tu commences déjà à t'y croire, dis-je rigolant.
- Sinon moi je trouve que c'est cool ici.
- Oui ça a l'air pas mal, j'adore l'ambiance du chalet.
- Tu es contente d'être ici ?
- Bien sûr que oui, c'est top de se retrouver tous ensemble, pourquoi ?
- Non juste pour savoir.
- Et toi tu me prends dans ta chambre ?
- Ben oui logique.
- C'est parce qu'il y a pas tes copines, lui dis-je car je sais que ça va l'agacer.
- Arrête on dort presque tous les soirs ensemble et les autres filles sont de simples amusements.

Bien, très bien monsieur Blake de réagir comme ça, quel goujat, me dit ma conscience.

- Oui quand ça t'arrange plutôt, tu veux dire.
- Tu es encore jalouse petite Mathilda ?
- Non !

Bien sûr que tu es jalouse, tu le veux que pour toi petite coquine, me dit ma conscience. Je n'ai pas plus le temps de réfléchir que cela puisque les autres nous appellent déjà pour qu'on descende les rejoindre.

152

- On arrive, dis-je aux autres en bas. Et non je ne suis pas jalouse, lui dis-je en lui tirant la langue. Certainement pas de ces choses qui te servent de copines, en plus de ça.

Il me prend en sac à patates et nous descendons. On ne change pas les bonnes habitudes « Sac à Patate ».

- Bon on sort un peu, on va voir ce qu'il y a à faire pour ce soir, dit Zoé.
- Oui allez, rajoute Lisa.

Nous prenons tous des doudounes car il neige. Dans la station, il y a plein de boutiques, des restaurants, plusieurs boites de nuit et une station thermale. Cette station est en fait comme une petite ville. Au bout d'une heure trente, nous décidons de rentrer au chalet. Une fois rentrés, nous mangeons car il est 19h. Puis nous décidons que ce soir pour notre arrivée, nous irons en boite de nuit. Pour décompresser et bien commencer nos vacances en faisant la fête. Je vais dans la chambre de Lisa et Zoé pour me préparer.

- Tu dis qu'avec Auré il ne se passe rien mais il a quand même voulu dormir avec toi, me dit Zoé.
- Auré est devenu mon meilleur ami, en plus je dors souvent avec lui. C'est une habitude pour nous, on va pas se sauter dessus si c'est ça que tu crois.
- Mais oui bien sûr ton meilleur ami, vous êtes fou l'un de l'autre ça se voit, me dit Lisa.
- Tu es en plein délire et avec toutes les filles qu'il se tape.
- Oui ces filles comme tu dis, il en a rien à faire, rajoute Zoé.
- Tout à fait d'accord avec Zoé, en plus depuis que tu es là, il a beaucoup changé.
- Vous êtes prêtes les filles ? leur demandais-je.
- Tu changes de sujet mais moi je parie qu'un jour ou l'autre, vous allez finir ensemble…
- Si ça te fait plaisir de croire ça, je te laisse faire.

153

Nous finissons de nous préparer, comme il ne fait pas super chaud. Je mets un haut à manches longues couleur prune avec quand même une jupe noire et des bottes noires cloutées. Je me lisse les cheveux et me maquille légèrement, les filles font pareil. À un moment, nous entendons Julien crier.

- Lisa tu peux venir deux secondes ?
- Attends j'arrive.

Et moi je crie comme une malade pour embêter ma Lisa.

- Il y a de l'amour dans l'air !
- La ferme, me répondent les deux en même temps.

Zoé et moi sommes mortes de rire, par tant de synchronisation.

- Ils se sont vraiment rapprochés ces deux-là quand-même.
- Oui je pense qu'ils vont finir ensemble.
- Tu vas bientôt te retrouver seule dans la chambre.
- Oui je vais être la seule pas en couple, se plaint Zoé.
- Ben moi non plus je ne suis pas en couple mais t'inquiète pas ce soir on se trouve un beau jeune homme pour faire la fête.
- Je pense qu'Aurélien va pas trop apprécier cette idée ma belle.
- Je m'en fous de lui, il pense à moi quand il va voir ces filles ?
- Bon on verra bien ce soir poulette en tout cas on va faire chauffer le danse floor.
- Ça c'est certain, répondis-je en me déhanchant.

Une fois prêtes, nous descendons, tout le monde est prêt et comme il est 00h00. Nous y allons à pied car ce n'est qu'à cinq minutes du chalet. Lisa vient me voir sur le chemin.

- Tu pouvais pas crier plus fort tout à l'heure ?
- Vous avez répondu en chœur en plus, les amoureux, vous êtes sur la même longueur d'onde.
- Vas-y fous toi de ma gueule en plus. Tu me revaudras ça.

- Oui, oui, lui dis-je en rigolant.

Nous arrivons à la boite, on paie les entrées et les bouteilles puis nous allons nous poser à une table. La soirée commence tranquille puis là, il y a une fille qui arrive et qui commence à draguer Auré. Celle-là elle commence déjà à me saouler. Enfin je le laisse avec ses petites copines vu que monsieur a l'air de s'en contenter. Je ne vais pas me gâcher la soirée pour lui. Nous allons donc danser avec la bande, on boit un peu. Aurélien est toujours avec l'autre fille et elle est sur ses genoux, tranquille. Moi je vais danser avec la bande et je fais comme s'il n'était pas là. Pourquoi se prendre la tête pour un gars qui préfère ce genre de fille ! Avec Zoé, nous avons un peu abusé de la bouteille. Au bout d'un moment nous sommes fatiguées alors nous revenons à la table avec les filles.

- Regarde la fille de joie, dis-je hyper fort vers la fille sur les genoux de mon Auré.
- C'est moi que tu insultes de p*** ? me demande-t-elle en se levant.
- Oui pauvre fille. (Si je n'avais pas autant bu, je ne lui aurais jamais parlé comme ça, en plus elle me saoule d'être autant collée à Auré. Elle me sort par les yeux.)
- Ferme-là, me dit-elle.
- Vas-y prends le dans un coin et vas lui sauter dessus tant que tu y es.

J'avance vers elle, Aurélien se met devant moi. En me regardant sévèrement.

- C'est bon Mathilda, en plus tu es bourrée alors stop.
- Arrête de dire de la merde toi aussi. Tu me saoules avec ta vieille copine . (Je ne suis qu'à moitié bourrée car je suis consciente de ce que je fais alors stop…)
- C'est bon là, arrête de gueuler comme une tarée.
- Amuse-toi bien avec ta p*** pauvre con.

Je suis tellement en colère que, je prends mes affaires et sors de la boite de nuit. Je commence à rentrer à pied mais je sens que quelqu'un me suit. Je marche de plus en plus vite puis là, on me prend le bras et c'est Aurélien. Ouf !

- Tu vas où comme ça ? me dit-il d'un air méchant.
- Je vais où je veux, ça ne te regarde pas.
- Commence pas à faire ta chieuse, tu commences à me saouler et parle mieux aussi.
- Vas voir l'autre conne et fous moi la paix. Je te laisse la chambre si tu veux ! lui dis-je en colère.
- Tu es pas possible toi !
- Pffff.
- Arrête de faire ça ! En plus tu es bourrée et tu sors toute seule.
- Arrête j'ai juste un peu bû, je sais ce que je fais quand même.
- Juste « un peu bû » bien sûr, dit-il en m'imitant.
- Arrête tu n'es pas mon père, je fais ce que je veux.
- Non mais faut que t'arrêtes là, tu as vu comment tu parles ?
- Je parle comme je veux, vas voir ta meuf et dégage.
- Ouais, elle est moins conne que toi, je me casse va, démerde toi si tu es si forte, dit-il super énervé.

Il commence à retourner vers la boite. Moi je marche vers le chalet, je suis en pleurs, je suis vraiment conne, j'ai mal réagi et lui il me parle comment ? Qu'il aille la retrouver cette fille si cela lui fait plaisir de toute façon il n'y a que ça qui lui plait... En pensant à ça, je suis encore plus en pleurs. Moi je suis juste là pour lui tenir compagnie et lui faire deux trois bisous quand il a envie... Dans l'histoire, je suis la bonne poire, avec qui on peut jouer. Oui il joue avec mes sentiments et ça fait mal. Je rentre au chalet, j'envoie un message à Lisa et Zoé pour leur dire que je suis rentrée et que je dors dans leur chambre ce soir. Je me douche, me mets en jogging et gros pull. Je me couche mais je suis super mal. Après je ne sais combien de temps, je finis enfin par m'endormir.

Je me réveille car j'entends les filles parler. Je regarde le réveil, il est cinq heures du matin.

- Vous venez de rentrer ? leur dis-je encore endormie.
- Oui, pardon de t'avoir réveillée ma chérie, me dit Lisa.
- Ce n'est pas grave.

Elles se changent et viennent me rejoindre dans le lit. Ça fait du bien de retrouver ses copines.

- Qu'est-ce qui t'est arrivée avec Auré ? me demande Zoé.

Je leur raconte toute l'embrouille, j'ai les larmes aux yeux. Je me sens vraiment mal face à ce qui s'est passé il y a, à peine quelques heures. J'ai été incontrôlable et détestable. Chose qui ne me ressemble pas du tout d'habitude. Mais voir cette fille dans ses bras, si proche de lui, ça me tue.

- Vraiment désolée ma chérie.

Elles me prennent dans leurs bras. C'est tellement réconfortant d'avoir des personnes à tes côtés qui te soutiennent.

- C'est vrai qu'Auré était pas bien quand il est revenu, me dit Zoé.
- Non mais il m'a saoulé avec cette fille.
- Après tu dis que tu ne ressens rien pour lui mais dès que la moindre fille l'approche, tu la tuerai bien, me dit Lisa.
- C'est juste que ça me saoule qu'il me plante comme ça pour une fille de ce genre.
- Laisse tomber, il va s'en vouloir et il reviendra, me dit Zoé.
- Tu vas voir, s'il revient, on rira, lui dis-je sur la défensive.
- Attention Mathilda va tout péter, me dit Lisa en rigolant.

Nous explosons toutes les trois de rire. Mais c'est vrai que j'ai envie de « tout péter » comme elle dit. Surtout me défouler sur sa belle gueule.

- Bon on dort les filles ? Je suis morte moi, dit Zoé en baillant.
- Oui moi pareil, rajoute Lisa.

Nous finissons par nous endormir toutes les trois. Nous étions serrées comme des sardines dans ce lit en 140. Mais le réconfort de mes copines est là, c'est l'essentiel.

Le lendemain, nous nous réveillons, il est déjà onze heures du matin. Je me prépare et mets un legging gris et un gros pull Adidas noir avec des bottes fourrées noires. Je descends pour prendre le petit déjeuner et là je croise Aurélien qui sort de la salle de bain. Je fais comme si je ne l'avais pas vu et je descends. Je n'ai pas envie de lui adresser la parole. Nous nous évitons toute la fin de la matinée. Moi, je reste avec les filles, elles me racontent la fin de la soirée. Fabien et Julien viennent aussi me voir pour me parler et me dire qu'Auré est comme ça et que ce n'est pas pour ça qu'il ne tient pas à moi. C'est vrai que c'est facile d'agir et après de dire ça. Tout le monde peut le faire, ce n'est absolument pas une excuse ! Vers 14 heures, nous sommes dans la chambre et Julien arrive.

- Bon les filles on se prépare, on va à la piscine de la station thermale, nous annonce Julien.

Les filles sont super contentes et commencent à se préparer.

- Je sais pas si je viens, leur dis-je.
- Tu ne vas pas gâcher tes vacances pour lui quand même, me dit Zoé.
- Non mais même, il va ramener cette fille er je n'ai pas envie de me prendre la tête aujourd'hui.
- Au contraire, viens et montre lui que tu t'en fous. Je vais te choisir un maillot hyper sexy tu vas voir, rajoute Lisa. Cette fille est complètement fofolle mais je l'adore.
- Bon d'accord, je viens mais je ne vous promets pas que je vais rester toute l'aprèm.

Lisa me choisit mon maillot vert, rose fluo et bleu marine, il est composé d'un bandeau et d'une petite culotte. Super sexy comme dit si bien Lisa.

- Voilà celui-là est parfait, il te met bien en valeur, il ne va pas pouvoir résister, me dit Lisa en souriant.
- Je ne compte pas lui reparler de toute façon. Son avis m'importe peu, je n'y vais pas pour lui.

Nous finissons de prendre nos affaires et on rejoint les autres dans le salon. Ils sont déjà tous prêts à nous attendre.

- Tout le monde est là, alors on y va, nous dit Julien.

Nous sommes en chemin, nous avons bien sûr les doudounes parce que dehors, il neige toujours. Pendant que l'on marche, Julien vient me parler.

- Il y a la fille d'hier soir qui vient, je préfère te prévenir.
- L'autre-là ? Je me doutais qu'il allait la ramener.
- Ouais, mais t'inquiète si elle te saoule, tu me le dis.
- Ok t'inquiète, merci Julien.
- De rien avec plaisir. Le moindre souci et Juju arrive.

Ce mec est top, il me fait trop rire. Dans ma tête, je me demande comment ça va se passer. Nous marchons encore cinq minutes et nous arrivons devant la station thermale, je vois l'autre fille, ça commence bien. Il faut que je me contienne, il fait ce qu'il veut et moi aussi.

- Coucou mon chou, dit-elle à Auré.
- Salut, lui répond-il sèchement.

Cette fille me sort par les yeux, ce n'est pas possible, je ne l'aime pas et je suis bien contente qu'Auré ne montre pas tant d'enthousiasme que ça à ses surnoms. Nous rentrons, payons puis allons nous changer.

- Celle-là, je ne vais pas la supporter, dit Stéphanie.
- Moi non plus avec ses grands airs, rajoute Amélie.

Moi je suis tout à fait d'accord avec elles. Nous, nous mettons en maillot, nous prenons nos serviettes et nous allons rejoindre les autres. La piscine est grande avec autour des transats. Au début nous allons nous poser sur les transats avec les filles. Les mecs quant à eux vont à l'eau puis je remarque qu'Aurélien me regarde, je fais comme si je ne le voyais pas.

- Moi bébé, je vais pas me baigner sinon je vais friser, dit-elle à Aurélien. *Qu'elle est futile cette pauvre fille.*
- Ok fais ta vie Noelia. (D'accord elle s'appelle donc Noelia.)
- Nous on va à la piscine les filles, nous demande Zoé.
- Allons-y.

Nous sautons toutes les cinq dans l'eau. Je vois qu'Aurélien me regarde, il commence à nager vers moi. Moi je nage alors plus loin, je n'ai pas envie de lui parler mais il arrive quand même à me rattraper. Insupportable !

- Tu fais la gueule ? me demande-t-il comme si de rien n'était.

Je ne réponds pas et essaye de nager le plus loin possible de lui mais il me tient la jambe.

- Tu fais le petit bébé qui boude ?
- Lâche ma jambe !
- Pas question.
- Pfff.
- Arrête avec tes « pfff », ce n'est pas joli sortant de ta si jolie bouche, me dit-il en souriant.
- Tu me saoules, tu le sais ça ?

- Tu as quoi encore ?
- Rien mais lâche ma jambe.

Il tire ma jambe vers le côté de la piscine et me colle sur le côté.

- Vas-y lâche moi.
- Là au moins tu ne peux pas partir.

Nous sommes collés l'un à l'autre.

- Tu joues à quoi ? Il y a ta copine à côté.
- J'aime pas quand on se fait la gueule et je m'en fous d'elle tu le sais bien en plus, tu es juste morte de jalousie, ricane-t-il.
- Arrête tes phrases toutes faites.
- Mais c'est vrai j'aime pas quand on se fait la gueule et je m'en fous littéralement d'elle. Je m'excuse aussi pour hier, c'est moi le con dans l'histoire. (Il dit ça avec une tête toute drôle.)
- Elles sont nulles tes excuses.

Il me fait un grand sourire avec ses belles dents blanches dignes des magazines.

- Qu'est-ce que tu as à sourire comme un idiot ?
- Moi un idiot ?
- Oui, vous monsieur Blake.
- Tes mots tout pourris m'ont manqué.
- Je sais, je suis indispensable à ta vie.
- Prends pas la grosse tête non plus.

Aurélien a passé mes jambes autour de sa taille. Il ne perd pas de temps le petit. *Mon problème, je ne sais pas lui résister. Je confirme, me répond ma conscience. Celle-là toujours obligée d'ajouter son grain de sel.*

- Fais moi un bisou, me demande-t-il.

Je lui fais pleins de petits bisous, il m'a trop manqué ce petit con. J'aime tellement me retrouver avec lui comme ça et voir qu'à ses yeux, il n'y a que moi qui existe. Je n'aime tout simplement pas le partager, oui tout compte fait je crois que je suis jalouse, enfin un tout petit peu. À ce moment bien sûr, Noelia débarque et casse notre moment.

- Je vous dérange pas au moins ?
- Si un peu quand même là. *(Et bim dans tes dents pauvre fille.)*
- Et toi la p*** tu fais quoi avec mon mec ? me dit-elle.

D'un coup elle m'a énervée, elle m'insulte en plus. Elle dit son mec alors qu'elle le connaît depuis même pas un jour. Je sors des bras d'Auré, monte les escaliers et me dirige vers cette petite conne. Il ne faut pas me chercher trop longtemps !

- Alors c'est qui que tu insultes de p*** maintenant ?
- La p*** c'est toi alors pas touche à mon mec.
- Ton mec ? Mais tu t'y crois un peu trop toi, tu le connais depuis un jour et la pute c'est moi. Regarde toi un peu.
- Oui tu dis que de la merde de toute façon et tu m'insultes pas de p*** ok ?

Elle commence à avancer vers moi.

- Je vais te frapper, me dit-elle.
- C'est sûr que tu vas me faire mal avec ta force de mouche.

Elle s'approche de moi, elle essaye, je dis bien essaye de me prendre le bras mais moi je lui prends le poignet et le lui tords.

- Lâche moi connasse ! Et toi tu dis rien bébé ? s'adresse t-elle à Auré.
- Alors on fait moins la maligne ?
- Tu vas voir toi après sale conne.

162

Aurélien ne lui a pas répondu, elle continue de m'insulter et comme la piscine est juste derrière elle, je la pousse dedans car madame ne voulait pas se mouiller les cheveux. Elle fait un vol et plouf dans la piscine, tout le monde se marre, les autres ont tout vu. Et ils rigolent bien. Bien fait pour elle.

- Connasse, me dit-elle en lançant un nombre d'injures impossibles à la suite.
- Pas trop mouillée j'espère, lui dis-je en rigolant.
- Tu es qu'une sale conne.
- Arrête de l'insulter ! dit Auré d'un air plus que menaçant.
- Mais bébé elle est folle cette fille.
- Je suis pas ton bébé et c'est toi la folle.

Et bam elle s'en est pris plein la gueule. Je suis contente qu'Aurélien m'ait défendu. Après tout ça, je pars sans rien dire car elle m'a vraiment énervée cette fille. Je vais dans les vestiaires pour me changer et repartir au chalet. Puis là quelqu'un rentre dans la cabine et m'entoure la taille. Heureusement que j'étais changée, j'allais sortir. Je me retourne et vois Auré.

- Qu'est-ce que tu fous là ?
- Je rentre avec toi.
- Ok.
- Tu m'as fait trop rire quand tu l'as poussée dans l'eau.
- Merci de m'avoir défendu mais elle m'a saoulée cette conne aussi.

Auré me prend dans ses bras. Ça fait toujours un bien fou de le retrouver.

- Tu es à moi, me dit-il à l'oreille.
- Toi aussi.

Je pense que je suis hyper rouge quand je dis ça, mais ça ne fait rien. C'est ce que je pense, ce que je ressens à ce moment même. Je lui fais un bisou sur la joue et lui m'en fait un dans le cou.

- On rentre ?
- Oui.

Auré se change, moi je réfléchis à ce que l'on vient de se dire, il me l'a déjà dit alors qu'est ce que tout cela veut dire ? Nous sommes juste meilleurs amis. Il me sort de mes pensées.

- J'ai fini, on peut y aller.

Nous partons donc vers le chalet. Quand nous arrivons au chalet, nous montons dans notre chambre. Les autres sont encore à la piscine, nous nous allons nous poser sur le lit.

- Vas-y on regarde un film.
- D'accord, dans ce cas je choisis le film, me dit-il.
- Vas-y.

Nous commençons à regarder le film tranquillement.

- J'ai froid.
- Allez viens dans mes bras, me dit-il en les ouvrant pour que je m'y blottisse.

Je ne me fais pas prier et vais dans ses bras. Je suis collée à lui, ça fait du bien de le retrouver même si ça ne faisait pas longtemps qu'on se faisait la gueule. Je ne supporte pas de ne plus lui parler, je me suis vraiment attachée à lui et c'est devenu mon meilleur ami. Laly est toujours ma meilleure amie mais c'est différent entre elle et Aurélien. Ne croyez pas que j'ai oublié Laly. Même si je ne parle pas trop d'elle, on se téléphone quand même tous les soirs. J'ai besoin d'avoir des nouvelles tous les jours. Elle est une partie essentielle de ma vie.

- Tu m'as manqué petite choupinette.
- Qu'il est adorable le petit Auré de me dire ça.
- Et moi je ne t'ai pas manqué ?
- Bof pas trop, lui dis-je avec un grand sourire.

Il me regarde avec une petite tête de boudeur et se tourne de l'autre côté.

- Mais je rigolais mon Auré, tu m'as trop manqué.

Je me mets sur lui, je suis trop bien, il est tout confortable comme un gros nounours bien protecteur et bien chaud.

- Dégage la grosse.
- Vas te faire foutre.
- Je fais comme toi, je rigolais.
- Très, très drôle, lui dis-je en lui donnant une tape amicale sur l'épaule.
- Je sais, j'ai fait l'école du rire.
- Tu es vraiment un cas mon pauvre garçon.

Il me sort de ces trucs je vous dis pas.

- Sinon tu es bien sur moi ?
- Oui trop bien, tu es trop confortable.
- Fais moi un bisou.
- Punaise tu es chiant avec tes bisous.
- J'aime les bisous.
- Oui je vois ça.

Je lui fait un petit bisou sur la joue.

- Ce n'est pas un bisou ça, je veux un bisou comme à la piscine l'autre fois, sourit-il.

Je vois qu'il se mord la lèvre et regarde les miennes avec envie, alors je comprends qu'il veut m'embrasser comme la dernière fois. Nous, nous rapprochons petit à petit et nous finissons par nous embrasser. Ce que je ressens est indescriptible, c'est encore mieux que la dernière fois. J'adore ce contact avec lui mais j'ai peur que ça finisse mal comme la première fois. Alors je m'arrête et le regarde.

- Ça c'est un vrai bisou, me dit-il en me regardant dans les yeux.

Je ne réponds pas et me remets dans le lit. Je ne sais quoi penser de tout ça.

- Qu'est-ce qu'il y a ?
- J'ai peur Auré.
- Peur de quoi ?
- Peur que tu m'abandonnes encore à cause d'un baiser, peur de te perdre, lui dis-je en baissant la tête.
- Mais non c'était juste un baiser comme ça, je te promets de ne plus faire les mêmes erreurs que l'autre fois. Tu me crois, me dit-il en relevant ma tête avec son pouce.

Moi avec tout ça je suis perdue, je ne sais pas comment réagir : nous ne sommes pas ensemble mais nous nous embrassons. Je ressens de l'attirance pour lui, lui aussi je pense mais j'ai tellement peur de le perdre.

- Tu me promets que ça ne change rien alors ?

Il me reprend dans ses bras.

- Je te lâche pas, je te le promets.

Nous finissons notre film comme si rien ne s'était passé et vers 18h nous entendons les autres rentrer. Je pars voir les filles et je leur raconte ce qui s'est passé après ma sortie de la piscine. J'aimerai que tout devienne plus clair et surtout plus simple.

- Vous êtes attirés l'un par l'autre, ça c'est sûr, me dit Lisa.
- On t'a toujours dit qu'Auré avait changé depuis que tu étais là, rajoute Stéphanie.
- Je ne sais pas, j'ai tellement peur de le perdre comme l'autre fois, que je préfère qu'on ne tente rien et qu'on reste juste meilleurs amis car je sais que comme ça, il sera toujours là pour moi.
- Oui mais pour finir avec quelqu'un il faut du temps tu sais, votre histoire sera encore plus belle après, me dit Zoé.
- Je ne sais pas, je suis vraiment perdue avec tout ça. Je ne sais même pas si je désire plus ou non.
- Allez t'inquiète ma chérie, ça va aller, me dit Lisa.
- T'inquiète on est là nous, on te lâche plus, rajoute Stéphanie.
- Merci les filles, leur dis-je en leur faisant un câlin.

Nous descendons et nous allons commencer à préparer le repas car ce soir nous avons décidé de rester tranquille au chalet. Avec les filles on fait des pizzas, des salades et en dessert gâteau au chocolat. Nous gérons trop, vers 20h nous appelons les mecs qui jouent bien sûr à la play.

- Venez on mange, leur dit Stéphanie.

Ils n'arrivent même pas deux minutes après. Pour préparer à manger il n'y avait personne. Mais pour manger c'est une autre histoire. Tous les mêmes ces hommes !

- On a trop faim, dit Julien.
- C'est sûr qu'avec les gros efforts que vous avez fournis devant la play, il y a de quoi avoir faim, dit Lisa morte de rire.
- Mais tais-toi Lisa.

Nous mangeons tous et ils trouvent ça très bon et nous complimentent. Nous finissons tous la soirée dans le salon devant la Wii. Avec les filles nous proposons de faire un Just Dance mais au début les mecs ne sont pas d'accord mais après quand nous prononçons le mot « Battle », ils sont à fond dans la compétition.

167

- On va vous gagner, nous dit Fabien.
- Rêves pas trop non plus hein, lui lançais-je.
- Mathilda ta bouche, me dit Lucas.
- Et parle lui mieux, lui dit Stéphanie.
- Calme Stéphanie.

Leurs petites disputes de couple. Nous commençons : Lisa fait la première Battle contre Julien et elle gagne.

- On fait moins le malin ? le nargue t-elle en lui tirant la langue.
- C'est des conneries ce jeu, râle Julien.

Mauvais joueur me dis-je à moi même.

- De toute façon, quand tu perds c'est toujours des conneries, ajoute-t-elle.

Après, Lucas et Stéphanie s'affrontent et c'est Lucas qui gagne.

- 1/1 on parle moins les filles ? dit Lucas fier de lui.
- Ta bouche Lulu, lui disons-nous toutes en choeur.

Nous l'appelons Lulu juste car il n'aime pas ça. Il faut bien le faire râler un peu. Maintenant c'est à moi contre Auré. Nous faisons une Battle sur *Nicki Minaj Starships*. Nous venons à peine de commencer et déjà Auré râle. Il ne sait pas danser, il me fait trop rire, il se remue d'un coté, d'un autre, à mourir de rire.

- Allez Mathilda, me crie Amélie pour m'encourager.
- Allez Auré, rajoute Fabien à son tour.

Nos équipes respectives nous soutiennent. Et bien sûr je gagne, je suis super contente. Avec Auré, nous nous serrons la main, fair-play. Mais je ne suis pas peu fière de l'avoir gagné.

- Bien dansé, me dit-il.

- Toi aussi mon petit Auré.
- Allez 2/1 pour nous, rajoutent les filles.

Après les autres défilent et c'est nous qui gagnons 6-1. Vive les filles !

- Bon ben les mecs, corvée de vaisselle jusqu'à la fin de la semaine, dit Stéphanie.
- Mais bien sûr, dit Fabien.
- C'est le jeu mon chéri, lui dit Amélie.

Nous faisons une petite danse de la joie avec les filles pour notre victoire. Suite à tout ça il est déjà 00h00 nous décidons alors d'aller nous coucher. À force de se coucher tard tous les soirs, nous sommes crevés. Je vais à la douche et tout le tralala et pars rejoindre Auré dans le lit.

- Alors pas trop dégouté d'avoir perdu ?
- Moi ça va mais les autres sont énervés, se marre t-il.
- Tu vas faire ma vaisselle, luis dis-je en souriant.
- Je suis pas un lave vaisselle, rajoute-t-il.

Moi je rigole de ses conneries, il sort des phrases mythiques tout le temps et je ne peux pas m'empêcher de rigoler. Cet homme est un sketch à lui tout seul. Nous finissons par nous endormir à force de parler. Le lendemain matin, nous nous réveillons tranquillement. Nous retrouvons les autres dans la cuisine pour partager le petit déjeuner.

- Alors les mecs, prêts pour la vaisselle aujourd'hui ? leur rappelle Amélie.
- Tu commences de bon matin toi, lui répond Fabien.
- Ben oui je vous mets en condition pour votre nouveau boulot, rigole-t-elle.

Elle est trop marrante cette fille. La réaction des gars est encore plus marrante à observer.

- Nous pendant ce temps les filles, ça vous dit une petite séance de shopping ? demande Lisa.
- Oui cool, disons-nous en même temps.

Nous sommes donc toutes motivées pour la séance de shopping, nous nous préparons puis nous partons. Nous y allons à pied car il y a pleins de magasins dans la station. J'adore ce genre d'endroit, parfait pour une après-midi détente entre fille.

- Au fait, c'est bientôt Noël, nous dit Stéphanie.
- Oui c'est vrai et moi j'ai encore rien acheté, dit Zoé.
- Moi non plus, rajoutent Amélie et Lisa.
- Moi je vais commencer à les acheter ici, leur dis-je.

Nous partons toutes faire les magasins, nous nous séparons car chacune va acheter ses cadeaux, moi je suis avec Zoé.

- Je peux acheter quoi à Auré ?
- Je sais pas moi, il y a pas un truc qu'il t'a montré et qui lui plait ?
- Non pas en ce moment.

Nous rentrons donc dans un magasin de marque pour homme. Je lui prends un pull Kaporal, un Jeans Diesel et un tee-shirt Guess. Au moins je suis sûre de ne pas me tromper car il adore les habits de marque. Je l'ai accompagné plusieurs fois et je commence à connaitre son style vestimentaire. Je lui prends aussi deux jeux de PlayStation dans un magasin multimédia. J'achète aussi quelques trucs pour moi et des cadeaux à mes parents, à Laly et pour les filles, je fais le plein. Normalement le jour de Noël, je dois retrouver mes parents : ils doivent venir me voir à la cité universitaire car je reste là-bas la semaine prochaine. Je retrouve les filles, elles aussi ont acheté beaucoup de cadeaux. Vers 12h, nous rentrons au chalet, je monte discrètement avec mes sacs pour ne pas qu'Auré les voit puis je redescends voir les autres qui se trouvent au salon.

- Alors princesse, le shopping c'était cool ?

J'adore quand il m'appelle princesse, je fonds tout simplement.

- Oui il y avait pas mal de choses intéressante.
- Nous avec les mecs cette après-midi, nous allons faire du ski.

Vous devez vous dire, on part à la montagne en plein hiver et ils ne font même pas de ski. Nous déjà les filles, on aime pas trop skier et les garçons ont la flemme. Et moi perso, je sais à peine skier, je suis vraiment nulle sur des skis. Je préfère pas me ridiculiser devant mes amis. Le shopping et la piscine me conviennent amplement.

- Les équipements, vous avez tout loué ?
- Oui on a appelé ce matin.
- Super.

Puis là Fabien nous sort de notre discussion en criant.

- On y va les mecs.
- Vous mangez même pas là ? leur demande Stéphanie.
- Si, nous avons commandé des pizzas et on vous en a pris, elles sont au four, lui répond Lucas.
- Cool, merci, tu es adorable lui dit Stéphanie en l'embrassant.
- Tu fais attention à toi, tu te casses rien, dis-je à Auré.
- Oui t'inquiète, je suis un pro moi.

Il me fait un bisou sur le front et il part avec les autres. Nous les filles, nous sortons les pizzas du four et nous les mangeons devant la télé. Pour finir nous décidons de nous faire une petite aprèm télé avec des films romantiques. Vers 18h, les mecs rentrent. Je suis dans la chambre en train de me reposer et à ce moment là Auré me saute dessus.

- Tu vois je suis revenu sans une égratignure.
- Je vois bien ça, tu es même plutôt en forme pour un mec qui fait du ski toute l'après-midi, lui dis-je en rigolant.

Je regarde sa tête et me mets à rigoler.

- Pourquoi tu ris comme une mongole en me regardant ?

Moi je suis toujours morte de rire.

- Vas te voir dans le miroir.

Il va se voir et là :

- Putain j'ai la tête toute rouge, crie-t-il.
- Et oui mon chéri, ça s'appelle un coup de soleil, même en hiver et à la montagne cela peut arriver, dis-je en continuant à rigoler.
- Tu m'as dit quoi ?
- Que c'était un coup de soleil, tu es sourd ou quoi ?
- Et ensuite ?

À ce moment là, je me rends compte que je l'ai appelé mon chéri, je deviens immédiatement toute rouge. Qu'est-ce que je peux être gourde des fois !

- Arrête ce n'est pas drôle.
- Si, tu es toute gênée.
- Tu es content en plus ?
- Alors je suis ton chéri ? me demande t-il en rigolant tout fier de lui.

Je me retourne de l'autre côté pour pas le voir car j'ai trop honte. Auré me prend par derrière et me serre contre lui, me fait des bisous dans le cou et me dit :

- Toi aussi, tu es ma petite chérie rien qu'à moi.
- Première nouvelle, dis-je en frissonnant.
- Ça veut dire quoi ça ?
- Rien je dis ça comme ça.

Julien apparait dans l'encadrement de la porte.

- Vous venez manger les jeunes ?
- Oui le vieux, lui répond Auré du tac au tac.

Nous descendons manger, nous restons un peu tous ensemble dans le salon. Nous remontons dans notre chambre vers 23h. Je vais me doucher et me changer, Auré fait de même. Quand il revient, il me dit :

- Demain j'ai prévu une petite après-midi que pour nous deux.
- Super et tu m'emmènes où ? Surprise, je suppose.
- Nous pas cette fois, rigole-t-il. Nous allons à la station thermale, j'ai prévu massages et plein d'autres trucs pour se relaxer.
- Tu gères trop mon Auré.
- Je vois que tu es contente.
- Oui trop.

Je lui saute dans les bras pour lui dire merci et je remarque que monsieur se trimbale une fois de plus en caleçon dans la chambre. Il est sculpté comme un dieu. Je ne peux pas poser mon regard à un autre endroit que sur lui. Je me demande pourquoi tous les hommes aime se balader à moitié nu, sans aucune gêne. *Pour que nous prenions plaisir à les regarder, maline, me dit ma conscience.* Ma conscience est complètement perverse.

- Auré habille toi.

- Je suis bien comme ça, tu n'as qu'à faire pareil, cela me plairait bien, me dit-il en me faisant un de ses fameux clin d'oeil qui me fait pas mal d'effet.
- Tu es vraiment bête, lui dis-je en lui mettant une tape derrière la tête.
- Tu as vu je suis bien foutu, dit-il en défilant dans la chambre.
- Bof, lui dis-je pour le chercher.

Il me fait tomber sur le lit.

- Alors je suis pas bien foutu ?
- Non pas trop quoi, il y a mieux.
- Méchante va.
- Je rigole mon chouchou.
- Tu es en forme avec tes surnoms toi aujourd'hui.
- Oui tu as vu, tu me contamines, à force de rester en ta présence.
- Tu me fais trop rire.
- Je sais, je suis comique. Bon sinon tu m'étouffes un peu là quand-même. Aurais-tu l'amabilité de te lever.

Il se met encore plus sur moi et me fait plein de bisous dans le cou, les joues et aux coins des lèvres, puis il se relève. Je le regarde partir vers le salle de bains toujours en caleçon.

- Je te vois, arrête de mater.
- Beau fessier lui dis-je en sifflant.
- Je sais, pas la peine de me le rappeler.

Le mec qui se la pète trop, après tout ça, nous allons nous coucher car demain grosse journée car Auré m'emmène à la station thermale.

Chapitre XIII

Enfin un peu seuls…

Je passe la matinée car c'est comme d'habitude, nous ne faisons pas grand chose, pour ainsi dire rien, nous préférons faire la grasse matinée. J'ai dit aux filles qu'Auré m'emmenait à la station thermale. Vers 13h Auré m'appelle.

- On y va princesse.
- Oui j'arrive.
- Pas de conneries, nous dit Fabien.
- T'inquiète Fab, lui répond Auré.

Nous sortons puis nous partons en direction de la station thermale.

- Ça fait du bien de se retrouver tous les deux, me dit Auré.
- Oui parce que là, on est tout le temps avec les autres, donc c'est cool que tu m'emmènes avec toi comme ça on se retrouve tranquillement.
- Je trouve aussi, rajoute-il.

Nous arrivons devant la station, nous rentrons et il paie puis nous allons nous changer dans les cabines.

- Je peux entrer ?
- Oui je suis changée.
- Même si tu ne l'étais pas, je serais entré. Je peux t'aider à te déshabiller, si tu veux.

- Pervers, dis-je rouge de honte.

Il entre, il est avec son petit peignoir car nous avons décidé de commencer par les massages.

- Vas-y on fait une photo.
- C'est vrai que l'on n'en fait pas beaucoup ensemble, lui dis-je.

Nous prenons quelques photos, puis une dame vient nous chercher pour le massage. Nous, nous installons sur les tables et les masseuses commencent leur travail. C'est vraiment super relaxant et vraiment agréable, au bout de quarante-cinq minutes c'est fini, bien trop tôt à mon goût. Avec Auré, nous avons des têtes d'endormis. Les masseuses nous conseillent ensuite le hammam. Nous faisons donc ce qu'elle nous conseille et nous nous retrouvons dans le hamman.

- Ils sont super leurs massages, dis-je.
- Oui vraiment le top. Je suis super détendu.

Dans le hammam nous parlons beaucoup de nos familles. Il me dit qu'il reste à la cité universitaire pour Noël et que sa mère ne peut pas venir le voir. Je vois à sa tête qu'il est quand-même triste. Il me parle aussi un peu de son père alors qu'il ne m'en a jamais parlé. Il me dit que son père est un homme d'affaires, qu'ils ont divorcé avec sa mère il n'y a pas si longtemps et que ça lui avait vraiment fait du mal. Moi je l'écoute sans rien dire. Je suis juste à côté de lui et je lui tiens la main. Je lui parle un peu des miens aussi. Après tout ça il me dit :

- Je suis vraiment content de te connaître, tu es devenue plus qu'importante pour moi maintenant.

Je prends ça pour une petite déclaration qui me fait très plaisir.

- Moi aussi Auré, tu es devenu quelqu'un de très important pour moi, je ne veux pas te perdre.

Nous parlons tranquillement et je me rends compte que l'on est devenus vraiment proches.

- Jacuzzi maintenant ? me demande t-il.
- Oui.

Nous allons dans le jacuzzi c'est super. Nous rentrons vers 18h30, nous avons passé notre journée à la station thermale. C'était vraiment une super après-midi passée en la compagnie d'Auré.

- Merci Auré pour cette journée.
- De rien c'était cool de partager ça avec toi.

Nous rentons, puis nous allons retrouver les autres qui sont tous affalés sur les canapés du salon. Vers 19h, nous mangeons tous ensemble. Nous nous couchons comme tous les soirs. La fin de nos vacances à la montagne passe super vite, nous rigolons beaucoup et passons d'agréables moments. Nous sommes déjà le dimanche matin, tout le monde a descendu ses valises pour partir. Nous repartons chacun avec les personnes avec qui nous sommes venus. Nous rentons à la cité universitaire. Tout le monde rentre chez ses parents à part Auré et moi. Je donne mes cadeaux aux filles car je ne les reverrai pas avant la rentrée.

- Les filles, vous ne les ouvrez pas avant le matin de Noël, je vous fais confiance.
- Oui t'inquiète ma chérie.
- Tu veux pas venir chez moi pour Noël ? Tu va pas rester toute seule, me dit Zoé.
- T'inquiète, mes parents viennent le jour de Noël.
- OK, mais si tu as un problème, tu m'appelles. N'hésite pas.
- Oui t'inquiète.

Nous nous faisons tous des bisous. Ils montent tous dans leur voiture et démarrent. Nous leur souhaitons un joyeux Noël en leur faisant de grands signes en les voyant partir.

- Bon ben ils sont partis. Viens on va au centre commercial.
- Ok, tu sais qu'il ne faut pas me proposer ça deux fois, je suis toujours partante pour une séance shopping.

Nous nous rendons au centre commercial et Auré m'emmène dans un magasin spécialisé en décoration en tout genre. Et en ce moment c'est spécial Noël.

- Tu veux faire quoi ? lui demandai-je en retrait dans le magasin.
- On va acheter un sapin et des décorations c'est quand-même Noël.
- Oui bonne idée, lui dis-je toute contente.
- En plus tu m'as dis que tu adorais Noël.
- Tu t'en es souvenu, dis-je contente qu'il se souvienne de mes goûts.
- Ben oui. Après tu peux m'accompagner pour que j'achète un cadeau à Thibaut ?
- Oui pas de problème.

Nous nous lançons à l'assaut des magasins et je peux vous dire qu'il y a énormément de monde à la veille de Noël. Nous achetons pleins de décorations et pour le sapin, on en prendra un petit à l'entrée car ils en vendent. Nous nous rendons ensuite dans un magasin de jouets pour trouver un cadeau à Thibaud.

- Je lui prends quoi à ton avis, mdr demande Auré.
- Je sais pas moi. Allons regarder dans ce rayon, lui dis-je en lui indiquant les jouets pour petit garçon.

Il choisit un beau camion de pompiers et un déguisement de Spider-Man car Thibaud adore ça. Moi je vois une petite peluche super mignonne et je lui prends. Je ne peux pas résister à ce genre d'objet, je suis encore une grande enfant dans ma tête. J'espère qu'elle plaira également à Thibaud.

- Bon on a tous les cadeaux.
- Tu étais pas obligée de prendre un cadeau pour Thibaud.
- Si, je l'adore ton petit frère et en plus cette petite peluche est trop chou. J'espère qu'elle lui plaira également.
- Je suis sûr que si j'avais eu une petite sœur tu lui aurais pris une Hello Kitty, me dit-il en souriant.
- Tu me connais trop, lui dis-je en riant.

Parce que je ne vous l'avais pas dit mais j'adore les Hello Kitty, je trouve ça trop mignon. Nous finissons les magasins, nous prenons également un petit sapin d'un mètre trente environ mais un vrai sapin car je n'aime pas les faux, ils sont moches et tout rigides. Nous passons à la poste pour envoyer le colis chez Auré pour que sa mère le mette sous le sapin le jour de Noël pour Thibaud, ensuite nous rentrons à la cité universitaire.

- On le met chez toi notre petit sapin ? m'interroge Auré.
- Comme tu veux.
- Oui de toute façon, je vais squatter chez toi et en plus tes parents viennent pour Noël, il faut un peu décorer ce petit appartement.

Nous commençons à mettre le sapin et les décorations que nous avons achetées.

- Pas mal tout ça, se félicite-il.
- Oui le sapin commence à prendre forme, lui répondis-je fière de nous deux.

Nous mettons quelques boules et des guirlandes. À la fin, on regarde notre sapin. Un petit sapin mais un sapin tout mignon. Qui me plonge encore plus dans l'esprit de Noël.

- Il est magnifique, lui dis-je.

- Oui, nous avons bien travaillé.
- Maintenant on est bien dans l'esprit de Noël dans ce petit appartement.

Comme il est 19h, nous mangeons, allons nous changer et nous doucher. Après tout ça, je rejoins Auré dans le lit, voilà notre petit rituel de tous les soirs.

- Ça te dit que l'on regarde un film de Noël ? S'il te plait, s'il te plait.
- Vu que tu me supplies et même si je ne veux pas, tu vas faire un caca nerveux donc je suis prié d'accepter.

Nous mettons un film « *Un amour à Noël* » où un truc du genre je me souviens plus très bien. C'est une rencontre amoureuse à Noël en gros. Comme tous les petits films super romantiques qui passent à Noël.

- Tu y crois à ce genre de coup de foudre à Noël toi ?
- Tu sais moi les coups de foudre c'est pas mon truc, me répond-il.
- Oui toi c'est plutôt les filles en mère Noël que tu aimes.

Il explose de rire à ma remarque, ce qui me fait rire également car son rire est tellement communicatif que l'on ne peut que rire avec lui.

- Tu es trop nulle avec tes suppositions.
- Comme toi quoi, lui dis-je en lui tirant la langue.

Nous n'arrêtons pas de nous chamailler, un truc de dingue ! Nous passons deux jours : demain c'est Noël alors je me lève à huit heures et commence à tout ranger dans l'appartement. Auré dort encore mais je vais le réveiller car il m'a dit qu'il m'aiderait à ranger.

- Mon petit Auré, debout.

- Hummmm je suis encore fatigué moi, laisse moi encore dormir un peu.
- Tu m'as dit que tu m'aiderais à ranger hier.
- Viens me faire un câlin alors.

Je me mets dans le lit, lui fait un câlin et des bisous, il est tout content puis se lève. Il a toujours besoin de câlins et de bisous mais je me fais un plaisir de lui en donner.

- Demain tes parents arrivent ?
- Oui.

Je continue de ranger pendant que monsieur se lave et se prépare, quand il sort enfin, il m'aide. Je passe l'aspirateur et vers 11h nous avons terminé. L'appartement est plutôt propre et je suis assez satisfaite. Mes parents vont pouvoir arriver dans de bonnes conditions.

- Auré tu m'accompagnes chercher ce qu'il me faut pour le repas de Noël ?
- Si tu veux.

Nous allons au centre commercial, je commence à acheter pleins de produits comme des crevettes, foie gras, rôti, champignons : beaucoup de choses pour ce repas de Noël. Il faut que tout soit parfait pour recevoir mes parents.

- Tu comptes faire manger une tribu ? me demande-t-il en rigolant face à la quantité de mes achats.
- Non juste mes parents, toi et moi.
- Je suis invité ? me demande-t-il surpris.
- Oui bien sûr, en plus mes parents t'adorent depuis l'autre fois.
- Je serai là alors.
- J'espère bien.

Au bout d'un moment, Auré me dit qu'il doit aller voir un truc et qu'il revient alors je le laisse partir : il revient un quart d'heure après.

- T'es allé faire quoi ?
- Fallait que j'aille faire un tour dans une boutique pour Fab.
- Ok.
- Tu as fait toutes tes courses ?
- Oui, nous pouvons passer en caisse.

Nous allons à la caisse, je paie mes courses et nous repartons à l'appartement. La fin d'après-midi se passe normalement. Le soir, nous décidons de nous faire un petit plateau télé pour le réveillon de Noël. Puis vers 22h, je reçois un coup de téléphone, j'attrape donc mon iPhone et réponds.

- Allô.
- Allô ma chérie, c'est maman.
- Allo maman.
- Oui ma chérie, ça va ?
- Oui et toi maman ? Et papa ?
- Oui on va très bien.
- Alors demain vous venez ? demandai-je pour me rassurer de l'ampleur que pourrait prendre cet appel.
- Je t'appelle justement pour ça, me dit-elle gênée.

L'entendre parler de cette façon me donne un mauvais pressentiment.

- Oui qu'est-ce qu'il y a ?
- Je suis désolée ma chérie mais demain, nous ne pourrons pas être là car on a une grande réunion de dernière minute de prévue.

Moi sur le coup je ne réponds pas car je me faisais une joie de les revoir enfin.

- Je sais que tu es très déçue mais désolée.
- De toute façon, j'ai l'habitude avec vous, bisous, lui dis-je au bord des larmes.
- Bisous et joyeux Noël, on t'aime.

Je ne lui réponds même pas et raccroche, je suis tellement énervée contre eux.

- Ça va ? me demande Auré en venant vers moi.

J'éclate en sanglots, je ne peux pas me retenir et fonds en larmes dans ses bras.

- Qu'est ce qui t'arrive ?
- Ils m'abandonnent encore une fois. Le jour de Noël en plus, lui dis-je en sanglot.
- C'étaient tes parents ? Ils ne peuvent pas venir c'est ça ?

Je pleure encore, il me prend dans ses bras pour me calmer.

- Tu te rends compte, leur réunion passe avant leur fille. Je leur demande une journée dans l'année, une et ils ne sont même pas capables de venir.
- T'inquiète pas, moi je suis là, je ne t'abandonne pas.

Il me serre encore plus dans ses bras mais je pleure encore.

- Arrête de pleurer, j'aime pas te voir pleurer comme ça.

Au bout de cinq minutes, je me calme. J'ai pleuré comme ça parce que j'étais tellement contente que mes parents viennent pour une fois, mais ils ont encore tout gâché. Noël est tellement sacré pour moi.

- Même s'ils ne sont pas là, je te promets un super Noël.
- Merci d'être là.

- Tu n'as pas à me remercier, princesse.

Chapitre XIV

Profiter de Noël malgré quelques désagréments…

Le matin du 25 décembre, Auré me réveille tout doucement avec plein de petits bisous. Un bon réveil qui me plonge dans un océan de douceur.

- Joyeux Noël Princesse, me susurre-t-il à l'oreille.
- Coucou Joyeux Noël Auré, lui répond dis-je encore endormie.

Il se glisse avec moi dans le lit et on se fait des câlins.

- Ça va mieux depuis hier ?
- Oui, oui, lui dis-je pour rassurer son air inquiet.

Je repense à ce moment où mes parents m'ont annoncé qu'ils ne viendraient pas aujourd'hui… Ce n'est pas grave, je vais quand-même profiter de ma journée de Noël. Moi qui apprécie tellement cette fête. Noël c'est être entouré des personnes que l'on aime le plus au monde, c'est un moment d'échange, de partage et d'amour. Les cadeaux ce n'est pas ce qu'il y de plus important pour moi. Pour moi le plus important était d'avoir mes parents à mes côtés mais je pense qu'ils n'ont malheureusement pas compris cela. Même si je ne vous cache pas que recevoir quelques paquets est plaisant. Mais à choisir entre mes cadeaux et mes parents, je choisis directement la présence de mes parents.

- Tu te lèves ?
- Oui, je vais me préparer. Mais tu es déjà prêt toi ?
- Ben oui, regarde je suis tout beau.
- C'est vrai qu'il est déjà 10h mais tu ne te lèves pas si tôt d'habitude, dis-je en regardant le réveil.
- Aujourd'hui est un jour spécial, c'est Noël.
- Bon moi je vais me préparer et je te rejoins à la cuisine.

Je me prépare : Jeans noir, avec petit pull couleur prune avec des Vans noires. Je me lisse les cheveux, me maquille puis je sors. Je vais dans la chambre pour prendre les cadeaux que j'ai acheté à Auré pour les lui mettre sous le sapin. (Je suis encore un bébé je sais mais j'adore l'esprit de Noël.) Quand je sors, Auré n'est pas dans le salon alors je mets vite les cadeaux sous le sapin et je vois qu'il y a plein de cadeaux déjà. Mais ce n'est pas vrai, il n'a pas acheté tout ça ? Je vois qu'il est dans la cuisine alors je l'attrape par les hanches, enfin il est dos à moi.

- Tu es magnifique comme ça.
- Merci, dis-je encore une fois toute rouge.
- Bon viens, on va ouvrir les cadeaux.
- Ouiii, dis-je toute excitée.
- Quelle gamine.
- C'est pas ma faute, j'adore Noël.
- Ça, je l'avais bien compris.

Il me fait un bisou sur le front et me prend la main pour m'amener devant le sapin qui est orné de cadeaux.

- Alors tout ça c'est pour toi.
- Quoi ? Mais il y a au moins quarante paquets, tu es fou !
- Tes amies, ta famille, j'ai tout récupéré et les ai mis sous le sapin.
- Et ben punaise je suis gâtée. Et le reste pour toi ?
- Oui voilà, c'est ça princesse. Mes parents et mes grands-parents m'ont envoyé quelques paquets.

- Super ouvrons tout ça alors, dis-je super excitée par tout ce qui se trouve devant moi.

Je commence à ouvrir mes cadeaux, toutes les filles m'ont offert des cadeaux, Laly m'en a envoyée, même mes parents et ma cousine aussi. (Je ne vous en parle pas beaucoup car je la vois peu mais elle est adorable, elle s'appelle Aurélie.) Alors j'ai eu des vêtements, du parfum, maquillage, chaussures, argent et plein d'autres belles choses. Je suis comme une gamine quand j'ouvre mes paquets, je suis surexcitée.

- C'est quoi ces quatre paquets ?
- Voilà c'est mes cadeaux. Joyeux Noël Auré.

Je lui fais un bisou car j'en ai envie, je ne peux pas résister à sa petite bouille. Il me quitte ensuite quelques secondes puis revient avec trois paquets.

- Joyeux Noël à toi aussi princesse.

Il commence à ouvrir ses paquets, il est super content quand ils découvre les contenus. Moi aussi j'ouvre les miens alors en premier j'ouvre et je voie des Air Max que j'avais vu quand j'étais avec lui une fois. Je suis trop contente il s'est souvenu de ce qui me plaisait, c'est vraiment adorable de sa part.

- Merci c'est celles que j'avais vues l'autre fois, elle sont supers.
- De rien avec plaisir, me répond-t-il avec son sourire toujours aussi charmeur au bout des lèvres.

J'ouvre le deuxième paquet et découvre un Jeans Pepe Jeans clair trop beau puis dans le dernier je vois une Hello Kitty en peluche trop mignonne. En regardant plus précisément à son poignée, je vois un beau bracelet. Ce garçon est définitivement fou et adorable avec moi, il a fait des folies.

- Enlève lui, il est pour toi pas pour Kitty, me dit-il en étouffant des rires.

Je lui enlève et vois un bracelet avec un infini et les initiales M & A gravés à l'intérieur du bracelet avec un coeur. Tellement mignon et attentionné. Je saute sur Auré pour le remercier, une nouvelle fois il réussit à me faire sourire et à oublier les moments difficiles.

- Il te plaît ?
- Oui il est magnifique, merci beaucoup.
- Merci toi aussi pour tout ce que tu m'as offert.
- Ça te plaît ?
- Oui parfait. Mets-moi le bracelet s'il te plaît.

Aurélien me met le bracelet, il est vraiment parfait ce bracelet.

- Faut que l'on commence le repas si on veut manger car il est déjà 11h.
- Ok, on fait quoi ?
- Ce que tu avais prévu hier.
- Ok on va se faire un de ses repas de Noël.

Nous commençons à couper le foie gras, mettre les crevettes dans un plat et nous avons aussi mis le rôti au four. Auré a préparé des patates avec le rôti et en dessert glace.

- Si on explose pas avec tout ça, ça ira.

J'explose de rire, c'est vrai que si on mange tout ça, nous allons véritablement exploser.

J'appelle ma famille et mes amies pour leur souhaiter un Joyeux Noël. La mère d'Auré a aussi appeler et Thibaud était tout content du Papa Noël. Vers 12h30 nous avons commencé à manger.

- C'est un vrai repas de Noël.

- On peut dire ça comme ça.
- Je sais que tu es triste que tes parents ne soient pas là.
- Ce n'est pas que je sois triste *(Si un peu quand même.)* mais ils m'avaient dit qu'ils seraient là et ils ne sont même pas venus.
- Je comprends, moi non plus je ne vois presque plus mon père et ça me fait mal car on était assez proche.
- Mais tu vas pas le voir toi ?
- La seule fois où j'y suis allé, il a passé son temps dans les réunions.
- Je comprends, mes parents c'est pareil, on est un peu pareil en fait.
- Oui sauf que toi t'es une fille bien et moi un mec pas bien. Je n'ai jamais eu de limites et j'en ai profité. Toi tu es restée dans le droit chemin.
- Pourquoi tu dis ça ? Ce n'est pas vrai.
- Pourtant si, je crois que j'aime une fille mais elle est trop bien pour moi, je suis vraiment trop con.

Je suis choquée : lui aimer une fille, mais en même temps, ça me fait un pincement au coeur. Je lui réponds et fais genre de ne rien ressentir.

- Tu me la présente un jour, cachottier va.
- Oui un jour peut être, me dit-il pensif.

Vous savez, Auré est devenu mon ami mais au fond je pense que j'espère un peu plus. Enfin voilà, moi je ne veux que le bonheur d'Auré. S'il croit aimer une fille, c'est qu'il commence à changer et c'est bien pour lui. Quoi qu'il fasse j'en serai heureuse, s'il l'est lui même. *Ne dis pas n'importe quoi, tu ne pourras jamais être heureuse si tu n'es pas avec lui, me souffle ma conscience. Bât-toi pour ce que tu veux, pour lui.*

- Sinon elle est comment cette fille ?
- Tu verras bien un jour, elle est surtout belle et très intelligente.

- Je me la visualise bien avec les informations que tu viens de me donner, lui dis-je en rigolant.
- Tu es bête.

Nous finissons de manger et on arrête de parler de ça car au fond je suis au plus mal car si Auré sort avec cette fille, il va me laisser de côté une nouvelle fois. Je serai alors vraiment seule.

- Nous avons bien mangé.
- Je trouve aussi.
- On fait quoi maintenant ?
- Il y a un marché de Noël en ville on y va ? lui dis-je.
- Si tu veux, je suis partant.

Je prends mon blouson et mon écharpe, Auré pareil et on part au marché de Noël.

- Auré on prend ta voiture ?
- Grosse flemmarde.
- Oui et j'assume, répondis-je en lui tirant la langue.

Nous allons au parking souterrain pour récupérer la voiture.

- Montez Mademoiselle, me dit-il en me tenant la portière.
- Tu fais le galant d'un coup.
- Pourquoi ?
- D'habitude, tu m'aurais dit : « tu as deux bras, deux mains alors tu peux ouvrir la portière toute seule ».
- Arrête, je ne suis pas si méchant.
- Un peu quand même.
- Bon monte, bouge ton cul, on a pas toute l'aprèm, me dit-il en tenant encore la portière.
- Voilà, maintenant je te reconnais.
- Gamine.
- Gamin.

Tout le long du chemin nous n'avons pas arrêté de nous chamailler comme à notre habitude. Mais comme je le dis souvent « Qui aime bien châtie bien ». Nous arrivons au marché de Noël et il y a pas mal de monde. Nous y restons environ 1h30 puis nous rentrons car il commence à faire nuit.

Chapitre XV

Place aux rencontres officielles…

Je vais passer les quelques jours jusqu'au réveillon du Nouvel An. Nous sommes allés chez la mère d'Auré qui fait une grande fête pour le nouvel an avec des ami(e)s, qui n'habitent pas loin de chez Auré. On restera dormir chez Auré mais il n'y a que sa mère et Thibaud. Je ne vous ai pas dit mais sa mère n'est plus avec Jérôme. (L'ancien beau-père d'Auré.) Aurélien est super content car il trouve que sa mère a fait un bon choix. Enfin passons, nous sommes donc chez Auré et nous nous préparons pour la soirée. Il y a également les cousins d'Auré et sa famille. Je vais dans la salle de bain et mets un Jeans en simili cuir avec un chemisier rose pale, des bottes en cuir noir avec quelques bracelets rose pale et bien sûr le bracelet d'Auré. Je me maquille sur les tons rose pale et laisse mes cheveux naturels frisés. Je relève la tête et vois Auré dans la glace.

- Alors prête pour voir ma famille ?
- Oui.
- Tu es trop belle comme ça.
- Merci.

Nous finissons de nous préparer et nous commençons à descendre, il y a déjà beaucoup de monde. Je suis quand même intimidée. C'est comme si c'était une présentation, officielle et j'ai le trac. Nous arrivons dans le salon et Thibaud vient me voir.

- Coucou Matida.
- Coucou petit Thibaud.
- Tu es jolie comme ça.
- Merci mon petit chou tu es trop mignon, toi aussi tu es un petit jeune homme comme ça.
- Merci.
- Tu dragues Mathilda ? lui demande Auré.
- Oui c'est mon amoureuse, me dit-il en m'attrapant la main.

Nous sommes mort de rire avec Auré, il est trop mignon ce petit. Il nous laisse ensuite tous les deux et part voir ses cousins et cousines. Ce petit trésor porte un petit costard qui lui va à ravir.

- Il est trop mignon ce petit.
- C'est mon frère qu'est-ce que tu veux, se vante Auré.
- Allez monsieur se la pète encore et toujours, lui dis-je en rigolant.

Il n'a pas le temps de répondre et une fille arrive, elle est très jolie, elle est blonde aux yeux bleus.

- Je te présente Lina ma cousine.
- Enchantée Lina.
- Toi c'est Mathilda.
- Oui c'est ça.
- Aurélien m'a beaucoup parlé de toi.

Ha bon il parle de moi, répète ma conscience. C'est bon signe ça Mathilde me glisse une nouvelle fois ma conscience à l'oreille. Satanée conscience elle me suit partout.

- Ah, dis-je surprise, il parle de moi et en plus à sa cousine.

Je parle beaucoup avec Lina et je rencontre aussi ses autres cousins et cousines. À un moment Aurélien revient me chercher pour me présenter quelqu'un.

- Viens, il faut que je te présente quelqu'un d'important pour moi.

Je suis donc Aurélien et je vois une femme assez âgée, elle doit avoir dans les 80 ans.

- Mathilda je te présente ma grand-mère et mamie je te présente Mathilda.
- Bonjour, enchantée madame.
- Appelle-moi Rose, me dit-elle en me souriant.

Nous faisons plus amples connaissances avec sa grand-mère, elle est très gentille, très douce, c'est agréable de discuter avec elle. On voit que c'est une femme très cultivée. Elle me raconte des histoires ou des bêtises qu'Aurélien a pu faire étant petit. Ensuite, sa mère vient nous rejoindre pour me demander si tout va bien et puis c'est Auré qui revient me voir.

- Alors tu as fait connaissance avec ma famille ?
- Oui ils sont adorables.
- Je suis content, tout le monde t'apprécie et surtout ma grand-mère.
- Ta grand-mère est super.
- Merci, me dit-il des étoiles pleins les yeux.

Je pense que sa grand-mère est une personne très importante à ses yeux et qu'il l'admire beaucoup. C'est tellement beau à voir l'amour qu'ils se portent.

C'est une famille très gentille et ouverte. Ce sont des personnes ouvertes au monde avec qui nous pouvons discuter de tout.

Je pars ensuite voir un peu Thibaud qui me montre ses petits cousins et ses petites cousines, il est très heureux de me les présenter un par un.

Après vers 21h, nous passons tous à table, nous rions tous ensemble en apprenant à mieux nous connaitre. Moi qui avait des appréhensions, je trouve que je me suis bien intégrée dans sa famille, qui a tout fait pour me mettre à l'aise. Ils sont tous adorables. Nous passons la soirée qui se déroule très bien puis à 00h00 nous nous souhaitons tous bonne année, nous dansons, rions. Nous, nous amusons tout simplement puis vers 5h du matin nous allons tous nous coucher.

Avant que nous repartions pour la cité universitaire vers 16h, je remercie la mère d'Auré pour son invitation et toute sa famille. Sa grand-mère me prend la main et me dit :

- Tu es une fille très bien Mathilda, je suis contente qu'Aurélien t'ai rencontrée, prends soin de lui et je compte sur toi pour le remettre sur le droit chemin s'il vient à faire des bêtises.
- Merci beaucoup, je suis très contente d'avoir fait votre connaissance également, prenez soin de vous et ne vous inquiétez pas pour Aurélien, je prends soin de lui.
- Merci ma belle, j'espère te revoir bientôt.
- Moi aussi Rose, au revoir.

Cette femme est juste très attachante et aimante, c'est une belle rencontre. Suite à cette discussion avec Rose, nous saluons toute la famille et nous repartons.

- Merci pour ce week-end c'était sympa, j'ai fait de belles rencontres.
- Je suis content que ça t'ai plu, j'ai enfin pu te présenter ma famille.
- Je suis très contente d'être venue.

Sa famille me plaît et ils sont tous aussi gentils les uns que les autres. Auré est de plus en plus sincère avec moi. Il se livre, c'est cela que je veux vivre avec lui, une relation de confiance.

Chapitre XVI

Quand tout se passe au mieux, tout dégringole de nouveau…

Nous passons deux semaines. Nous avons repris les cours à la fac, ce n'est pas facile tous les jours, donc nous nous voyons moins avec la bande et Auré. Les partiels approchent et nous avons des tonnes de choses à réviser. Alors comme nous sommes vendredi soir, j'ai décidé de faire une surprise à Auré en venant chez lui et en apportant une pizza et un gâteau. J'espère que cette petite surprise va lui plaire et lui changer les idées avant les examens. J'ai besoin de me retrouver un peu avec lui, il me manque. Nos petites soirées me manquent. Je vais donc chez lui, je vois que la porte est ouverte, alors je rentre et j'entends du bruit dans la chambre. Je m'y dirige donc pour voir ce qui se passe. Puis là, le choc, mon monde s'écroule à nouveau. Je vois Aurélien avec Laura (Qui était soit disant son ex depuis maintenant quelques semaines, il était en quelque sorte de nouveau célibataire.) et ils ne font pas que se regarder dans le blanc des yeux si vous voyez ce que je veux dire. Alors là, je suis en furie, il se fout vraiment de moi, je ne m'attendais pas à ça. Moi qui pensais qu'il pouvait avoir changé. Aurélien relève la tête au bruit que je fais en claquant la porte et me voit. Je rentre vite dans mon appartement et ferme à clé, je ne suis vraiment pas bien après ce que je viens de voir. Dix minutes après, j'entends que l'on frappe à la porte, c'est Aurélien alors je ne vais pas ouvrir. Je ne veux pas le voir.

197

- Ouvre Mathilda, il faut que je t'explique.
- Tu n'as rien à m'expliquer, tu l'as bien baisée au moins ? Je ne vous ai pas trop dérangé j'espère ? lui dis-je presque en larmes à travers la porte.
- Ouvre s'il te plait, il faut qu'on parle.
- Non !

Je pars dans ma chambre, mets mes écouteurs et la musique à fond. Je m'endors comme ça et comme je ne suis pas très bien le lendemain, je demande à Zoé qu'elle me prenne les cours. Puis j'appelle ma Laly pour tout lui dire.

- Tu veux que je vienne ?
- Non t'inquiète ça va aller.
- Viens à la maison ce week-end alors.
- C'est d'accord, je prendrai un taxi pour venir. (Car oui j'ai 18 ans mais toujours pas le permis.)
- Bon ok il me tarde de te revoir.
- Moi aussi.

Nous nous disons au revoir et Zoé vient vers 18h me porter les cours de la fac, je décide de tout lui dire. Elle me dit de le faire ramer au maximum parce que ce n'est pas correct ce qu'il a fait. Enfin voilà, la journée se finit et je ne suis pas sortie de mon appart car je n'ai pas envie de le voir. Puis je prends mon portable et vois un message de…

SMS d'Aurélien :

- Mathilda faut qu'on s'explique.
- Tout est très clair pour moi, au revoir.
- Laisse moi m'expliquer et après c'est toi qui fais ton choix.
- Pas besoin d'explication, j'ai eu la scène en direct.
- T'étais pas censée voir ça.
- C'est bête de me mentir et me dire que tu n'es plus avec elle alors que tu te la fais. Fous toi de moi en plus, j'étais pas censée

le savoir, ni le voir et voilà maintenant tu paies pour tes mensonges. Après c'est vrai, tu fais ce que tu veux.
- Faut que je te vois que je t'explique.

Je ne réponds plus parce que je ne suis pas encore prête à le voir. Je me couche car demain je reviens en cours et bientôt les partiels. Il faut que je me re motive, je ne vais pas me laisser abattre. J'appelle vite mes parents et puis au lit. Mon réveil sonne, il est 7h. Je me prépare vite puis pars déjeuner. Lisa m'envoie un message. (Vous vous souvenez, elle habite dans le même bloc que moi.) Nous nous rejoignons et nous évitons de trop parler de se qui s'est passé avec Auré. Je ne lui ai pas dit mais je sais qu'elle est au courant. Mais quand ça ne va pas, elle sait qu'il ne faut pas m'en parler tant que je ne lui en parle pas moi même. Nous arrivons à la fac, nous allons rejoindre la bande mais Aurélien n'est pas là heureusement. Après, ça sonne et nous nous dirigeons vers l'amphithéâtre pour un cours de littérature française. Nous enchainons les cours jusqu'à midi. Nous allons manger avec Lisa, Stéphanie et Amélie et je leur parle un peu de ce qui s'est passé avec Auré. Elles me disent aussi de le faire bien ramer. Après nous repartons vers 14h pour enchaîner les autres cours de l'après-midi. Vers 18h je rentre après avoir fait quelques courses. J'arrive devant mon appartement et tombe sur Aurélien qui est planté devant ma porte.

- Dégage je veux rentrer chez moi, lui dis-je agressivement.
- Je rentre aussi car il faut qu'on discute ! me dit-il sur un ton ferme.

POINT DE VUE D'AURÉLIEN :

C'est sûr que j'ai fait l'erreur de coucher avec l'autre Laura mais je suis un mec que voulez-vous. Pourtant Mathilda est une fille parfaite mais tellement trop bien pour moi, moi qui suis qu'un mec qui enchaîne les histoires d'un soir. Mais je m'attache de plus en plus à cette fille, je ne sais pas ce qu'elle m'a fait, mais j'ai quand même changé grâce à elle. Enfin pour l'instant, il faut que je lui parle sérieusement et que je lui explique tout ça. Moi je ne veux pas lui faire de mal mais c'est ce que je lui fais tous les jours. Et je sais que si je veux la récupérer, il va falloir que je change. Et je veux changer pour elle car je ne veux pas la perdre. *Tu commences déjà à changer, tu tombes petit à petit pour elle, me lance ma conscience.*

RETOUR AU POINT DE VUE DE MATHILDA :

- Je ne veux plus te voir ni te parler.
- Je te dois une explication.

Je finis par le laisser entrer car j'ai quand même besoin de ses explications. Besoin de précisions pour définitivement avancer.

- Déjà, je suis désolé.
- Tu n'en as pas marre d'être tout le temps désolé ?
- Je sais que je te fais beaucoup de mal mais je veux changer et grâce à toi, je peux y arriver.
- Arrête tes conneries, pour te faire ton ex, tu n'avais pas besoin de moi.
- J'ai fait une grave erreur mais elle est venue chez moi, elle m'a chauffé et voilà je suis un mec Mathilda comprends-le.
- De toute façon, tu as toujours des excuses. Parfois il faut faire des choix et savoir se contrôler dans la vie. Être un mec n'est pas une excuse valable, tu t'entends.
- Vraiment désolé, je vais tout faire pour regagner ta confiance.
- Tu vas avoir du boulot ! Maintenant c'est bon tu as parlé, tu peux sortir.

Il part avec un air triste. Je pense qu'il était sincèrement désolé mais ça ne me fait pas tout oublier. Je vais le faire galérer comme m'ont conseillé les filles. Il faut qu'il voit que je ne vais pas revenir comme une gentille petite fille à chaque fois qu'il me fait de sales coups. Je finis ma journée. Je me fais à manger. Je regarde un peu

200

la télé puis je vais me coucher. Demain cours en matinée car on est mercredi.

POINT DE VUE D'AURÉLIEN :

Je sors de chez Mathilda. Elle était très en colère et je la comprends. J'ai vraiment été con de lui faire subir tout ça. Je rentre dans mon appart et j'attends Fabien car il doit passer chez moi. Fabien arrive dix minutes après.

- Ça va frère ? me demande-t-il.
- Bof.
- Tu as encore déconné avec Mathilda toi ?
- Oui mais je fais pas exprès. Je ne cherchais pas à lui faire du mal.
- Je sais mais il va falloir que tu changes si tu veux la garder. Elle n'est pas comme toutes ces filles que tu as connues jusqu'à maintenant.
- Oui je sais.
- Tu tiens à elle, tu as des sentiments ? me demande-t-il.
- Oui enfin je crois. En tout cas c'est la première fille qui me fait ressentir tout ça.
- Alors fonce, il te manque plus qu'à la récupérer, joue plus au con, sois toi-même et sois sincère avec elle. Dis lui ce que tu ressens vraiment. Plus de plan foireux.
- Je sais mais ça ne va pas être facile pour la récupérer.
- C'est à toi de lui montrer ton bon côté, à toi de jouer pour la reconquérir.

Après cette petite discussion avec Fabien, je me dis qu'il faut que je la récupère et qu'il est temps que je lui dise ce que je ressens pour elle. Après tout ça, on joue un peu à la Play avec Fabien, nous mangeons puis il repart chez lui. Moi je vais me coucher car demain il faut que je retourne à la fac.

RETOUR AU POINT DE VUE DE MATHILDA :

Je me réveille comme tous les jours vers 7h. Je me prépare, déjeune et sors de mon appartement, direction la fac. Quand j'ouvre la porte, je vois quelque chose posé par terre. Je me penche et vois un magnifique bouquet de roses rouges. Je vois qu'il y a une petite carte sur laquelle je lis « J'arriverai à te reconquérir. » signé Aurélien bien sûr. Je suis tellement surprise qu'il m'envoie un bouquet. Je suis contente mais je n'oublie pas. Je mets ce beau bouquet dans un vase et vais à la fac où je retrouve Zoé.

Zoé me prend à l'écart :

- Ça va mieux toi avec ton grand sourire ?
- Un peu mieux.

Je lui raconte ce qui s'est passé hier et ce que j'ai trouvé ce matin.

- C'est bien, fais le bien galérer, il le mérite.
- Oui j'essaie.
- Mais dis toi que s'il fait tout ça, c'est qu'il tient à toi quand même. Sinon il ferait pas tout ça pour te reconquérir.
- Oui je pense, parce que d'habitude il ne fait pas tout ça.
- Mais continue encore, peut être tu auras encore des petits cadeaux, me dit-elle en rigolant.
- Toi tu ne ferais ça que pour les cadeaux. Tu me fais trop rire, tu es vraiment un cas comme fille.
- Oui tant qu'il y est, tu peux bien en profiter après tout.
- Sinon ce week-end je reviens chez moi, enfin chez Laly, mais vu qu'elle habite à cinq minutes de chez moi je vais y passer.
- Cool ça va te faire du bien je pense.
- Oui je crois aussi.
- Bon on va en cours, ça vient de sonner.
- Oui allez, on n'a qu'une matinée à tenir.
- Oui go, on se motive.

Nous allons en cours avec Zoé, nous avons les mêmes cours à la fac car nous avons les mêmes options. À midi nous sortons et nous allons manger à la cafétéria. Nous allons ensuite faire quelques magasins puis je rentre dans mon appartement et elle dans le sien. Je passe les quelques jours qui restent car ce n'est pas trop intéressant. J'ai croisé quelque fois Auré depuis que j'ai reçu son bouquet. Rien de spécial ne s'est passé depuis cet événement. Nous sommes donc vendredi soir, il est 17h, je prends le taxi à 18h et il me dépose chez moi. Les parents de Laly viendront me récupérer. Je prépare mon petit sac avec quelques affaires pour deux jours, je ne prends pas grand chose. Juste avant de partir, je reçois un appel de ma mère.

- Coucou ma chérie.
- Salut maman.
- Ça va ?
- Oui et toi ?
- Oui très bien, je t'appelle pour te dire que dimanche on va venir te voir à la cité universitaire.
- Maman je ne t'ai pas dit mais je rentre ce week-end pour passer un peu de temps avec Laly.
- C'est encore mieux alors, on est à la maison tout le week-end. Mais tu viens comment ?
- Je vais prendre un taxi, il doit arriver dans moins d'un quart d'heure.
- Bon on t'attend alors ma fille, à tout à l'heure, bisou.
- À toute, bisou.

Je suis contente de rentrer chez moi, de revoir mes parents et Laly car depuis que j'y suis allée avec Auré en Novembre, je ne les ai pas revus. Je commence à descendre pour attendre le taxi, il arrive deux minutes après. C'est une jeune femme qui conduit, elle est très sympathique. Après deux heures de route, nous arrivons chez moi, je vois mon père qui sort. Il prend mon sac puis paie le taxi. Le taxi parti, je saute dans les bras de mon père.

- Mon papounet ! (Une vraie gamine je vous dis.)
- Ça va ma puce ?
- Oui et toi ?
- Oui, on rentre, ta mère nous attend.
- Oui en plus il fait froid. (Nous ne sommes qu'en Janvier.)

Nous rentrons et je vois ma mère, alors je vais lui faire un gros bisou. Après nous parlons un peu avec mes parents puis j'appelle Laly pour lui dire qu'elle ne vienne pas me chercher, que mes parents sont là et que l'on se voit demain. Après ça, mon père vient me voir.

- Prépare toi, on va au resto.
- Cool un petit resto en famille, ça faisait longtemps.

Je me prépare vite car il est déjà 20h10 et mon père a réservé pour 20h30. Quand tout le monde est prêt, nous partons. Mon père a réservé un restaurant chinois j'adore ça. Nous arrivons, le serveur nous place à une table et prend nos commandes. Mes parents me parlent de la fac et me demandent des nouvelles d'Aurélien car ils l'ont bien apprécié depuis la dernière rencontre. Ils me demandent pourquoi il n'est pas là. Je leur dis qu'il va bien mais qu'il n'a pas pu m'accompagner cette fois. Je ne leur parle pas de l'histoire car ce n'est pas nécessaire et je n'ai pas envie qu'ils aient une mauvaise image de lui.

POINT DE VUE D'AURÉLIEN :

Voilà vendredi soir le week-end et je ne sais pas ce que je vais faire. Je me décide au bout d'une heure à aller voir Mathilda pour tenter une nouvelle réconciliation. Je vais frapper à sa porte puis essaye d'ouvrir mais c'est fermé. Soit elle n'est pas là, soit elle ne veut pas répondre. Je reviens une heure après, toujours pareil. Alors je décide d'appeler Zoé pour lui demander car je commence à m'inquiéter.

Discussion téléphonique avec Zoé :

- Salut Zoé c'est Aurélien.
- Oui, me dit-elle sèchement car depuis l'incident avec Mathilda, elle ne me parle pas trop.
- Tu sais où est Mathilda ?
- Quelque part.
- Dis moi, je m'inquiète. Je suis allé devant chez elle deux fois mais elle n'a pas répondu.
- Si elle veut te dire où elle est, elle s'en chargera.
- Dis moi, tu sais qu'elle ne me dira rien et en plus je suis inquiet.
- Je te le dis mais tu ne vas pas la saouler et ne lui dis pas que je te l'ai dit.
- Ok dis maintenant.
- Elle est partie chez Laly.
- Ok, merci.
- Si tu veux la récupérer, ce n'est pas pour lui faire du mal ok ? Sinon tu auras à faire à moi.
- T'inquiète je veux repartir sur de bonnes bases avec elle et arrêter toutes mes conneries.
- J'espère bien, bon salut.
- Salut.

Je raccroche. Donc elle est chez Laly, je ne pourrai la voir que lundi ou dimanche si elle rentre dans l'après-midi. Je passe ma fin de soirée devant la télévision, en me disant que l'essentiel c'est qu'elle aille bien et qu'elle profite de sa meilleure amie. Il faut aussi que je lui laisse du temps et qu'elle digère toutes mes conneries.

RETOUR AU POINT DE VUE DE MATHILDA :

Avec mes parents nous sommes toujours au restaurant, ça fait du bien de les retrouver.

- Demain vous vous faites une journée entre filles avec Laly ?

205

- Oui je pense.
- Cool vous allez pouvoir vous voir comme avant.
- Oui ça va me faire du bien de la revoir.

Le repas se finit dans la joie et la bonne humeur, puis on rentre à la maison et je pars me coucher car il est tard. Le matin une baleine échouée sur mon lit me réveille, cette baleine se nomme Laly.

- Allez debout il est 9h.

Quand je me rends compte que c'est Laly, je la prends dans mes bras.

- Tu es toujours aussi délicate pour réveiller les gens toi à ce que je vois, et en plus il n'est que 9h. Pourquoi tu me réveilles si tôt ?
- Tu as vu j'ai pas changé. Parce qu'on a plein de trucs à faire aujourd'hui alors hop debout sale larve !
- Deux secondes quand même.
- Une, deux allez debout.

Elle est morte de rire de sa pauvre blague.

- Très drôle, bon je me lève.
- C'est pas trop tôt.

Je me lève puis je vais me préparer et je descends prendre mon petit déjeuner. Laly est avec mes parents en train de discuter.

- Salut ma puce, me disent-ils.

Je leur fait la bise et je déjeune.

- Vous allez au centre commercial ?
- Oui.

Une fois fini de déjeuner, je prends mon sac et mon portefeuille où ma mère a glissé sa carte bleue et nous partons au centre commercial : notre endroit favori avec Laly.

- Alors Laly toujours avec Jonas ?
- Oui il est à adorable.
- Contente pour toi.
- Et toi avec Aurélien alors ?

Je lui raconte l'histoire un peu plus en détails même si elle sait l'essentiel par mon coup de téléphone.

- Tu vois, je le croyais pas comme ça, me dit-elle.
- Tu sais Auré est un mec qui a eu plus d'une conquête.
- Je pense quand même qu'il tient à toi. Il t'a offert ce bracelet (Ce bracelet est toujours à mon poignet même si je me suis engueulé avec lui.) et en plus il t'envoie des roses pour te plaire. Alors il ressent sûrement des trucs pour toi sinon il ne ferait pas des choses comme ça. Mais reste sur tes gardes tout de même.
- Peut être, maintenant je laisse faire le temps.
- Oui tu as raison, si vous devez finir ensemble ça arrivera !

Après cette petite discussion on rentre dans nos boutiques préférées et nous dévalisons tout. À midi nous mangeons dans un café et nous finissons les magasins l'après-midi. Ce soir Laly dort chez moi donc on rentre vers 18h.

- Et bien les filles quand vous faites les magasins, vous ne les faites pas à moitié.
- C'est vrai, nous disons en rigolant.
- Toi tu peux parler Lucie, dit mon père en rigolant depuis la cuisine.
- Chut Jean, rigole-t-elle.

Après avec Laly nous montons dans ma chambre, nous nous douchons et nous mettons en pyjama. Nous descendons quand ma mère nous appelle pour manger. Nous remontons une heure après et on se met devant un bon film. Ça fait du bien de retrouver sa meilleure amie. Puis nous, nous endormons après avoir parlé des heures. Le lendemain nous nous réveillons vers 11h, je regarde mon iPhone et vois un message de Zoé.

SMS :

- Alors ton week-end se passe bien ?
- Oui super. Et toi tu es rentrée chez toi ?
- Oui, tu sais qui m'as appelé hier soir ?
- Non mais tu vas me le dire.
- Aurélien.
- Pourquoi ?
- Il s'inquiétait pour toi.
- Comment ça ?
- Apparemment il est passé à ton appart et comme il t'a pas trouvée, il s'inquiétait.
- Donc il t'appelait pour savoir où j'étais.
- Oui voilà.
- Tu lui a dis ?
- Oui mais je lui ai dit de ne pas te saouler. J'espère qu'il ne l'a pas fait.
- Non t'inquiète zéro appel, zéro message.
- Cool, je te laisse à demain, bisou ma chérie.
- À demain, bisou.

Chapitre XVII

Essayer de se rattraper…

Je réveille Laly et nous allons déjeuner. Après la journée se passe normalement et mes parents me ramènent à la cité universitaire vers 17h.

Dans la voiture mon père me dit :

- Tu veux pas passer le permis ?
- Oui j'aimerais beaucoup. Ce serait vraiment plus simple pour mes déplacements.
- Vas dans une auto école pour te renseigner et après tu nous appelles pour l'inscription, on t'enverra tout ce qu'il faut.
- D'accord je vais faire ça, merci.
- De rien ma puce, ce sera plus facile pour toi, tu n'auras plus à courir après les taxis, le métro ou je ne sais quoi encore.

Quand nous arrivons à la cité universitaire, mes parents me déposent et nous nous disons au revoir. J'étais contente de les revoir et de revoir Laly, ça fait du bien. Je monte à mon appartement, je cherche les clés dans mon sac à main et je laisse tomber mon porte feuille qui fait un grand bruit car il est super lourd, je le ramasse et trouve enfin les clés.

POINT DE VIE D'AURÉLIEN :

Je suis posé dans mon appartement et entends un grand bruit. Je passe la tête dehors et regarde dans le couloir pour voir ce qui se passe. Je vois Mathilda ramasser son porte-feuilles, c'est donc ça qui a fait un grand bruit. Elle trouve ses clés puis elle rentre dans son appartement. Il faut que j'aille la voir, j'en peux plus de ne plus lui parler.

RETOUR AU POINT DE VUE DE MATHILDA :

Je range mes affaires et prépare mon sac pour le lendemain quand j'entends que l'on frappe à la porte, je vais donc ouvrir et je vois Aurélien.

- Salut.
- Tu veux quoi ?, lui dis-je sur la défensive.
- Te voir, allez laisse moi entrer juste cinq minutes.

Je le laisse donc entrer. Je préfère tout de même que nous gardions une distance raisonnable.

- Ça va ?
- Oui.
- Sinon moi aussi ça va bien, me dit-il sarcastiquement.
- C'est bien, je suis contente pour toi, répondis-je sur le même ton.
- Tu comptes faire la gueule encore longtemps ?
- Oui encore quatre ou cinq mois, si ce n'est pas plus.
- Je suis sûr que tu ne tiendras pas.
- Si, si.

Non je ne pense pas que je tienne ça fait déjà plus d'une semaine que je ne lui parle plus et cela me manque, chut conscience.

- Moi je ne parie pas parce que je sais que je ne tiendrai pas, déjà là tu me manques princesse.

- Tu me sors tes grandes phrases.
- Tu me rends fou, toi.
- Cool alors.
- Parle mieux putain, pour une fois que je suis gentil.
- Pour une fois comme tu dis.

Sans que je ne m'en rendes compte, il me porte sur son dos, sort de mon appartement et entre dans le sien.

- Tu joues à quoi ?
- Je te kidnappe.
- Vas-y essaie.
- C'est déjà fait, rigole-t-il, fier de lui.
- Pauvre nul va.

Quand nous arrivons dans son appartement, il se dirige vers sa chambre et me pose sur son lit.

- Me pose pas là où toutes ces filles passent.
- Commence pas, j'ai changé les draps.

C'est une raison ça ! Pff, peste ma conscience.

- Mais rien à foutre, je reste pas ici.
- Au pire tu n'as pas le choix.
- Au pire ce n'est pas toi qui décides de ma vie.
- Gamine.
- Gamin.
- Ta gueule toi même.
- Ta gueule.
- Re-copieuse.
- Toi même.

Des vrais gamins, je vous dis pas.

- Tu fais toujours la gueule ?

211

- Oui, ce n'est pas parce que tu m'as fait ton numéro à deux balles que je vais te reparler, dis-je en croisant les bras sur ma poitrine.

Aurélien vient vers moi et me chatouille.

- Dis : « je te reparle Auré, tu es le meilleur, tu me manques trop ».
- Je te reparle pas Auré car t'es un gros nul qui foire toujours tout !
- Putain mais Mathilda parle mieux, tu fais chier quand même.
- Et toi tu parles bien peut être ?

Il se met à rigoler et moi aussi sans même savoir pourquoi. Ce sont ces moments là que j'aime partager avec lui. Rire sans savoir forcément pourquoi.

POINT DE VUE D'AURÉLIEN :

Je l'emmène dans mon appartement comme ça elle ne pourra pas s'échapper. *Malin le type, me félicite ma conscience.* Quand je la pose sur mon lit, elle fait référence aux filles qui y sont passées. Ça me saoule un peu mais elle a raison. Nous, nous chamaillons un peu, ça aussi ça m'avait manqué. Tout à coup nous nous mettons tous les deux à rigoler, puis elle me sort.

- Tu sais que tu m'as manqué toi.

Je la prends dans mes bras et lui fait un bisou dans les cheveux.

- Toi aussi tu sais.

Nous restons dans les bras l'un de l'autre un petit moment. C'est à ce moment là, que je me suis dit, qu'elle m'accordait la dernière chance et qu'il ne fallait plus que je fasse d'erreurs. Mais je ne suis pas encore prêt à lui avouer mes sentiments à cause de cette putain de fierté.

RETOUR AU POINT DE VUE DE MATHILDA :

Que ses bras m'ont manquée, sa tête toute choupinette, son corps d'athlète. *Mais il ne faut pas lui dire, déjà qu'il se la pète mdr. Bien jouée conscience, sur ce point.* En fait il m'a totalement manqué. J'ai décidé de lui donner une dernière chance et de toute façon je ne peux pas rester fâchée avec lui longtemps. Au bout de cinq minutes on se détache l'un de l'autre.

- J'ai faim.
- Gros dalleux que tu es.
- Je te signale que c'est quand même l'heure de manger, il est 20h.
- Tu as un peu raison sur ce coup.
- Je commande des pizzas ?
- Ouiiii pour moi une pizza royale.
- Et c'est moi que tu traites de dalleux.

Je rigole car ce n'est pas faux.

- Ton rire m'a aussi manqué.

Moi je rougis comme une petite fille à chaque fois qu'il me dit un mot gentil. Il a un de ses effets que je ne peux pas contrôler.

- Ta petite bouille aussi quand tu rougis, tu es trop belle.

Je rougis encore plus, je crois.

- Commence pas Auré à te foutre de moi, commande plutôt ces pizzas car j'ai faim.
- À vos ordres, chef, me dit-il en se mettant au garde à vous. Ce qui me fait bien rire.

Il commande les pizzas, nous nous posons dans le salon, télévision allumée en attendant les pizzas.

213

- Ils sont pénibles, on attend les pizzas depuis vingt minutes.
- Tu es trop impatient toi, il faut bien qu'ils les fassent.
- Ouais mais j'ai grave faim.
- Ça te dit de parler le français dès fois ?
- J'ai très faim gente dame.

Je suis morte de rire, quel cas ce mec. Nous n'attendons pas trop longtemps car le livreur arrive cinq minutes plus tard. Auré se précipite pour aller ouvrir et il ramène les pizzas.

- Pizza Royale pour mademoiselle et pour moi c'est une quatre fromages.

Moi j'avais pris une pizza royale moyenne et Auré une quatre fromages maxi. *Quel ogre mdr.*

- Auré j'arrive pas à finir ma pizza.
- Je vais me faire un grand plaisir de la finir, t'inquiète pas.
- Je sais pas où passe tout ce que tu bouffes toi.
- Dans mes super abdos.
- Si tu le dis, dis-je en rigolant.

Nous finissons nos pizzas puis je vais me doucher. Aurélien me passe un grand tee-shirt à lui qui me fait une robe. Ensuite Auré va se doucher et me rejoint dans le lit.

- Il est déjà minuit, comment va-t-on faire pour se lever demain ? dis-je en regardant le réveil.
- On verra bien, en attendant viens dans mes bras.

POINT DE VUE D'AURÉLIEN :

Dès que je lui ai dit ça, elle vient se glisser dans mes bras, elle m'a vraiment manqué.

- Tes bras m'ont manqués.

- Toi aussi tu m'a manqué princesse.

Quand je lui dis ça, elle rougit, elle rougit très vite et quand elle rougit elle est toute mignonne. J'adore la faire rougir car elle est toute gênée et j'aime aussi l'appeler princesse. Cette fille m'a totalement transformé. Je ne suis plus le même quand il s'agit d'elle.

- Auré promets moi quelque chose.
- Tout ce que tu veux.
- D'arrêter avec toutes ces filles car peut être que tu ne le vois pas ou que tu ne le sais pas mais ça me fait du mal, me dit-elle mal à l'aise.
- Je sais, je suis désolé, je te promets que tout ça c'est fini.
- J'espère, c'est ta dernière chance de toute façon.
- T'inquiète, dormons maintenant.

Je la prends dans mes bras. Qu'est ce qu'elle m'avait manqué ma petite Mathilda.

- Bonne nuit Auré, me dit-elle avec une petite voix en me faisant un petit bisou sur la joue.
- Bonne nuit.

Je lui fais un bisou sur le front puis nous nous endormons.

Chapitre XVIII

Avouer ses sentiments…

Le matin je me réveille et je la vois à côté de moi. Elle est vraiment belle, je reste là à la regarder. Puis je me tourne vers mon réveil et vois qu'il est déjà 10h. Aujourd'hui lundi, nous avons cours. Bon pas grave on va pas y aller maintenant, de toute façon on ira cette après-midi. Je laisse donc dormir Mathilda et me rendors.

POINT DE VUE DE MATHILDA :

Je me réveille, je suis super bien, je sens un bras sur moi, c'est mon Auré. Malgré tout, il m'avait beaucoup beaucoup, beaucoup manqué. Je vais pour lui faire des bisous et je regarde le réveil : merde 12h, putain ce n'est pas vrai… Je me lève vite.

- Auré, Auré, vite il est 12h on a raté les cours.
- Hum, quoi ?
- On est en retard.

Il m'attrape par le bras et me remet dans le lit. Elle a ce petit côté sage et respectueux des règles qui me plaît également en elle. Je n'ai jamais autant souri qu'en sa présence.

- Viens là, pas grave on y va pas aujourd'hui.
- Ah non, hors de question.

- Allez s'il te plait, au pire tu n'as que deux heures de cours aujourd'hui. *C'est vrai il a raison.* Allez juste pour aujourd'hui.
- Juste aujourd'hui alors.

Je me recale dans le lit.

- Moi je veux un câlin, me dit-il avec une voix de bébé.
- Et moi je n'ai pas envie de t'en faire.

Il se tourne de l'autre côté et boude.

- Tu me fais un petit caca boudin ?

Il ne répond pas alors je me mets sur lui pour le regarder, je lui prends la joue.

- Tu boudes ?
- Oui je veux mon câlin.
- Vraiment, vraiment, vraiment ?
- Oui, oui, oui.

Alors je lui fais un gros câlin et plein de bisous.

- Ça fait du bien de se faire réveiller comme ça.
- Je trouve aussi, lui dis-je.

Nous restons encore à nous faire des câlins dans le lit une bonne heure. Je passe le reste de la journée et la semaine aussi. Je passe au samedi matin et je vais à mon premier cours de code. Mon père m'a dit d'aller voir dans une auto école, j'y suis allée, et me suis inscrite pour le code. Auré me dépose devant.

- Écoute bien, le code c'est tout con et tu me dis quand je reviens te chercher.
- Ok à toute, je t'envoie un message quand j'ai fini.
- D'acc, je reviendrai te récupérer.

Je lui fais un bisou sur la joue et pars au code. Le premier cours dure à peu près deux heure. On croit que les questions sont simples mais ce n'est pas si simple que ça. J'appelle Auré et il vient me chercher.

- Alors ?
- Ça va mais ce n'est pas si simple que ça.
- Tu le passes quand ton code ?
- Après cinq séances. (Car je fais le code en accéléré.)
- Tu as intérêt de l'avoir du premier coup. Je vais te booster.
- J'espère l'avoir mais on verra.
- T'inquiète je vais t'entraîner.
- Je vais aussi télécharger une application sur mon iPhone.
- Oui, bonne idée, ça peut t'aider.

Nous rentrons à mon appartement.

- Ça te dis ce soir, si on mange au MacDo ?
- Oui ça fait un moment qu'on y est pas allé.
- Et après un ciné ?
- Je suis partante.
- C'est ok alors.

Je passe l'après-midi à réviser, Aurélien fait pareil puis vers 18h30 je vais me doucher et à 19h je me prépare. Jeans bleu avec pull en laine blanc et des Vans bleues. Auré a mis un Jeans bleu Diesel avec un pull gris et des Vans grises et nous sommes parti. Nous mettons quand même un manteau car nous ne sommes qu'en février. Nous arrivons au MacDo, nous commandons et nous nous posons à l'intérieur.

- Tu as pris combien de menus ? lui dis-je en rigolant car son plateau est bien rempli.
- J'ai deux jambes pour marcher donc il me faut deux menus.

Les réflexions d'Auré, moi je valide.

- Tu es bête.

Nous mangeons tranquillement tout en parlant de tout et de rien.

- On va voir quoi alors au ciné ? me demande-t-il.
- Je sais même pas ce qu'il y a en salle.
- Moi non plus, on verra là-bas.
- Oui.
- Bientôt les vacances de février.
- Oui dans deux semaines.
- Tu as prévu quoi ?
- Je sais pas encore. Et toi ?
- Je vais aller quelques jours chez moi. Après je sais pas, me dit-il.
- D'accord. Sinon Thibaud et ta mère vont bien ?
- Oui. Et toi, tes parents et Laly, je t'ai même pas demandé ?
- Oui ils vont bien. Je suis contente d'avoir pu passer un week-end avec eux.

Nous finissons de manger vers 20h10. Nous partons ensuite au cinéma pour la séance de 20h45. Devant le cinéma, il y a une queue immense.

- Regarde, ce film à l'air trop cool, Fabien m'en a parlé.
- Mais c'est un film de guerre, bourré d'effets spéciaux ça.
- Et alors ?
- Je veux pas voir ça moi. Ça doit encore être un film super flippant.
- Tu veux voir quoi alors ?
- Belle et Sébastien.
- J'ai une tête à aller voir Belle et Sébastien.
- Tu n'as pas besoin d'avoir une tête spéciale pour aller voir Belle et Sébastien, mon chou.
- Mais c'est naze ça.
- La Reine des Neiges alors.
- Rappelle moi, quel âge tu as ?

- Il n'y a pas d'âge pour voir un dessin animé. Allez on va voir ça, tu sais que j'adore les dessins animés.
- Toi entre ta Hello Kitty, tes dessins animés et tout, on dirait que je garde une amie de Thibaud, dit-il désespéré.
- Mais arrête, tu n'es pas gentil, dis-je en boudant.
- Quoi c'est vrai, rigole-t-il.
- Alors on va voir La Reine des Neiges en plus c'est en 3D.
- Ok mais ne me saoule pas si je m'endors ou si je déconne pendant le film.
- Super mais par contre tu me laisses regarder mon film.

Nous payons nos places pour La Reine des Neiges, oui je suis une vraie gamine, nous prenons aussi du pop-corn et nous rentrons dans la salle mais nous devons attendre dix minutes avant que le dessin animé commence.

POINT DE VUE D'AURÉLIEN :

Nous attendons que la séance commence. La Reine des Neiges, je crois rêver, moi au cinéma pour voir ça ? La honte, faut surtout pas que quelqu'un sache ça. Que voulez-vous, Mathilda est une vraie enfant dans sa tête mais bon, je vais voir ce dessin animé pour elle mais je ne lui promets pas de rester tranquille pendant tout le film, enfin le dessin animé. Je suis quand même content de refaire des sorties avec elle et je me réjouis de pouvoir l'embêter pendant tout le dessin animé, je sais qu'elle va péter un câble.

RETOUR AU POINT DE VUE DE MATHILDA :

Nous attendons dix minutes et le dessin animé commence; Nous mettons les lunettes car c'est en 3D. La Reine des Neiges commence : au début Aurélien reste tranquille mais je sais qu'au bout d'un moment, il va en avoir marre et va finir par m'embêter, je le sens.

POINT DE VUE D'AURÉLIEN :

Le dessin animé a commencé depuis à peine quinze minutes mais je commence déjà à avoir envie de partir. Alors je décide d'embêter Mathilda comme prévu, je lui enlève les lunettes pour commencer.

- Auré rends ces lunettes de suite, me dit-elle en chuchotant.
- Je te les enlève pour que tu me vois mieux.
- Commence pas, rends moi ça.

Je les lui rends parce que j'ai pas envie qu'elle crie dans le cinéma, puis comme je m'emmerde toujours et que l'on a acheté du pop-corn, j'en jette sur les gens de devant qui se retournent.

- Arrête ça, me dit-elle en me tapant sur le bras.

Je continue un peu puis l'homme de devant se retourne.

- Bon vous avez fini maintenant ?
- Non je viens de commencer.
- Désolée monsieur mais il n'est pas sortable.
- Votre copain est pire qu'un enfant.

L'homme se retourne un peu en colère et moi je suis mort de rire.

- Stop maintenant, on va se faire virer à cause de toi, me gronde-t-elle tout doucement.

Je suis définitivement mort de rire, elle fait sa voix toute sérieuse mais elle n'est pas crédible.

- D'accord maman, lui répondis-je pour me foutre d'elle.
- Très marrant, très drôle tiens-toi tranquillement maintenant.

Je la laisse un peu regarder le film en attendant de trouver une autre connerie à faire. Je la vois dans le noir et elle sourit, elle est toute contente; elle est trop mignonne alors je me dis que je vais arrêter mes conneries et la laisser voir le film. Je lui prends le bras qui est sur l'accoudoir et lui fait des papouilles dessus car je sais qu'elle adore ça. Elle met alors ses jambes sur les miennes puis là d'un coup, j'ai envie de l'embrasser.

- Mathilda.
- Quoi ?
- Tu es belle.
- Oui je sais, me répond-elle encore à fond dans son film.
- Tranquille, elle se la pète.
- Tu viens de me dire quoi encore ?
- En fait tu n'écoutes même pas ce que je dis.

RETOUR AU POINT DE VUE DE MATHILDA :

- Je regarde le dessin animé, si tu ne l'avais pas remarqué. Et ça m'intéresse alors pourrais-tu te taire.

Puis là, Auré me prend la tête entre ses mains, puis me regarde les yeux dans les yeux.

- Tu me regardes maintenant, me dit-il en chuchotant.
- Oui là je te vois.

Nous nous regardons encore pendant quelques instants. Il s'approche de moi et m'embrasse aux coins des lèvres, ensuite nous nous décollons rapidement. Comme je trouve ce baiser un peut bref je décide alors de mettre ma main derrière sa nuque et l'embrasse une nouvelle fois. Je vous dis pas, ses baisers sont magiques, en plus ça faisait un moment que l'on ne s'était pas embrassé.

- Maintenant tu peux rester tranquille jusqu'à la fin du dessin animé s'il te plait ?
- Maintenant oui, me répond-il le sourire au lèvre.

223

POINT DE VUE D'AURÉLIEN :

Je l'ai embrassé car j'en avais très envie mais je croyais qu'elle allait me repousser. Mais pas du tout elle en a même redemandé. Quand je suis avec elle, quand nous nous embrassons, ce n'est pas comme avec toutes les autres filles. Maintenant c'est elle, j'en suis sûr. Mais comment lui avouer mes sentiments avec cette fierté que j'ai ? Enfin pour l'instant, nous sommes toujours au ciné devant cette Reine des Neiges, je passerai à l'action plus tard.

RETOUR AU POINT DE VUE DE MATHILDA :

Je n'en reviens pas, j'ai répondu à son baiser. C'est vrai que j'en avais très envie. Et en plus, c'est plus facile dans le noir car il ne voit pas que je suis rouge comme une tomate. Petit à petit, je me remets dans le dessin animé. Il se finit trente minutes après, nous remettons nos blousons et nous sortons.

- C'était cool en fait cette Reine des Neiges.
- Si je te demande de me résumer le dessin animé, tu ne vas pas savoir me le dire.
- Si.
- Bien sûr, vas-y alors.
- Il y a une reine et…
- Et quoi ?
- Je te l'avoue, j'ai rien suivi.
- Je le savais, vu le bordel que tu as fait, moi je ne reviens plus au ciné avec toi.
- Arrête j'ai été sage, rigole-t-il.
- Bien sûr.
- Je suis sûr qu'à un moment tu as aimé.
- Je voudrais bien savoir lequel ?
- Tu veux que je te remontre ?

Je suis hyper rouge car je sais ce qu'il veut faire. Il arrive toujours à faire tourner la situation à son avantage.

- Alors mademoiselle, on ne dit plus rien ? Tu veux vraiment que je te rafraîchisse les idées ?

POINT DE VUE D'AURÉLIEN :

Quand je lui dis ça, c'est que j'ai vraiment envie de l'embrasser, elle est toute rouge, toute mignonne. Alors je m'approche d'elle, lui prend une main et pose mes lèvres sur les siennes. Mathilda ne me repousse pas, elle prend goût à mes lèvres. *Hahaha, chut conscience. Je suis trop un boss. Je sais je me la pète à mort, pas besoin de me le faire savoir conscience. Je sais que même toi, tu me trouve beau.* Nous, nous séparons puis nous, nous regardons dans les yeux.

- Tu es à moi maintenant.

POINT DE VUE DE MATHILDA :

Je dois comprendre quoi dans cette phrase ? En plus il me l'a déjà dite tellement de fois et il n'a pas changé pour autant.

- Tu veux dire quoi par là ? lui dis-je timidement.
- Je veux dire que grâce à toi, j'ai changé et je veux me poser avec toi. Je me suis rendu compte que j'ai fait pleins de conneries et que tu m'as pardonné à chaque fois; maintenant je veux être avec toi.

Je suis choquée, je ne bouge plus, ne dis plus rien. Je me dis que ce n'est pas possible qu'il me dise ça maintenant comme ça à la sortie du cinéma. Ce n'est pas que je ne suis pas contente mais je me demande s'il dit encore une bêtise ou si c'est la vérité car j'attends ce moment depuis tellement longtemps.

- Tu es sérieux ? lui dis-je bêtement.

- Tu crois que si je ne l'étais pas je te le dirais comme ça ? Tu me connais assez bien pour savoir que je ne dis pas des conneries sur ce genre de choses.

Je me mets alors à sourire de toutes mes dents.

- Tu vas sourire comme ça longtemps ?
- Vas-y tu recommences déjà à m'embêter.
- Alors oui ou non ?
- Quoi oui ou non ?
- On essaie de se mettre ensemble ?
- Je sais pas Auré, lui dis-je pour le tester et voir sa réaction.
- Mathilda, moi je fais le con à dévoiler mes sentiments, tu sais que pour moi c'est compliqué avec ma putain de fierté. Et toi tu me réponds « je sais pas ». Tu es sérieuse, me dit-il agacé par la tournure que prenne les choses.

Je suis morte de rire, sa tête se décompose petit à petit. Il me croit et c'est ce qui est encore plus drôle.

- Tu rigoles en plus.
- Je rigolais, t'énerve pas. Bien sûr que je veux me poser avec toi enfin essayer quelque chose.

Aurélien me regarde avec des grands yeux.

POINT DE VUE D'AURÉLIEN :

Je lui ai enfin dit mes sentiments. Je croyais qu'elle allait me remballer et ce serait la première. Je suis content de me poser enfin avec elle mais maintenant j'ai intérêt à ne plus faire de conneries. Alors je la prends dans mes bras et nous nous embrassons. Nous rentrons à mon appartement.

RETOUR AU POINT DE VUE DE MATHILDA :

Nous, nous embrassons et c'est encore plus magique que la dernière fois. Nous décidons ensuite de rentrer à l'appartement, j'ai des étoiles plein les yeux et le ventre peins de papillons.

- Je vais me doucher et je te rejoins.
- Je peux venir ?
- Rêve toujours, c'est la même réponse que toutes les autres fois où tu as déjà essayé.
- Allez s'il te plait.
- Non Auré.
- Dommage, me répond-il avec une petite voix.

Donc je vais me doucher puis sors, il est sur le lit. Je m'approche de lui mais il fait style de bouder.

- Tu boudes ?

Il ne me répond pas.

- Aurélien arrête de bouder pour rien, lui dis-je en hurlant.
- Tu as fini d'hurler ? me dit-il mort de rire.
- Allez Aurélien et son mauvais caractère sont de retour.
- Bon moi je vais à la douche.
- Je peux venir ?
- Rêve toujours, me dit-il en essayant d'imiter ma voix.
- Arrête je ne parle pas comme ça.
- Si un peu, rigole-t-il de nouveau.

Il va se doucher, je me pose sur le lit, allume le télévision et je tombe sur le bêtisier. En même temps je vais sur Facebook avec mon iPhone. Puis Auré sort en caleçon. Mama mia il est toujours aussi bien foutu. Je ne peux que fondre à chaque fois que je le vois, en plus maintenant il est à moi. Je ressens tellement de choses en moi. Ce petit nid de papillon qui vole dans mon ventre. Ce cliché dont tout le monde parle, pour moi ce n'est plus un rêve mais bel et bien la réalité.

- Bave un peu plus encore.
- Je bave pas, j'admire.
- C'est pareil.
- Auré viens avec moi.
- Pas envie.
- Méchant va.

Il vient me rejoindre dans le lit et se pose à mes côtés.

- Mon gros bébé boude.
- Tu sais ce qu'il te dit ton gros bébé ? Et en plus je ne suis pas gros.
- Un truc pas très gentil je pense mais je rigole, viens là.

Alors je vais me glisser dans ses bras.

- C'est quoi ce truc que tu regardes ?
- Le grand bêtisier, en plus je ne le regarde pas, j'y suis tombée dessus et comme il n'y a rien d'autre, je le laisse.

Alors il prend la télé-commande et met une chaîne de sport où ils parlent de foot. Le foot je crois que c'est toute sa vie, il adore ça.

- Non pas ça.
- Si.
- Non.
- Si.
- Gamin que tu es.
- Et fier de l'être.
- Ça va pas toi dans ta tête.
- Très bien t'inquiète.

Je ne peux m'empêcher d'exploser de rire mais il est vraiment pas bien lui quand même.

- C'est plutôt toi qui ne vas pas bien dans ta tête.
- C'est toi, tu me fais trop rire.
- Ok… me dit-il désespérément.
- Sinon ça te dit si on change de chaîne ?
- Non ça me dit pas et toi ça te dit de la fermer et de me laisser regarder la télé tranquillement ?

Je ne réponds pas car il me saoule, il pourrait parler mieux quand même alors je me mets dos à lui et vais sur mon iPhone.

POINT DE VUE D'AURÉLIEN :

Moi je regarde mon émission de foot tranquillement. Je remballe Mathilda et je vois qu'elle se met dos à moi et regarde son iPhone. Mais bon le foot c'est sacré. Je regarde encore pendant dix minutes mon émission puis je décide d'éteindre la télévision. Je me mets alors dans le lit et attrape Mathilda par les hanches et la retourne vers moi. Je lui parle mais elle ne répond pas.

- Elle fait la gueule ma chérie.
- Tu as dis quoi ?

Et c'est à ce moment-là que je me rends compte que je l'ai appelé ma chérie. Ça, elle le remarque.

RETOUR AU POINT DE VUE DE MATHILDA :

IL M'A APPELÉE MA CHÉRIE.

Quand je lui demande ce qu'il vient de dire, il est tout gêné. C'est bien la première ou une des premières fois que je vois mon Auré gêné de la sorte.

- Je crois bien que tu as très bien entendu.
- Il est tout gêné mon bébé.
- Arrête de te foutre de moi.
- Pour une fois que les rôles sont inversés.
- Tu es contente en plus.
- Ben oui.

Il me prend dans ses bras, nous nous embrassons et nous finissons par nous endormir mais ce n'est pas comme avant. Maintenant je me dis qu'il est à moi mon bébé, c'est le mien et personne n'y touche. Faites attention les filles, ne vous approchez pas trop près de lui sinon je sort les griffes…

Chapitre XIX

Se montrer aux yeux de tous…

Le matin, je me fais réveiller par mon chéri qui me caresse la joue.

- Bébé réveille toi, je m'ennuie.
- Hummm.
- Debout.

Et il me fait un bisou au coin des lèvres.

- Comment ça se fait que tu sois déjà réveillé ?
- Parce qu'il est 11h.
- D'habitude même à 11h il faut que je te réveille.
- Mais aujourd'hui je suis réveillé.
- Alors tu m'empêches de dormir ?
- En quelques sorte mais bon, je sais que tu ne peux pas résister à mes merveilleux bisous.
- Monsieur Je me la pète est de retour.

Je sais nous sommes toujours en train de nous chercher. Je crois bien que nous adorons définitivement ça.

- On se lève alors ?
- Oui vas te préparer et après j'y vais.

Il commence à se lever et à partir.

- Tu n'as pas oublié un énorme truc ?
- Quoi ?
- De me faire un de tes merveilleux bisous.

Il revient vers moi et m'en fait un. Adorable mon Auré, adorable.

- Madame est contente ?
- Oui très, vous pouvez disposer.
- Non mais comment tu me parles, tu vas voir quand j'ai fini de me préparer tu vas moins rigoler.

Il part vite se préparer et moi je flemmarde encore au lit.

- J'ai fini, tu peux venir.
- Ok.

Je sens au ton de sa voix le coup foireux qui se prépare. Je vais donc dans la salle de bain. Je vois qu'Auré a préparé ma brosse à dents. Pourquoi ? Je m'habille en legging avec un gros pull vu que l'on reste à l'appartement. Nous sommes encore fin février, il fait encore froid. Je me lave le visage et tout le tralala. Et vient le moment où je dois me brosser les dents. Je prends la brosse à dents et commence à me les brosser mais je recrache tout d'un coup. Il n'a pas raté son coup, il a mis du shampooing sur ma brosse à dents.

- Auré c'est vraiment nul; ce que tu viens de faire, lui dis-je en lui criant dessus.
- Je t'avais dis que je me vengerai.
- Pfff.

Il débarque dans la salle de bain, heureusement que je suis prête à sortir.

- Tu « Pfff » qui ?

- Toi je crois car il n'y a personne d'autre, lui dis-je en regardant autour de nous.
- Tu es trop un cas comme fille toi.
- Ok, lui dis-je en lui tirant la langue.
- Et tu me tires la langue en plus.

Il me porte en sac à patate. Je m'habitue à force. Il m'emmène dans la cuisine pour prendre le petit déjeuner. Nous mangeons tranquillement en parlant. Je passe la journée qui se passe super bien. Le lendemain je me fais réveiller par Aurélien.

- Bébé on est lundi debout.

Je n'en reviens pas. C'est lui qui me réveille et pas moi qui le réveille, je vais finir par croire qu'il est du matin.

- J'ai pas envie.
- Allez bébé.

J'adore quand il m'appelle bébé, je suis fan.

Je me lève difficilement et vais me préparer. Jeans bleu avec sweat bleu marine et des Vans bleues. Je me maquille un peu et laisse mes cheveux au naturel frisés. Aurélien lui, a mis un pantalon en toile beige avec un sweat noir et des Vans noires, magnifique comme toujours.

Il arrive derrière moi dans la salle de bain.

- Tu es belle bébé.
- Merci toi aussi t'es tout beau, lui dis-je une fois de plus toute rouge.
- Merci, tu viens, on va déjeuner.

Nous allons déjeuner et on part ensuite à la fac. Nous retrouvons la bande devant la fac. Avec Auré nous marchons main dans la main et quand nous arrivons vers la bande, ils nous regardent en souriant. Moi je n'ai dit à personne de la bande que l'on s'était mis ensemble, même pas à Zoé. Je l'ai juste dit à Laly. Nous arrivons et nous faisons la bise à tout le monde.

- Ça a chauffé pendant le week-end.
- Commence pas Fab, lui dit Auré.
- Enfin ensemble ces deux là, et tu fais pas de mal à notre petite Mathilda, sinon ça va mal finir pour toi, lui dit Lisa.
- T'inquiète pas.

Zoé me regarde avec un regard qui veux dire « tu me racontes tout en cours », bien sûr que je vais lui raconter.

Ça sonne, donc je fais un bisou à Auré et on part en cours.

- Alors raconte, me demande-t-elle excitée de tout savoir.

Je lui raconte tout.

- Je suis contente pour toi, bonheur à vous deux, depuis le temps que vous vous tourniez autour.
- Merci ma chérie.

Nous allons en cours, nous travaillons, je passe la matinée où tout s'est bien déroulé. Nous retrouvons tout le monde à midi pour manger.

Moi je vais directement vers Auré.

- Ça va bébé ?
- Oui et toi ?
- Oui.

234

Nous, nous embrassons.

- Ce n'est pas tout les amoureux mais on va manger, moi j'ai faim. nous dit Fabien.
- Espèce de gros, lui disent les autres à l'unisson.
- Vos bouches, je mange si j'ai envie.

Alors nous allons manger à la cafétéria de la fac puis nous sortons et là, je vois l'autre Laura (L'ex d'Aurélien.) qui vient vers nous. *À chaque fois que je vois sa tête j'ai envie de commettre un meurtre. Du calme Mathilda, zen maintenant Aurélien est avec toi, me dit ma conscience.*

- Tu es tombé bien bas mon pauvre.

Je vois qu'Auré serre les poings et moi je suis prête à lui filer une droite à cette pauvre fille. Elle se prend pour qui sérieusement. Tu ne viens pas apostropher les gens comme ça.

- Arrête mais arrête de suite Laura, je vais te dire quelque chose, c'était quand j'étais avec toi que j'étais tombé bien bas, lui répond-il en ponctuant sa phrase par un sourire.

Elle reste abasourdie sur place sans savoir comment elle doit réagir. Elle me lance un regard plus que méchant et tourne les talons très offensée par les paroles de mon amoureux. *Mon amoureux oui conscience on a compris.* Il me prend la main et nous repartons vers la bande qui est plus loin.

- Désolé bébé.
- Pas grave ce n'est pas de ta faute, j'étais prête à lui en foutre une aussi.
- Moi pareil, me dit-il en resserrant son étreinte sur ma main.

Nous rejoignons la bande et nous repartons en cours. Je finis à 17h, Auré aussi alors nous rentrons ensemble dans son appartement.

- Désolé bébé pour tout à l'heure.
- Pas grave, de toute façon cette fille est complètement touchée.

Chapitre XX

19 ans…

Petite ellipse jusqu'au mois de mai.

Cela fait maintenant trois mois que je suis avec Aurélien et tout se passe bien, je l'aime chaque jour un peu plus.

- Bébé où sont mes affaires de cours ?
- Tu les a laissées dans mon appartement, tu veux que j'aille te les chercher ?
- Non c'est bon j'y vais, finis de te préparer.

Je finis donc de me préparer car il est déjà 7h30, on doit partir dans cinq minutes. Aurélien revient avec ses affaires et nous partons à la fac. Nous retrouvons la bande comme tous les matins. Puis à 8h10 nous rentrons en cours.

- Tu as prévu quoi pour tes 19 ans ?
- Je sais pas encore vu que mon anniversaire tombe le vendredi, je pense que je vais vous inviter chez moi le samedi. (Oui car dans deux jours le dix mai, c'est mon anniversaire.)
- Ok cool. Tu crois qu'Aurélien t'a prévu un truc ?
- Je sais même pas s'il se souvient du jour de mon anniversaire.
- Tu es bête. Sinon tu sais pas, j'ai rencontré un mec hier soir.
- Où ?
- En sortant de la fac. Je lui ai filé mon numéro, il est pas mal.

- Tu es trop un cas comme meuf toi. Tu lui files ton numéro comme ça toi ?
- Ouais tranquillement, il m'a plu alors j'ai tenté ma chance.
- Alors ?
- Martin, vingt ans et célibataire.
- Le top, dis-je en rigolant.

Les cours se passent tranquillement. Le soir nous rentrons à l'appartement.

- Auré, ce week-end on va chez moi.
- Tu veux partir quand ?
- Je sais pas, vendredi soir ?
- Plutôt samedi matin, on part tôt si tu veux.
- Si tu préfères, pas de problème.
- Ça marche.

Nous sommes posés dans le lit. Auré commence à me faire plein de bisous et ça devient de plus en plus chaud. Il commence à m'enlever mon débardeur mais je le stoppe car je ne suis pas encore prête. Aurélien se lève et regarde par la fenêtre, je me mets derrière lui et l'entoure de mes bras.

- Putain désolé, j'attendrai le temps qu'il faudra.
- Ce n'est pas contre toi mais je ne suis pas encore prête, merci.

Il se retourne et me prend dans ses bras.

- Désolé bébé.
- Pas grave c'est ma faute.
- Mais non ne dis pas ça.

La fin de la soirée se passe bien. Je suis contente qu'Aurélien comprenne mon choix. Pour l'instant je ne suis pas prête, je préfère attendre le bon moment.

Je passe jusqu'au vendredi matin. Aurélien ne m'a pas parlé de mon anniversaire ces derniers jours.

Je me réveille calmement mais je vois qu'Auré n'est pas à côté de moi. Je reste encore couchée car je ne reprends les cours qu'à 10h30. Quand tout à coup je vois Auré sortir en caleçon de la salle de bain. Il vient se mettre avec moi dans le lit.

- Bon anniversaire ma princesse.
- Mon amour, tu y as pensé.
- Tu croyais que je l'avais oublié ?
- Non mais j'ai dû te le dire même pas deux fois depuis que nous nous connaissons. Mais tu as quand même retenu le jour de mon anniversaire.
- Mais je m'en suis souvenu. Sinon tu m'as appelé comment tout à l'heure ?

Moi je suis assez timide, même après trois mois de relation je ne l'appelle pas souvent mon amour. Nous nous sommes même pas dit « je t'aime », c'est pour vous dire que même si on s'aime et qu'on est en couple, nous avons toujours cette putain de fierté. Enfin bon c'est la vie. Chaque chose vient à la fois, nous sommes un peu lents mais l'important est l'amour qu'il y a entre nous.

- Mon amour.
- Redis le moi encore une fois.
- Mon amour.
- J'adore quand tu m'appelles par des petits noms comme ça mon bébé.
- Arrête je suis toute rouge à cause de toi, lui dis-je en lui tapant amicalement l'épaule.
- Tu es encore plus belle comme ça.
- Merci, lui dis-je encore toute gênée.

Après je prends mon iPhone, j'ai plein de messages pour mon anniversaire. Je les remercie tous, me lève et pars me préparer.

Quand je me prépare je reçois un appel de ma Laly :

- Bon anniversaire l'amour de ma vie.
- Merci chérinette.
- Alors tu débarques ce week-end ? On va faire la fête pour tes 19 ans.
- Oui grave et mes potes de la fac viennent aussi.
- Cool je vais pouvoir les rencontrer. Et ton chéri il vient ?
- Oui bien sûr. Le tien est aussi convié à la fête.
- Ok pas de soucis, il sera présent.

Nous parlons un peu de tout et de rien comme si nous ne nous étions jamais quittées.

- À demain alors.
- Oui à demain. Je t'aime.
- Moi aussi bisous.
- Bisous.

Aurélien lui aussi commence à 10h30 donc nous partons en cours ensemble. Nous retrouvons la bande, ils me sautent tous dessus pour me souhaiter un joyeux anniversaire.

- Bon anniversaire ma chérie, me dit Zoé.
- Merci.
- Joyeux anniversaire chouchoute.
- Merci Lisou.
- Bon anniversaire, me disent les autres en me faisant des bisous.
- Merci.

Nous allons tous en cours, nous mangeons tous ensemble pour mon anniversaire puis à 17h, nous nous retrouvons tous devant la fac.

- Alors demain on débarque tous chez toi, me dit Fabien.
- Oui je vous ai donné l'adresse, il ne vous manque plus qu'à la taper dans votre GPS.

- T'inquiète pas pour ça.
- Vous avez assez de voitures ? leur demande Auré.
- Pas de problème frère, je prends ma voiture et Julien la sienne.
- Ok et vous faites attention sur la route. *Il est protecteur avec son copain mon amour.*
- T'inquiète.
- Toi occupe-toi bien de ta copine ce soir et n'oublie pas que c'est son anniversaire.
- Je vais bien m'occuper de ma princesse, pas de problème pour ça.
- Il nous fait le loveur, rigole Fabien.
- Tu es comique toi.

Après cette petite discussion, nous nous disons au revoir et nous rentrons à mon appartement.

- Mathilda t'as fait ta valise pour ce week-end ?
- Oui et toi ?
- Oui elle est prête.
- Exploit, dis-je en l'applaudissant.
- Tu n'arrêteras jamais de me chercher toi.
- Je crois bien que non, j'aime trop ça pour arrêter me dit-il en me plaquant contre le mur tout en me faisant un bisou.
- Bon, aujourd'hui c'est ton anniversaire.
- Ah bon je ne savais pas, dis-je d'un air faussement surprise.
- Mais laisse moi finir.
- Je t'écoute.
- Alors vas te préparer, je nous ai réservé une soirée en amoureux au resto.
- Tu es trop chou.
- Arrête avec tes « tu es trop chou » et vas te préparer.
- Oui chef.
- Je préfère ça, rigole-t-il avec moi.

Il se décolle de moi et je commence à partir, il me met une petite tape sur les fesses.

241

- Pas touche à mes fesses.
- Elles seront bientôt à moi, me dit-il avec son petit regard pervers.
- Gros obsédé que tu es, dis-je en rigolant.

Alors que je vous explique, ça fait trois mois que je suis vraiment avec Aurélien mais, nous ne l'avons pas encore fait car je ne suis pas encore prête. Mais vu que ça fait déjà trois mois, je me dis qu'Auré va commencer à en avoir marre, même s'il me dit qu'il peut attendre. Enfin j'attends le bon moment pour que ce soit juste parfait.

Je file dans ma chambre, je choisis une robe bordeaux en voile avec une ceinture noire qui marque la taille avec les manches mi-courtes, nous sommes encore début mai. Je mets par dessus un blouson en cuir noir et mes talons noirs. Je me lisse les cheveux comme je ne le fais pas souvent, me maquille et je suis prête. Je sors de la salle de bain et vais rejoindre Auré dans le salon qui me regarde de la tête au pied.

- Tu veux me rendre dingue avec ta tenue ?
- Elle a quoi ma tenue ? Elle est parfaite.
- Tu vois ce que je veux dire.
- Tu es pas possible toi. Tu m'as sorti le petit costard, la classe.

Il porte une chemise blanche qui lui dessine bien les abdos, avec un Jeans noir et une veste blaser noire. Avec sa petite coupe avec du gel, juste magnifique mon bébé.

- Juste pour toi pour ton anniversaire.

Je le prends dans mes bras et l'embrasse. Cet homme est définitivement parfait.

- On y va, j'ai réservé pour 20h.
- Let's go my love.

- Tu es pas toute seule dans ta tête bébé, si ? me questionne t-il avant que nous n'explosions de rire.

Des fois dans ma tête ça tourne pas toujours rond.

Nous sortons, nous allons à la voiture et en route pour le restaurant. Nous arrivons dans un restaurant chic, on nous accueille puis on nous place à une table de deux. Aurélien me tire la chaise.

- Mademoiselle.
- Merci monsieur.

Puis, lui aussi s'assied et nous explosons de rire, je n'ai pas l'habitude qu'il soit aussi galant. Nous sommes plutôt le genre de couple à aller au MacDo tout en se chamaillant. Alors quand Auré fait le galant au restaurant, c'est toute une rigolade.

- Alors ça te plait ?
- Oui c'est vraiment beau, merci.

Le serveur arrive et nous sert un apéritif puis nous trinquons à ma santé pour mes 19 ans.

- Alors on part demain matin ?
- Oui vers quelle heure ? lui demandai-je.
- 6h car on a deux heures de route.
- On va se lever tôt alors.
- Oui tu as prévu ce qu'il faut chez toi pour ton anniversaire ?
- Oui j'ai tout préparé mais bon on sera qu'entre potes.
- Tes parents ne seront pas là ?
- Ils arrivent le dimanche vers 15h.
- Tu vas pas les voir longtemps.
- Oui c'est sûr, vu que l'on va repartir vers 18h.
- Attends mais comme les troisièmes années ont besoin de tous les amphithéâtres, on n'a pas cours tu avais oublié ?

- Oui c'est vrai ! Alors on a jusqu'à lundi soir mais mes parents partent quand même le dimanche vers 22h parce que comme toujours, ils repartent en voyage d'affaires.
- Pas grave tu devras me supporter.
- Ok on fait comme ça, en même temps je vais pas avoir le choix, dis-je en rigolant.
- Après les autres repartent dimanche vers le début d'après-midi.
- Oui normalement.

Le serveur revient et nous présente la carte.

- Tu veux manger quoi bébé pour ton anniversaire ?
- Lasagnes, dis-je tout sourire.
- Toi quand on te parle de bouffe, tu souries direct.
- Oui la bouffe c'est la vie. Et toi tu prends quoi ?
- Sale folle. Moi gratin et entrecôte.
- Morfale que tu es.

Le serveur revient et prend nos commandes puis repart.

- On en a fait du chemin pour en arriver là.
- Oui tu m'as bien fait galérer.
- C'est vrai que plus d'une fois j'ai fait le con avec toi.
- C'est la vie, maintenant on est ensemble.
- La première fois que je t'ai vue, tu sais quand je t'ai bousculée, je me suis dit « celle-là, c'est une chieuse », je ne me suis pas trompé.
- C'est vrai que je suis pas facile tous les jours.
- Tu es et resteras ma petite chieuse à moi.
- Ce surnom m'avait manqué malgré tout, dis-je en souriant et me en me rappelant tout ce qu'on a traversé en neuf mois maintenant.
- Tu vois que tu l'aimais bien ce surnom.
- J'avoue.

244

Le serveur arrive et nous apporte les plats. Nous mangeons, c'est vraiment très bon. Après nous commandons le dessert : Aurélien prend un fraisier et moi un fondant au chocolat. *J'adore ça.* Je vois qu'Aurélien dit un mot au serveur. Quand le serveur revient avec les desserts, il y a une bougie avec un 19 ans dessus.

- Bon anniversaire my love.
- Merci mon amour.

Le serveur me souhaite aussi bon anniversaire. Il a vraiment tout prévu mon Auré, il n'a laissé aucun élément au hasard.

- Bon anniversaire mademoiselle.
- Merci.

Le serveur repart, je peux voir qu'Aurélien le regarde de travers, toujours aussi jaloux mon petit chou.

- Tu es trop mignon quand tu es jaloux mon cœur.

Il me regarde en souriant et vient vers moi et me tend un paquet.

- Encore bon anniversaire mon amour.
- Merci mais fallait pas.

Je prends le paquet et l'ouvre, je vois une belle montre Guess.

- Merci beaucoup bébé, elle est magnifique.
- Je suis content qu'elle te plaise.

Cette montre a un bracelet en cuir noir et le tour du cadran est gris. Juste magnifique, sobre comme j'aime.

Nous finissons de manger et nous rentrons à l'appartement d'Auré. Nous passons d'abord au mien pour récupérer ma valise pour demain et après direction chez Auré.

- Alors contente de ta soirée ?
- Je pouvais pas rêver mieux, merci beaucoup.

Il me prend dans ses bras et m'embrasse.

- De rien c'était un plaisir princesse.

Aurélien se déshabille et hop en caleçon, il se met dans le lit.

- Tu viens bébé ?
- Oui attends, je vais me changer et j'arrive.
- Ok je t'attends.

Je vais dans la salle de bain, mets un mini short et un débardeur, me démaquille et je vais rejoindre Aurélien. Il me siffle et me regarde de haut en bas.

- Putain t'abuses.
- Pourquoi ?, dis-je avec un sourire en coin.
- Et mademoiselle demande pourquoi en plus.
- Oui.
- Tu me chauffes avec tes petites tenues.

Je deviens toute rouge et je me mets dans le lit sous les draps avec Auré.

- Tu es juste magnifique. Je t'aime.

Je reste deux minutes à réfléchir pas exactement sure de ce que je viens d'entendre .

- Tu as dis quoi ?
- Tu es magnifique, me dit-il gêné.
- Et ?
- Je t'aime.
- Quoi ?

- Ti amo.
- Répète.
- Te quiero.
- Quoi je comprends pas ?
- I love you.
- Je vois pas ce que tu veux dire ?
- Ich liebe dich, putain.
- J'avais compris mais je voulais juste te l'entendre dire plusieurs fois.

La chieuse que je suis mais, il ne me l'avait jamais dit. Je ne pensais pas qu'il savait le dire en plusieurs langues. Il est cultivé mon amoureux. Mon coeur bat la chamade, si cela continue il va sortir de ma poitrine.

- Moi aussi je t'aime Auré.

Il me prend dans ses bras et me regarde avec de ces yeux qui veulent tout dire.

- Auré si je te dis que je suis prête.
- Non Mathilda ne prends pas une décision maintenant.
- Je veux que ce soit ce soir, fais moi ce cadeau d'anniversaire.
- Tu es sûre, tu le veux vraiment ?
- Oui.

Alors Auré me prend dans ses bras, se met sur moi et commence à me faire plein de bisous et à me murmurer de petits mots doux à l'oreille pour me rassurer. Il commence à enlever mon débardeur et tout ce qui s'en suis. Je vous fait pas un dessin hein. Il était vraiment doux avec moi et tout s'est bien passé. Ce soir j'avais vraiment envie de le faire avec lui. Après tout ça, nous nous endormons dans les bras l'un de l'autre.

Chapitre XXI

Anniversaire avec ses amis…

Le lendemain à 5h30 c'est Aurélien qui me réveille.

- Bébé il faut se lever.
- Non, je suis crevée.
- Tu dormiras dans la voiture.
- Oui.

Je commence à reprendre mes esprits et me souviens de ce qui s'est passé hier soir, je ne regrette rien.

POINT DE VUE D'AURÉLIEN :

Je me réveille puis réveille Mathilda, elle est magnifique quand elle dort. Quand je la réveille elle fait une petite tête de bébé. Je me demande si elle regrette ce qui s'est passé hier. Moi je ne pensais pas qu'elle allait être prête. J'ai tellement ressenti de choses que je n'aurai jamais cru vivre ça. Maintenant j'en suis certain, c'est la fille qu'il me faut tous les jours à mes côtés.

- Ça va ? Tu regrettes rien ?
- Oui et toi ? Et regretter quoi ?
- Moi aussi. Ce qu'on a fait hier.
- Pourquoi je regretterai ? C'est moi qui l'ai voulu.
- Ok mais tu as pas été déçue ?

- Pourquoi je devrais ?
- Je veux dire, je ne t'ai pas trop fait mal ? dis-je assez gêné.
- Mais non c'était parfait. C'est plutôt moi qui devrais te demander si c'était bien.
- T'inquiète ma chérie tu as été au top.

Mathilda devient toute rouge.

- Bon je me lève, si on veut partir vers 6h30.
- Vas-y moi je suis prêt, je vais préparer le petit déjeuner.
- D'acc.

RETOUR AU POINT DE VUE DE MATHILDA :

Quand Aurélien me posait toute ces questions, je n'étais pas très à l'aise mais bon je ne regrette rien car j'aime Aurélien. Je me prépare vite fait : Jeans, chemisier et veste en Jeans avec Vans car il commence à faire beaucoup moins froid, comme nous sommes en mai. Je laisse mes cheveux au naturel frisés et me maquille légèrement. Une fois fini, je pars retrouver Aurélien dans la cuisine. Il m'a préparé un verre de jus d'orange et un pain au chocolat.

- Merci Auré.
- De rien, mange vite on va bientôt partir.

Je ne pose pas plus de question et engloutis ma chocolatine. Quand j'ai fini, nous rangeons et nettoyons la table. Ensuite, nous prenons nos valises et les mettons dans le coffre de la voiture. Et nous partons pour deux heures de route.

- Alors contente de rentrer chez toi et de fêter ton anniversaire là-bas ?
- Bien sûr et en plus je vais revoir Laly.
- Ah oui aussi, c'est vrai.

Nous parlons un peu de tout et de rien pour occuper notre trajet.

- Tu as fini les séances de conduite ?

Car souvenez-vous j'ai passé mon code et je l'ai eu puis j'ai ensuite fait mes séances de conduite et mercredi à 15h je passe mon permis.

- Oui et je passe le permis mercredi à 15h.
- Tu te sens prête ?
- Oui je pense.
- Si tu veux je te ferais conduire quand on sera chez toi.
- Pour que j'abime ton beau 4X4.
- Mais non.
- Tu as bien confiance en moi à ce que je vois.
- Bien sûr que j'ai confiance en toi.
- Tu es un amour.
- Bien sûr que je suis un amour, répond-il du tac au tac.

Nous nous mettons à rigoler. Le trajet se passe et je ne m'endors même pas. Exploit moi je dis. Ha, ha. Nous arrivons chez moi à 9h du matin, les autres arrivent ce soir à 18h mais Laly, elle, arrive à 14h avec son copain Jonas. Quand nous arrivons, nous allons poser les valises dans ma chambre.

- Bébé faut aller faire les courses pour ton anniversaire ce soir.
- Oui, bon on va au centre commercial.

Donc nous reprenons la voiture et go le centre commercial. Arrivés là-bas, nous allons dans les rayons à la recherche de ce que nous allons avoir besoin pour la soirée de ce soir.

- Alors tu veux prendre quoi ?
- Je sais pas, chips, pizzas, saucisses.
- Ok on va déjà prendre ça.
- On prend quoi d'autre ?
- Des cacahuètes, du pain de mie pour faire des toasts et de l'alcool.

251

- Ah oui il faut faire des toasts aussi, je les ferai cette après-midi avec Laly. Et l'alcool très important.
- Tu bois pas trop hein.
- C'est plutôt moi qui dois te dire ça.

Nous finissons les courses puis nous filons à la caisse, le caissier doit avoir à peu près notre âge. Il ne fait que me regarder.

- Tu veux sa photo peut être ? lui dit Aurélien le ton dur.

Il est vraiment jaloux Auré, un truc de dingue.

- Non, non c'est bon, répond-il super gêné.
- Ouais, ouais je préfère.

Je paie puis nous partons.

- Non mais Auré ça va pas ?
- Tu as vu comment il te regardait aussi.
- Toujours aussi jaloux, tu changes pas.
- On touche pas à ce qui m'appartient, un point c'est tout.
- Tu es chou quand tu es jaloux.

Nous rangeons les courses dans la voiture et nous repartons chez moi. Il est déjà 11h30 alors je fais des pâtes et Auré des steaks; nous mangeons à midi. Après vers 14h, Laly arrive avec Jonas, je retrouve enfin ma Laly. Nous nous prenons dans les bras et tout et tout. Après ça les garçons vont jouer à FIFA et nous nous commençons les toasts tout en parlant.

- Ce soir tu vas rencontrer la bande.
- Oui c'est vrai.
- T'inquiète, tu vas voir ils sont cools.
- Je n'en doute pas sinon ce ne serait pas tes potes.
- Sinon ça va avec Jonas ?
- Oui super et toi avec Aurélien ?

- Oui vraiment ça fait un peu plus de trois mois que l'on est ensemble et c'est super.
- Je suis contente pour vous deux. Elle est trop belle ta montre Guess.
- C'est Auré qui me l'a offerte hier soir pour mon anniversaire.
- Il te gâte en plus. Moi je te donne mes cadeaux ce soir.
- Oui.

Nous continuons à tout préparer en parlant. Puis là nous voyons Auré et Jonas qui arrivent. Auré me prend par les hanches et me dit dans l'oreille.

- Viens faut que je te parle.
- Je suis occupée là.

Il me porte en sac à patates et se dirige vers les escaliers pour aller à ma chambre. *Je sais pas si vous avez remarqué mais Aurélien adore me porter en sac à patates.*

- Auré tu saoules.

Il me pose sur le lit et se met sur moi.

- Tu voulais me dire quoi ?
- Je t'aime.
- Tu m'as amené juste là pour me dire ça ?
- Oui, me dit-il avec un grand sourire.
- Tu es pas bien mon pauvre garçon.
- Ah oui tu crois ?
- Mais je t'aime quand même.
- Ça va alors, me répond-il toujours en souriant.

Je relève la tête et l'embrasse, je mets une main derrière sa nuque et une sous son tee-shirt. Nous continuons de nous embrasser et lui met aussi sa main sous mon tee-shirt. Je relève ma tête et lui dis.

253

- Auré on finira ça plus tard car là on n'est pas seul dans la maison.
- Tu me chauffes et après plus rien aussi, dit-il avec une petite tête toute triste.

Je suis morte de rire quand il me dit ça. Ce n'est pas de ma faute aussi, quand il m'embrasse, je ne peux pas résister.

- Il est triste mon bébé.
- En plus ça te fait rire.
- Oui ta tête me fait rire.
- Hahaha très drôle.

Nous redescendons et nous finissons aussi la décoration. Nous avons acheté des ballons et Laly a porté des banderoles « Bon anniversaire » et « 19 ans ». Après tout ça, nous montons nous préparer: je mets une robe bustier noire et beige avec des perles et Auré porte une chemise à carreaux bordeaux, translucide ou l'on aperçoit bien ses abdos et un Jeans bleu marine. Nous sommes prêts et descendons au salon. Au même moment, la sonnette retentit. J'ouvre la porte toute la bande est là, Zoé, Amélie, Stéphanie, Lisa, Julien, Fabien, Lucas.

- Coucou mes amours.
- Elle est mignonne la petite Mathilda, me dit Fabien.
- Encore bon anniversaire ma chérie, me dit Zoé en me tendant trois paquets.

Après tout le monde vient me faire la bise et me donne des cadeaux, j'en ai une tonne c'est pas possible, ils ont fait trop de folies.

- Merci les amis.
- Tu les ouvres au dessert, pas avant, me dit Zoé.
- Oui t'inquiète pas, je ne triche pas.

254

Je leur présente Laly et Jonas.

- Alors les copains voilà Laly ma meilleure amie et son copain Jonas. Laly et Jonas voilà la bande Zoé, Amélie, Stéphanie, Lisa, Julien, Fabien et Lucas.
- Enchanté.

Nous commençons à leur servir à boire avec Auré et nous installons le buffet avec tout ce que l'on a préparé avec Laly cette après-midi.

- Elle est super gentille Laly, me dit Zoé.
- Oui c'est une fille super.

Je parle un peu avec tout le monde puis Auré vient me voir.

- Bébé je mets la musique.
- Oui attends je viens t'aider.

Nous allons brancher l'ordinateur aux grosses baffles, puis nous envoyons le son. Nous allons danser avec les filles, les garçons parlent et boivent puis viennent nous rejoindre. Vient le moment du slow, Aurélien vient vers moi et me prend par les hanches, moi je mets mes mains derrière sa nuque et nous dansons.

- Tu sais que tu as changé ma vie ?
- Dis pas de bêtises, tu as changé tout seul.
- Avant j'étais un con qui ne pensait qu'à moi, qui était un salaud avec toutes les filles et toi tu m'as fait changer, merci.
- Tu as aussi appris de tes erreurs.
- Merci d'être là pour moi.
- De rien tu es aussi là pour moi sinon je sais pas ce que je ferai.
- Je t'aime.
- Je t'aime aussi.

Nous continuons de danser en s'embrassant. Une fois le slow fini, je re-danse avec les filles, nous rigolons. Nous mangeons ce que l'on a préparé puis vient le moment du dessert. Mes parents qui arrivent demain m'ont fait livrer un énorme gâteau au trois chocolat. Alors Laly et Auré me l'apportent avec les bougies dessus et 19 ans. Ils me chantent tous Joyeux anniversaire, il y a aussi la musique Joyeux Anniversaire. Puis vient l'ouverture des cadeaux. J'ai eu plein de belles choses : des bijoux, des vêtements, du maquillage, de l'argent, des bons pour des magasins, du parfum. Quand j'ai tout ouvert, Auré arrive avec une enveloppe.

- Re-bon anniversaire mon amour.
- Mais j'ai déjà eu mon cadeau.
- Voilà le deuxième.

Il me tend l'enveloppe et je commence à l'ouvrir. Une fois ouverte, je découvre deux billets d'avion pour PARIS. Quand je vois ça, je suis trop heureuse, nous allons partir à Paris pour quatre jours. Je suis déjà allée à Paris avec mes parents et Laly, mais vu que j'habite dans le sud, j'adore aller à Paris, ça change. Le temps est plus gris, plus maussade, la Tour Eiffel orne le paysage. J'adore !

- Merci beaucoup bébé, c'est un super cadeau.
- De rien.

Je lui fais un bisou. Alors je remercie tout le monde et leur fais un bisou. J'ai été vraiment gâtée pour mon anniversaire.

POINT DE VUE D'AURÉLIEN :

Je vois que Mathilda est super contente. J'ai décidé de lui offrir ce voyage à Paris car je sais qu'elle adore cette ville. Prendre ces quatre jours pendant nos vacances de printemps avant les partiels, nous permettra de nous retrouver tous les deux tranquillement. La soirée continue dans la bonne humeur et tout le monde est content.

RETOUR AU POINT DE VUE DE MATHILDA :

Nous allons à nouveau danser quand on a fini le gâteau qui était super bon. Hum ! Nous allons nous coucher vers 5h du matin, nous sommes super fatigués. Toute la bande, Laly et Jonas dorment dans des chambres d'amis. Moi je pars dans ma chambre, me changer. Auré lui est déjà au lit. Je me glisse dans le lit et lui souhaite bonne nuit.

- Bonne nuit mon amour et merci pour ce superbe anniversaire.
- Bonne nuit bébé et de rien c'était un plaisir de te faire plaisir.

Nous nous endormons de suite car on est super fatigué. Quand je me réveille, Auré n'est plus à côté de moi. Je vais prendre ma douche et me prépare, vingt minutes plus tard je suis prête et je descends. Je vois tout le monde debout. Ils ont tout rangé car ils savent que mes parents viennent cette après-midi.

- Vous êtes adorables mais fallait m'attendre pour ranger.
- On n'allait pas t'attendre, tu dormais comme une marmotte, me dit Amélie en rigolant.
- La marmotte tu sais très bien ce qu'elle pense, lui dis-je en lui tirant la langue.
- J'en suis ravie.

Tout le monde est alors mort de rire par nos petits sous-entendus.

- Vous êtes pas bien toutes les deux, nous dit Fabien.
- Si très bien, disons nous en choeur.

Les autres étaient encore morts de rire. La bande, Laly et Jonas repartent vers 14h30 et mes parents eux arrivent vers 16 h. Je suis contente de les revoir. Ils me souhaitent encore un bon anniversaire et me donnent mon cadeau. Je l'ouvre et vois une magnifique robe Asos, noire. Je reste avec mes parents pour parler et la soirée se passe bien, tranquillement à la maison. Mes parents repartent ce soir vers minuit alors nous leur disons au revoir. Nous partons ensuite nous coucher avec Auré. Nous repartons le lendemain dans l'après-midi car nous n'avons pas cours demain.

- Alors c'était cool ton anniversaire ?
- Oui super, lui répondis-je de la salle de bain tout en me démaquillant.

Auré arrive dans la salle de bain et me prend par les hanches.

- Encore merci pour ce voyage à Paris.
- De rien, je sais que tu adores Paris.
- C'est quatre jours pour les vacances de mars ?
- Oui.
- Ça va être top.

Il me tient toujours par les hanches et me regarde dans le miroir.

- Tu viens te coucher ?
- Ouais deux minutes.
- Avec toi deux minutes = deux heures.
- N'importe quoi.
- Bien sûr.
- J'ai fini, dis-je victorieuse.
- Enfin.

Il me porte comme une princesse et m'emmène dans le lit.

- On est mieux là, non ?
- Oui, oui.
- Tu as quoi ?
- Rien pourquoi ?
- Je sais pas, on dirait que ça va pas.
- Si très bien.

Je me cale dans ses bras.

- Tranquille elle se cale.
- Oui faut bien qu'un copain serve à quelque chose.
- Connasse.
- Moi aussi je t'aime.
- Ben pas moi.
- Tant pis.
- Tu adores me chercher toi un truc de fou.
- Oui ça me plait bien.

Aurélien explose de rire.

- On est trop des gamins en fait, me dit Aurélien en souriant.

Nous sommes tous les deux morts de rire.

- Moi je suis hyper fatiguée.
- Viens dans mes bras mon gros bébé.
- Je suis pas grosse, c'est toi le gros.
- Tu prends tout mal bébé.
- Je rigole, bonne nuit.
- Bonne nuit.

Nous, nous faisons un bisou et nous endormons.

Chapitre XXII

Le permis…

Je passe quelques jours jusqu'au mercredi après-midi 15h où je dois passer mon permis de conduire. Nous sommes rentrés lundi soir vers 18h et après le lendemain les cours, puis cette après-midi le permis.

- Stresse pas, tu vas l'avoir.
- Je sais pas, tu sais, je suis pas très douée.
- Quand je t'ai fait conduire, ça allait.
- Si tu le dis.

Nous partons et Auré m'emmène à l'auto école. Je stresse car je sais que je n'ai pas une conduite parfaite. Mais ma monitrice m'a dit que je devrais quand même m'en sortir. Il me faut au moins vingt points sur trente et un pour l'avoir. Je croise les doigts.

- Allez bébé no stress. Tu m'appelles quand t'as fini.
- Ok à toute.

Je me dirige vers l'auto école, je stresse à mort. Après l'examinateur m'appelle avec deux autres personnes, moi je passe la deuxième. Je m'installe, l'examinateur à la place passager et ma monitrice à l'arrière. Je conduis, fais ce qu'il me dit et quand tout le monde est passé, nous revenons à l'auto école. Nous recevrons les résultats dans deux jours par courrier. J'appelle Auré pour qu'il vienne me chercher et il arrive dix minutes après.

261

- Alors ?
- Je pense que ça s'est bien passé.
- Tu n'as plus qu'à attendre huit jours.
- Oui voilà.

Je passe deux jours où rien de spécial ne s'est passé, ni à la fac ni avec la bande. Alors nous sommes jeudi, à 17h je rentre à mon appartement, Auré arrive un peu plus tard car il est à la salle de musculation avec Fabien et Julien. Donc je rentre et prends mon courrier. Je vois la lettre qui va me dire si j'ai eu mon permis. Alors je monte à mon appartement, l'ouvre et là je vois : Ouiiiii je l'ai eu ! Je suis hyper contente. J'appelle mes parents et Laly. Ils sont super contents. Quand Auré rentre, je fais une tête toute triste pour lui faire croire que je ne l'ai pas eu.

- Oh désolé bébé si tu l'as pas eu, tu le repasseras, me dit-il d'un ton rassurant.
- J'étais presque sûre de pas l'avoir mais je l'ai eu, dis-je en criant et sautant partout dans l'appartement.
- Pauvre folle, je croyais que tu ne l'avais pas eu.
- Je sais trop bien mentir.
- Tu as prévenu tes parents ?
- Oui tout le monde.
- Tu veux aller fêter ça quelque part ?
- Non, on fera ça ce week-end ou quand on sera en vacances parce que là je suis crevée.
- Moi aussi je suis fatigué avec tous les abdos que j'ai fait.
- Alors tu es allé perdre ta graisse à la muscu ?
- Moi de la graisse ? Bien sûr.
- Regarde comme il s'y croit.
- C'est normal je suis un beau gosse alors je n'ai que des muscles. Toi même tu sais.
- Ouais, ouais.
- Sois pas jalouse.
- Faut pas croire au Père Noël, tu sais à ton âge, c'est fini.
- Hahahaha. Sinon, moi j'ai faim.

- C'est bien ce que je dis, le gros est dans la place.
- Chut un peu aussi, me dit-il en rigolant.
- Je rigole bébé, tu es parfait.
- Je préfère ça.
- Bon on mange, j'ai préparé le repas.
- Oui parce que j'ai hyper faim.

Nous mangeons. Ensuite, nous allons nous coucher car demain nous avons cours. Il reste deux jours de cours, puis enfin les vacances et après Paris, il me tarde. Le lendemain matin jeudi, je me réveille et réveille Auré puis nous nous préparons. Arrivés à la fac, nous allons avec la bande et je leur dis que j'ai eu mon permis, ils sont contents pour moi. Après je passe jusqu'au vendredi soir puisqu'avec la bande nous avons décidé d'aller en boite pour le début des vacances et pour fêter mon permis. Alors je me prépare : Jeans noir style cuir avec un pull blanc avec des nœuds noirs dans le dos et des bottines. Je me maquille, me coiffe et je suis prête. Auré lui aussi est prêt, il porte un Jeans noir avec petite chemise blanche et hop. *Trop beau mon chéri.* Vers 23h30 nous partons pour la boite qui est à vingt minutes de la fac.

- Tu veux conduire ?
- Ton 4X4 ?
- Non mon vélo, tu vas voir il est facile à conduire, me répond-il en pouffant de rire. *C'est vrai, parfois je pose des questions bêtes. Qui dit questions bêtes dit réponses encore plus bêtes.*
- Très drôle. Oui mais ton 4X4 est énorme.
- Mais non allez, une voiture est une voiture, ça marche pareil.
- Bon d'accord.

Alors je conduis, le trajet se passe bien. Nous rejoignons la bande devant la boîte, nous nous disons bonjour.

- Tu laisses Mathilda conduire ton 4X4 ? demande Fabien.
- Oui je lui fais confiance.
- Et moi, j'ai pas le droit, râle Fabien.

- Tu nous fais ta crise de jalousie.
- Mon amour, la prochaine fois tu conduis si tu veux. Tu me boudes pas j'espère, dit Aurélien à Fabien avec une voix de fille.

Tout le monde est mort de rire. Nous rentrons dans la boîte et nous commençons à faire la fête. Nous dansons avec les filles, nous parlons, nous rigolons. Je danse avec Auré. En gros c'est une super bonne soirée avec les personnes que j'aime. Vers 4h du matin nous décidons de rentrer et c'est Aurélien qui conduit car je suis HS. Si Aurélien avait beaucoup bu, j'aurai conduit mais ce n'est pas le cas. Nous rentrons à l'appartement et nous partons nous coucher. Nos vacances commencent bien. Le matin, je me fais réveiller par la petite tête d'Auré qui me regarde.

- Pourquoi tu me regardes ?
- Car tu baves.

Je me lève vite du lit et vais dans la salle de bain pour me regarder dans le miroir et je ne vois rien, pas de bave.

- N'importe quoi, tu dis que des âneries AURÉLIEN, dis-je en insistant bien sur son prénom.

Aurélien est mort de rire, je l'entends depuis la salle bain.

- Tu me crois en plus bébé.

Je reviens dans la chambre et lui saute dessus.

- Arrête tu m'écrases.
- Petite vengeance.

Après, nous nous levons, nous nous préparons et enfin nous déjeunons. Puis nous allons au centre commercial car demain nous partons pour Paris et j'ai pleins de choses à acheter.

- Demain avion à 8h bébé ?
- Oui je sais, faut au moins se lever à 6h30.
- Oui.

Nous faisons nos courses et tout et tout, puis nous rentrons à l'appartement préparer les valises.

- On dirait que tu pars pour un mois alors qu'on ne part que quatre jours.
- Je suis une fille, alors ils me faut plusieurs tenues par jour.
- Halalala.

L'après-midi nous nous faisons un spa avec les filles. Auré me passe sa voiture et je retrouve Zoé, Amélie, Lisa et Stéphanie. Nous partons au spa qui est à quinze minutes en voiture de la cité universitaire. Nous, nous relaxons au hammam, au jacuzzi et nous nous faisons faire des massages.

- Vous partez demain avec Aurélien ? me demande Zoé.
- Oui.
- Je suis sûre qu'il t'a prévu des activités de ouf à Paris, rajoute Stéphanie.
- Je ne sais pas, je vous raconterai.
- Nous on connaît bien Auré et avec toi il a beaucoup changé. Il est vraiment amoureux de toi. C'est bien de le voir heureux comme ça tous les jours, me dit Amélie.
- Oui ça c'est sûr, rajoutent Lisa et Stéphanie.
- Je suis contente d'être avec lui, même si ça était difficile.

Nous continuons notre après-midi en parlant de tout et de rien. Et vers 18h nous rentrons. Ce soir avec Auré nous nous couchons tôt vu que demain à 6h30 nous devons nous lever.

265

Chapitre XXIII

Paris…

Le lendemain je me réveille à 6h, je suis trop contente puisqu'on part à Paris. Je me prépare vite fait, je laisse un peu dormir Auré puis quand je suis prête, je le réveille.

- Mon bébé debout, c'est l'heure.
- Réveille-moi tous les matins comme ça.

Je lui fait un bisou et il se lève.

- Tu es déjà prête.
- Je me suis réveillée à 6h.
- Tu aurais pû me réveiller.
- Je t'ai laissé dormir jusqu'à 6h30 comme prévu.
- Tu es trop chou.

Il va prendre sa douche et se prépare, moi je vérifie les valises et les ferme.

- Appelle le taxi, il est déjà 6h55.
- Je m'en charge.

J'appelle le taxi pour aller jusqu'à l'aéroport car nous ne laissons pas la voiture quatre jours là-bas. Une fois que je l'ai appelé, nous attendons. Nous sommes prêts. Le taxi nous appelle pour dire qu'il est en bas. Alors nous sortons, il nous emmène jusqu'à l'aéroport de Blagnac qui est à dix minutes de la cité universitaire; en plus, à 7h à Toulouse c'est calme. Il n'y a pas beaucoup de voitures alors nous arrivons vite. Nous sortons, nous payons puis nous allons enregistrer nos bagages et tout ce qu'il faut avant de prendre l'avion, vous voyez je pense. À 8h nous embarquons et c'est parti pour Paris. Dans l'avion, nous faisons des photos avec Auré.

- Non, prends de ce côté j'ai un plus beau profil.
- Tu es grave toi mon pauvre.

Vous ne trouvez pas qu'il abuse ?

- Toi tu fais pareil quand tu n'aimes pas une photo. Tu me dis « non mais bébé je suis pas bien sur cette photo, il n'y a pas le bon effet en plus », me dit-il en imitant ma voix.

J'explose de rire car c'est vrai que je fais ça aussi.

- Mais moi je suis une fille donc ce n'est pas pareil.
- Excuse non valable. Nous aussi les mecs on a le droit d'être beau sur les photos.

Il me fait rire ce petit, hahaha même s'il est plus grand que moi. Ensuite nous passons une heure et des poussières. Nous sommes arrivés à Paris à l'aéroport d'Orly. Nous avons récupéré nos valises puis nous prenons un taxi pour aller à l'hôtel qu'Auré a réservé. Nous arrivons devant un magnifique hôtel, hyper grand, cinq étoiles. Nous allons à l'accueil et ils nous dirigent vers notre chambre qui est superbement décorée et très grande. Avec une jolie salle de bain, une grande baignoire, une douche à l'italienne et aussi un petit salon. Une chambre parfaite en gros. Le groom de service, nous explique ce qu'il y a dans l'hôtel : salle de sport, piscine, hammam, jacuzzi, massages, casino, resto, il y a même un mini centre commercial. Un grand hôtel quoi mais si nous sommes à Paris c'est pour sortir dans la ville et se balader. Nous nous installons un peu puis nous finissons par sortir. Vu que l'hôtel est en plein Paris, nous allons à pied ou en métro, pas besoin de taxi ou de voiture. Nous allons d'abord au pont des amoureux. Là où il y a tous les cadenas des amoureux.

- Tu y étais déjà allée quand tu es allée à Paris ? me demande Auré.
- Oui et toi ?
- Oui, mais je n'avais pas trouvé la perle rare pour pouvoir accrocher un cadenas à ce pont.
- Mais nous n'avons même pas de cadenas.

Aurélien sort un cadenas de sa poche où il y a gravé Mathilda & Aurélien .

- Tu es trop mignon.
- Tu as vu, je pense à tout.
- Tu gères la fougère.

Auré explose de rire suite à mon expression qui ne s'emploie plus depuis un bon moment. Mais moi j'aime bien ressortir les vieilles expressions je crois.

- Toi dans les moments romantiques, tu sors toujours des bêtises.
- C'est pas ma faute, dis-je doucement.
- Hahahaha, rigole Aurélien.

Nous accrochons donc notre cadenas et nous immortalisons le moment en faisant des photos puis nous jetons la clé dans la Seine, comme dans les films super romantiques. Nous nous rendons ensuite au monument incontournable de Paris, la Tour Eiffel. Nous demandons à des personnes de nous prendre en photo devant cette magnifique tour. Puis nous y montons.

- On voit tout Paris d'ici, c'est magnifique.
- C'est vrai que toi tu n'y étais jamais montée.

Après nous redescendons et nous nous baladons un peu. Nous allons déjeuner dans un petit bar-restaurant assez sympa. Dans l'après-midi nous reprenons les balades : nous visitons, enfin nous avons vu la Tour Montparnasse et le grand centre commercial qu'il y a à côté. *Même en vacances il faut que j'aille dans les centres commerciaux, je ne peux pas m'empêcher de faire les magasins. J'adore ça.* Après nous continuons notre balade et nous rentrons vers 17h30 à l'hôtel. Nous passons une agréable soirée à l'hôtel. Il me fait un bisou et nous finissons par nous endormir.

Je me réveille vers 10h toujours dans les bras d'Auré. Je veux me lever sans faire de bruit mais vu que je ne suis pas discrète, je réveille Auré.

- Coucou bébé.
- Coucou.
- Il est quelle heure ?
- Presque 10h.
- Ok on se prépare. J'appelle pour qu'on nous porte le petit déjeuner et après go la surprise.
- Ok je vais me préparer.

Je me prépare vite fait, bien fait puis Auré aussi. Nous déjeunons puis Auré appelle un taxi qui nous récupère en bas de l'hôtel. Nous prenons l'autoroute et à un moment, je vois le panneau DisneyLand, je suis super excitée.

- C'est pas vrai ! On va à Disney ?
- Et oui bébé.

Je parlais souvent de DisneyLand à Auré mais je n'y suis jamais allée. C'est mon rêve de petite fille qui va se réaliser dans quelques instants.

- Je suis trop contente Mama mia.
- Hahaha quelle âme d'enfant que tu as.

- C'est cool avec plein d'attractions et tout.
- Oui ça va être bien, rigole-t-il.

Le taxi nous dépose devant le parc. Nous attendons un peu pour prendre les places parce qu'il y a beaucoup de monde. Il n'y a pas que des enfants mais aussi de jeunes couples.

- Tu as vu Auré, il y a plein de jeunes couples.
- Vous les filles, vous êtes restées en mode princesse.
- Oui mais c'est le meilleur parc du monde où on peut voir Mickey, Minnie et plein d'autres personnages grandeur nature. *Je sais, je suis une grande enfant, mais depuis le temps que je rêvais d'y aller...*

Après, quelque temps, nous entrons dans le parc et nous commençons les attractions. Nous prenons pleins de photos. Il y a aussi les héros des dessins animés alors je me fais prendre avec quelques-uns d'entre eux.

- Je suis content que tu sois heureuse.
- Tu es parfait, tu le sais ça toi.
- Oui je le savais mais c'est sympa de me le rappeler.
- Ça va les chevilles, lui dis-je en lui tapant le bras.
- Tranquille.

Après nous continuons toutes les attractions, c'est super. À midi, nous mangeons dans un genre de self du parc. Une fois fini nous repartons aux attractions pour le reste de l'après-midi. Vers 18h, nous passons à la boutique pour acheter quelques souvenirs. Je prends une peluche Minnie pour Laly car elle adore et une aussi pour Zoé. Nous prenons une énorme peluche Cars pour Thibaud car nous allons aller quelques jours chez Auré pendant les vacances. Après ça, nous appelons un taxi et nous rentrons à l'hôtel où nous nous préparons pour aller manger au restaurant de l'hôtel cette fois.

- Merci, cette journée était juste exceptionnelle, merci beaucoup.
- De rien mon bébé.

Quand nous avons fini de manger, nous remontons dans notre chambre et nous nous posons devant la télévision. Quand le film est fini, nous allons nous coucher et nous dormons dans les bras l'un de l'autre.

- Je t'aime.
- Vas-y répète.
- Tu as compris au pire.
- Oui mais tu le dis tellement rarement aussi.
- Toi aussi.
- Je t'aime aussi mon bébé même si je ne te le dis pas souvent.
- Tu me le prouves un peu plus chaque jour.

Après cette petite discussion, nous nous embrassons et nous dormons car demain c'est encore une grosse journée qui nous attend à Paris.

Nous restons encore deux jours à Paris où nous continuons nos visites avant de rentrer à la cité universitaire pour la fin des vacances.

Chapitre XXIV

Retour aux choses sérieuse puis vacances…

Les jours passent et c'est la rentrée. Une fois rentrés de Paris nous sommes allés passer la fin de nos vacances chez Auré. J'ai revu mon petit amour Thibaud et la maman d'Auré. Après nous reprenons la fac, je bosse beaucoup car c'est bientôt la fin de l'année et bientôt les derniers partiels. Il faut que je les réussisse pour passer en deuxième année. Alors voilà, nous nous voyions avec Auré dans nos appartements à tour de rôle, dans son appartement ou dans le mien. Je suis de plus en plus amoureuse de lui et lui aussi. Avec la bande, tout va comme sur des roulettes. J'appelle également beaucoup Laly. Nos liens n'ont pas changé malgré la distance qui nous sépare toutes les deux. Nous avons donc décidé de partir tous ensemble en vacances aux Saintes Marie De La Mer cet été pour deux semaines dans un camping, on a déjà réservé deux bungalows.

Je passe jusqu'à la fin de l'année, c'est à dire fin juin car à la fac nous finissons les cours bien avant les vacances officielles. Enfin en vacances, j'ai réussi les partiels et je passe en deuxième année de fac. *Je suis une Big Boss !!!! Mdr. C'est ça de vivre 7 jours sur 7 et 24 heures sur 24 avec Auré, on finit par se la péter comme lui. XD* Auré aussi a tout réussi et la bande aussi.

Avec Zoé, nous sortons de la fac pour retrouver la bande.

- Enfin les vacances, il était temps, me dit Zoé à la fin de notre dernier cours.
- Je suis d'accord avec toi Zouzouille.
- Hey los amigos, dis-je en arrivant devant la bande.
- Holà las amigas, nous dit Julien.
- Tu me fais délirer Juju.

Après cette petite conversation, je vais vers Auré et l'embrasse.

- Ça vous dit qu'on aille dans un café boire un pot pour fêter le début des vacaciones, nous propose Lisa.
- On aurait plutôt dû réserver des vacances en Espagne. Vous n'arrêtez pas de parler espagnol, dit Aurélien.
- Oui elles sont tarées ces filles, rajoute Fabien.
- Chut, disons-nous avec Lisa.
- Et moi je ne suis pas une fille, se plaint Julien.
- C'est tout comme, rajoute Fabien.
- Moi j'aurais pas aimé, si j'étais toi mec, lui dit Aurélien.
- Bande de nuls.
- Bon ce n'est pas tout les gamins mais nous on bouge au café.

Nous commençons donc à marcher vers le café.

- Alors je suis un gamin ? me dit Aurélien.
- Tu savais pas encore ?
- Hahaha très drôle.

Nous arrivons au café. Nous prenons tous une boisson. Nous commençons à planifier nos vacances, ce qu'il faut prendre, ce que l'on va faire pendant le séjour. Après tout ça nous rentrons chacun chez soi.

- Contente de partir avec toute la bande et ta meilleure amie en vacances ?
- Oui bien sûr.

Chapitre XXV

Vacances…

Je passe à peu près un mois. Nous sommes la veille de notre départ en vacances avec la bande. Laly est venue avec Jonas directement à mon appartement. Ils n'auront pas à se lever plus tôt demain. Avec Laly, nous allons faire nos dernières courses pour demain. Je prends la petite DS. Je ne vous l'avais pas dit mais quand je suis revenue chez moi, mes parents m'ont offert cette voiture. Je trouve qu'elle est au top : ni trop grande ni trop petite, en plus j'adore son style. Alors nous prenons à manger pour la route. Nous ne pouvons pas nous empêcher de faire quelques boutiques pour acheter des robes de plage et des shorts puis nous retournons à l'appartement. Les valises sont prêtes.

- On part vers quelle heure demain ? demande Jonas.
- Lever 4h30, départ 5h30 on a dit avec la bande, lui répond Aurélien.
- Ok, tu entends Laly ? Va falloir se lever demain.
- Mais oui t'inquiète mon chou.

Alors voilà, je passe jusqu'au lendemain 4h30 du matin. Nous nous levons, puis tous les mecs prennent du café. Laly et moi rien du tout. Après nous retrouvons la bande devant la citée universitaire. Auré et moi nous prenons la voiture, Laly et Jonas leur voiture, Fabien et Amélie leur voiture. Lisa et Julien qui sont maintenant officiellement ensemble depuis trois semaines, prennent la voiture de Julien avec aussi Stéphanie et Lucas. Zoé part avec Stéphan, son copain depuis un mois. Chacun prend sa voiture car nous allons faire différentes sorties et nous n'allons pas rester forcément tout le temps ensemble. C'est mieux comme ça.

- Je conduis, tu conduis après.
- Ok.
- Je sens que tu vas finir ta nuit dans la voiture.
- Mais non je vais essayer de ne pas dormir.
- Dors bébé, t'inquiète.

Je passe un peu la route. Nous nous arrêtons toutes les deux heures pour changer de conducteur et se reposer. Nous nous suivons et appelons la bande sur l'autoroute pour savoir où nous sommes. À midi, nous faisons une pose pique-nique et nous repartons. La route a était longue, nous arrivons vers 16h au camping. Enfin les vraies vacances commencent. On nous fait visiter les deux bungalows qui sont juste à côté. Ils sont assez grands et bien aménagés. Après nous faisons le tour du camping. Il y a une grande piscine, plage privée, bars et plein d'autres choses pour occuper nos vacances. Nous sommes super contents d'être tous réunis.

- On va à la page ? demande Zoé.
- Moi je suis partante pour la plage, rajoute Lisa.

Tout le monde dit oui. Nous nous mettons en maillot et direction la plage. Moi j'adore la mer, l'eau, la plage: tout quoi. Même si on habite dans le Sud et qu'il fait assez bon à Toulouse, nous n'avons pas de plage. Ce n'est pas comme en vacances. Quand nous arrivons sur la plage, il y a déjà beaucoup de monde, c'est sur qu'avec cette chaleur tout le monde va se baigner.

- Regardez la bande de mecs qui nous regarde là-bas, dit Stéphanie.
- Tu n'es pas bien toi, je te précise qu'on est toutes en couple.

Cette fille est folle mais je l'adore.

- Tu sais on a des yeux et il faut bien qu'ils servent à quelque chose !
- Sur ce coup, tu m'as tuée.
- Venez on passe devant eux et on fait les belles, dit Amélie en rigolant.
- Oui en mode top model.

Moi je vous dis : mes copines ne sont pas bien, ce sont des cas. Nous passons alors devant ces mecs qui nous regardent comme de vieux pervers.

- Vous avez pas un 06 ?
- Non maintenant c'est les 07. Mon vieux va falloir se mettre à la page, leur répond Laly avec un grand sourire, fière d'elle.

Les mecs la regardent choqués. Ma meilleure amie, elle déchire tout, puis nous les laissons en plan et partons retrouver nos chéris en se marrant.

- Tu les as rétamés sur ce coup Laly, lui dit Zoé encore en train de rire.

Nous retrouvons nos chéris, nous bronzons un peu puis on va se baigner, l'eau est vraiment bonne : vingt-cinq degrés. Vers 18h, nous décidons de rentrer puis nous croisons la bande de mecs qui n'arrêtaient pas de nous fixer tout à l'heure. Et oui apparement ils sont dans le même camping que nous, nous les avons vus sur la plage privée du camping.

- Pourquoi ces bâtards te regardent comme ça ? me dit Auré.
- Ils ne regardent pas que moi.
- Je m'en fiche des autres, ils te regardent pas comme ça ! Surtout le blond, en plus il a une tête de cul.
- Mais tu t'en fous, tu sais que c'est toi le plus beau mon chéri.
- Ouais, ouais mais qu'il t'approche pas ce bâtard sinon je lui refais la façade.

- Mais oui no-stress mon amour, on est en vacances.

Je vous passe la soirée où on a mangé et tout et tout. Vers 22h30, je décide de sortir sur la terrasse pour prendre l'air. Tout à coup je sens quelqu'un qui me prend par la taille, je crois que c'est Aurélien mais…

Quand je me retourne, je vois le mec blond de la plage qui me regardait tout à l'heure. Je le pousse pour le décoller de moi. Ce mec est vraiment pas bien, il me veut quoi encore ?

- Mais ça va pas pauvre connard.
- Et princesse, une si jolie bouche ne sort pas de telle grossièreté, me dit-il en se collant à nouveau contre moi.

Je vois qu'Auré arrive, je vois qu'il est énervé. Aïe, aïe, aïe, je sens que ça va chauffer…

- Je vais t'en foutre des princesses moi, tu vas voir sale petit connard.

De ce temps, je me décolle de ce mec.

- Tu fous quoi Mathilda avec lui ? me demande Auré au bord de la crise de nerf.
- Rien je ne le connais même pas.
- Faut pas mentir comme ça à son copain ma belle, ce n'est pas bien, rajoute le blond.

Il cherche vraiment la merde celui-là ma parole.

- N'importe quoi, tu n'es pas bien mon pauvre.

Je n'ai pas le temps de réagir qu'Aurélien est déjà sur lui et lui assène un coup de poing. Il se redresse, me regarde d'un regard de dégout et part.

- Aurélien…

Épilogue:

CINQ ANS PLUS TARD :

~ Amélie et Fabien vivent maintenant six ans d'amour, il y a eu des hauts et des bas mais malgré tout, leur amour perdure. Cet amour a donné naissance à une jolie petite fille nommée Solène. Amélie est ingénieur en aéronautique et Fabien est pompier. ~

~ Pour Stéphanie et Lucas, cette histoire n'a pas duré. Stéphanie a déménagé et nous avons perdu contact. Je sais juste qu'elle habite à Londres où elle exerce le métier de styliste. Pour Lucas, je ne sais pas ce qu'il est devenu. ~

~ Lisa et Julien, souvenez-vous le temps qu'il ont mis avant de finir ensemble. Mais cela a été bénéfique, ils sont maintenant mariés depuis trois ans et Lisa attend un petit garçon. Elle est avocate et Julien ingénieur chez Airbus. ~

~ Zoé et Stéphan, ils n'étaient ensemble que depuis un mois. Ils ont mis fin à leur idylle à la fin de ces fameuses vacances aux Saintes Marie De La Mer. Zoé a fait la rencontre de Cyril pendant ces vacances. Ils vivent maintenant à Paris et ont un garçon : Simon qui a deux ans. Avec Zoé nous sommes restées en contact et je vais souvent la voir à Paris. Zoé est journaliste et Cyril pompier professionnel. ~

~ Laly et Jonas, cela n'a pas duré. Ils se sont séparés. Laly est maintenant avec Mathieu et ils ont eu deux enfants : Virginie quatre ans (Dont je suis la marraine.) et Théo deux ans. Ils sont restés dans notre ville. Elle est devenue architecte d'intérieur et Mathieu directeur d'un collège. Laly et moi sommes toujours les meilleures amies du monde. Je sais que je pourrai toujours compter sur elle. C'est une fille exceptionnelle. ~

~ Jean et Lucie mes parents vont bien. Ils ont enfin compris une chose, que leur famille était plus importante que leur boulot, mieux vaut tard que jamais comme on dit si bien. Ils prennent maintenant plus de temps pour moi et se déplacent moins, une fois par mois environ. ~

Alors le moment que vous attendiez le plus. Et bien Aurélien et moi, après cette histoire au camping. Tout s'est terminé et nous nous sommes séparés.

Fin !!!

~ Non ha, ha, ha, ha je rigole les amours, comme le dit une Fanous « Ils sont faits pour être ensemble. » Alors oui, après cette petite péripétie, Auré a bien vu que c'était la faute du Blond. (Celui-ci a fini avec un beau cocard.), et non la mienne; j'ai réussi à lui parler calmement et à lui expliquer toute l'histoire. Nos vacances se sont bien terminées par la suite. Après quelques mois, tout s'est passé pour le mieux. J'ai fini la fac et j'ai passé le concours de professeur des écoles que j'ai obtenu. Auré, lui, après la fac, a attaqué une école d'architecture et il est maintenant architecte. Nous avons maintenant 24 ans pour lui et 23 ans pour moi. ~

~ Pour ce qui est de Claire, la mère d'Aurélien, elle est toujours aussi adorable, elle a rencontré un homme avec qui partager sa vie et cela a l'air de plutôt bien se passer. ~

~ La mère de Claire, la grand-mère d'Aurélien et Thibaud, Rose, est malheureusement décédée il y a deux ans à l'âge de 83 ans. Cela a particulièrement affecté Aurélien qui était très proche d'elle. J'ai également été très touchée car je l'appréciais beaucoup, je suis contente d'avoir eu la chance de la connaitre. ~

~ Pour ce qui est du père d'Aurélien, il me l'a présenté quelques mois après nos vacances aux Saintes Marie de la Mer. Comme me le disait souvent Aurélien, c'est un homme gentil mais qui n'a pas beaucoup de temps pour ses enfants. Il préfère leur offrir de beaux cadeaux et leur envoyer de beaux chèques. Enfin que voulez-vous Aurélien et Thibaud arrivent quand même à voir leur père de temps en temps. ~

~ Pour ce qui est de mon petit Thibaud, enfin maintenant nous pouvons dire de mon grand Thibaud, il a maintenant 9 ans. C'est toujours le petit garçon charmant de ses débuts, il est juste adorable et ressemble de plus en plus à Aurélien. ~

FLASH BACK (Retour en arrière.) : Il faut quand même que je vous raconte le fameux jour où on était parti deux semaines en vacances à l'île Maurice.

- Ce soir bébé on sort, je t'invite au restaurant, me dit-il.
- D'accord.
- Habille toi classe.
- Je suis toujours classe mon amour, lui dis-je avec un grand sourire.

J'exécute ses ordres et je m'habille d'une longue robe noire et dorée, talons noirs. Je laisse mes cheveux frisés et me maquille en accord avec ma tenue. Je rejoins Auré qui lui est en costard, toujours aussi beau.

- Tu es vraiment magnifique, me dit-il le sourire aux lèvres.

Mais je vois dans son regard qu'il est stressé. Mais pourquoi ? Je me le demande bien. Nous sommes pourtant en vacances, tous les deux, tranquillement. Enfin bref, je finirai bien par savoir ce qui le tracasse, ce ne doit pas être bien grave.

- Toi aussi bébé. Mais sinon ça va ?
- Oui tranquille.

Il ne sait pas mentir, je me fais aussi peut être des idées. Nous partons vers le restaurant, on nous place à une table en terrasse face à la mer. Il me semble que durant le repas, Auré est de plus en plus stressé. À la fin du repas, Auré se lève et s'agenouille devant moi. À ce moment là je comprends tout, tout s'éclaire dans ma tête.

- Mademoiselle Mathilda René, voulez-vous m'épouser ?

Je le regarde, toute choquée et je verse quelques larmes. Ce n'est pas possible, il ne vient pas de me demander en mariage ? J'ai du mal à réaliser mais je lui saute dans les bras.

- Oui, oui bien sur que je le veux monsieur Blake, dis-je super émue par cette magnifique demande.

Suite à ma réponse il me passe la bague au doigt. Cette bague est magnifique en or blanc avec un diamant translucide. Nous nous embrassons, à ce moment précis, je me dis que je suis la femme la plus heureuse au monde. Nous finissons notre soirée au champagne. J'appelle ensuite mes parents et mes amies quand nous rentrons à l'hôtel pour leur annoncer cette bonne nouvelle. Je suis tellement heureuse, vous ne pouvez pas savoir, épouser l'homme que l'on aime est la plus belle chose possible sur terre.

- Je trouvais que tu étais stressé ce soir et je me demandais pourquoi, lui dis-je en me blottissant contre lui dans le lit.
- Il y avait de quoi stresser, j'avais peur que tu dises non.

Jamais au grand jamais je n'aurais pu lui dire non, c'est l'homme de ma vie.

- Je ne m'attendais pas à ça. Et jamais je n'aurai dit non, je t'aime tellement.
- Je t'aime aussi.

Un an après, notre mariage a eu lieu. Laly et Zoé étaient mes témoins, et Auré avait pris Fabien et Julien. Ce mariage était le plus beau jour de notre vie et un jour pour célébrer notre amour. Nous étions entourés de toutes les personnes que nous aimons le plus au monde, alors que demander de plus.

- Maintenant tu es officiellement madame Mathilda Blake, me dit Auré en m'embrassant tendrement.

Voilà, maintenant après un an de mariage j'ai une nouvelle à annoncer à Auré.

- Mon amour tu sais, je ne suis pas bien depuis quelques jours.

- Oui et tu devais aller chez le médecin aujourd'hui.
- Oui.
- Et alors, il t'a dit quoi ? me questionne-t-il.
- Tu vas être papa.

Aurélien me prend dans ses bras, il est tellement heureux, je le vois dans ses yeux.

- De longtemps ?
- Trois mois.
- Mama mia je vais être papa, crie-t-il dans toute la maison pour exprimer sa joie de devenir père.

Nous sommes allés aux premières échographies et nous attendons des jumeaux, un garçon et une fille. Le rêve, c'est juste ce que l'on voulait.

Comment vous dire que c'est le deuxième plus beau jour de ma vie. Nous allons être parents de deux petits bouts. Après tout ce que nous avons traversé, je suis contente d'en être là aujourd'hui. Aurélien est vraiment la personne qu'il me fallait et jamais je ne regretterai mon choix.

Il faut croire en l'amour même si cela peut paraître difficile certains jours. Continuez, persévérez, battez-vous tout simplement pour la personne que vous aimez et si vous êtes fait l'un pour l'autre, vous finirez par être ensemble. Les épreuves de la vie sont là pour nous faire avancer. Ne renoncez pas aux choses qui vous tiennent à coeur et que vous aimez, votre avenir ne sera que meilleur à la fin de votre combat.

« Le verbe aimer est difficile à conjuguer : son passé n'est pas simple, son présent n'est qu'indicatif et son futur est toujours conditionnel. » Jean Cocteau

Croyez en l'amour, voilà ce que je veux vous dire !!!

Et cette fois c'est la bonne…

Fin

Sommaire:

Remerciements :

Comment vous remercier ? D'abord un grand merci à vous mes Loulous. Après deux ans de partage sur ma page Facebook et également sur Wattpad, me voilà maintenant à la fin de mon premier livre. C'était certes un travail dur et long mais je suis contente d'y être arrivée et de vous offrir ce livre. Je ne pourrai jamais assez vous remercier pour le soutien que vous m'apportez tous les jours : sans vous, rien n'aurait été possible. Je souhaite aussi remercier ma famille qui a toujours été là pour moi et en particulier mes parents et mon frère Mathieu, merci à vous. Un grand merci également à celle qui me soutient tous les jours depuis le début de cette belle aventure : ma cousine Solène. Ton aide m'a été très précieuse pour la première correction, tes encouragements, tes points de vue qui m'ont fait avancer. Merci à toi ma Soso. Merci à tous ceux qui m'ont aidée pour les corrections (Merci pour tout Maman, tu es la meilleure sans toi j'aurai perdu courage plus d'une fois !), les mises en forme, la photo de couverture. Merci à mes cousines, ma marraine, Titouf, mes ami(e)s pour votre grand soutien sur la page. Vous ne m'avez pas lâchée. Vous êtes géniaux ! J'arrive au bout de ce premier projet, je suis tellement heureuse. Je n'aurai jamais pensé, au grand jamais en arriver là mais comme je dis souvent :

Croire en ses rêves est la première chose en quoi nous devons croire…

Sur ceux, un grand MERCI et n'oubliez pas : la vie est une grande aventure., vivez-la pleinement. Pour nous, ce n'est pas la fin mais juste le commencement…

JE VOUS AIME !!!

Mathilde

<u>Venez me rejoindre pour de nouvelles aventures sur :</u>

Facebook :

    Chronique : Une rencontre qui
           peut tout changer.

web

Twitter : @CottesM

web

Wattpad : @09mathilde

web

Snapchat : ChrodemathildeC

Instagram : mathilde_cottes

293

Imprimé par CreateSpace
Dépôt légal : Décembre 2016